U0926048

空屋

[日] 横山秀夫 著
ノースライト
曹逸冰 译

上海文艺出版社

果麦文化 出品

1

大阪地区一大早便是阴雨连绵。

青濑稔轻手轻脚地把东西收拾妥当。瞧里屋的动静，客户夫妇应该也起床了。昨晚谈妥了建新房的事，客户拿出知名的吟酿酒盛情款待，自己想走走不了，只得在公租房起居室对付了一晚上。只是一觉醒来，连借个洗脸台都有些顾忌。他对里屋说了声："我赶时间，先告辞了！"便坚辞了早餐，低着头在玄关门撑开了便携雨伞。

"赶时间"是真话。从此花区的新城去阪神电铁的淀川站，快步走大约要十多分钟。接着先坐车去梅田，然后换乘JR去新大阪站，如果能赶上九点半那趟"希望号"新干线，正午就能到东京。虽然会迟到一会儿，但好歹能履行和日向子的约定。

也许是因为碰上了周日，放眼望去，新干线站台上尽是拖家带口和成双成对的，还有几群穿着正装准备去喝喜酒的人，可能今天刚巧是个好日子。厚重的冬大衣与轻便的风衣各占一半，将参差不齐的季节感映入眼底。天色也充满了不协调感。3月初的雨既非冷雨，亦非花雨，模棱两可，让人心情也不由得郁闷起来。

青濑拿到了一笔总价四千万日元的住宅设计订单，心中却全无兴奋与激动。“我就想请您照着信浓追分那栋，盖个一模一样的！”许是因为这要求太过直截了当了吧。只要地段与家庭结构稍有不同，就没法套用相同的设计，而且炒冷饭也是青濑所不齿的。更何况，他自己都还没对信浓追分的作品盖棺定论。有的早晨他觉得它无比特别，有的夜里却又巴不得彻底忘记设计过它。

听到广播，他抬眼一看，只见集流体力学精粹于一身的700系列车正顺畅地滑入站台。

他走到车厢连接处，打开手机。日向子应该还在家，但他依然决定打她的小灵通。若干次响铃后，电话通了。青濑用略快的语速说自己会晚到一会儿，竖起耳朵听对方回答“知道了”后才挂断，轻叹一声。今天是每月一次的家长探视日，“大火煮豆”的时间正等着他。

谁知刚塞回口袋的手机这时突然响了。青濑看了眼屏幕，是所泽的办公室打来的。

“早啊，这会儿方便吗？”

是所长冈嶋昭彦，声音听起来有些兴奋。

青濑靠着关闭的车门：“呵，大老板周天还上班？”

“你有什么资格说我。还在大阪呢？”

“正准备回去，怎么了？”

“你那边怎么样？有戏吗？”

“客户一口答应，就给我们了。”

“真的假的？不是草案都没给呢吗？”

“通通跳过，直接喝上了。”

“真没想到……不过，能拿下总归是好的。干得不错。”

每次听老板这么表扬自己，青濑都会暗自苦笑。同样是45岁的人，同样是一级建筑师，同一年上的大学，同一年进的建筑系，只是一个顺利毕业，另一个中途辍学，到今天就成了所长跟雇员的差距，换谁都只能认输。

“那，客户准备怎么搞？”

“地皮是自己的，预算四千封顶，说是刚拿了笔遗产。”

“真是投了个好胎。具体要求呢，麻不麻烦？”

正因为有人对建房格外讲究，以个性为卖点的中小设计事务所才有生意做，不过讲究过头了也很讨厌。

“不麻烦，就一个要求。”

“怎么说？”

“一句话，想要信浓追分的翻版。”

“《200例》的Y邸？”

青濑随口“嗯”了一声。

某大型出版社在新年伊始推出的《平成住宅200例》是一本豪华的全彩图书，书中网罗了近十四年全国新建的个性住宅，号称每一栋都是编辑部精挑细选的。而青濑在信浓追分设计的那栋房子，就以“Y邸”之名列在了书末。

“原来如此，那种书果然有影响力啊。”冈嶋的口气里半分揶揄，半分眼红，“上周那对浦和的夫妇也是看了《200例》才找上门的。啊，对了对了，那位太太还发邮件来了呢。”

“哦？说什么了？”

“说他们特地去了一趟，信浓追分那边。”

对方提出想看看实物，于是青濑就给他们画了张简单地图，没想到真去了，让他小小地吃了一惊。

“据说那房子好像没人住哎。”

“没人住？”

“是要住的吧？”

听冈嶋的语气略显严肃，青濑下意识地笑了。

“没挂出来卖就是住的吧。”

冈嶋也笑了：“肯定他们去的时候家里正好没人。不过那位浦和的太太说了，她看过实物后，更中意Y邸了，搞不好能升级成客户呢。”

“谁知道，她肯定没看里头吧。”

“哎呀，反正总归是好事，Y邸要扩散到浦和跟大阪啦。”

Y邸的扩散……这个词仿佛给今天一早便堵在心口的疙瘩挂上了名牌，有点像“难为情”，又有点像“烦闷”。

“不过冈嶋，这项目我们真能接吗？地皮可是在大阪啊，来回跑的交通费都不得了。真要好好监工，赚头怕是没多少。”

“没事啦，只要在那边得到关注，事务所的知名度就上去了。我跟你说啊，我可不准备一辈子偏安关东！”

听完冈嶋的口头禅，青濑差点要挂电话了，谁知对方急忙喊住他问：“哎！你那儿有没有靠谱的绘图师啊？十万火急！”

他貌似是为了这事才专程打电话来的。“绘图师”是为建筑物绘制设计效果图的人。精彩的设计方案离不开高水平的效果图。

效果图的好坏，有时能直接决定客户的第一印象。

“加藤先生没空吗？”

“没啊，东京的活儿就够他忙的了。”

“大宫的小塚呢？”

“不行不行，用他的图绝对落选。”

落选？

“是竞标？”

“近期可能有。啊，可不是警亭、公共厕所这种寒酸的小项目，所以我想先拿下水平过硬的绘图师。”

“近期可能有。”这种表述让青濑不太舒服。冈嶋常会提起“县政府的人”“保守派的人”什么的，但从不透露具体姓名，也许竞标的事就是通过这些人打探出来的。这么兴奋的语气，周日还上班……看来他对这个项目相当积极。

“西川先生说不定能接。”

“啊？哪个西川啊？”

“西川隆夫啊，我在赤坂的事务所那会儿经常请他画的。”

“哦！我知道，他的图能把肉眼看不到的东西都呈现出来，让人心潮澎湃。快把他号码告诉我，我直接联系。”

“他连人带办公室都搬了，我到家以后翻翻贺年卡吧。”

“手机号呢？”

“不知道啊，我跟他合作的时候还没手机呢。”

许是青濑的语气听起来太优哉游哉了吧，快挂电话时，冈嶋完全变成了“命令”口吻：“时间不等人！我今天就要他的联系方式！”不过这样反而让青濑痛快多了。冈嶋肯定是想接县政府或市政府的大项目，不过他的野心也只是他的野心罢了。

砰！窗口一阵巨响。他所在的列车与下行列车擦肩而过。

青濑往客舱走去，可走到半路，便觉心口堵得慌，双目凝视半空。Y邸没人住？他又折回，再次打开手机，调出客户通讯录，拉到“吉野陶太”。眼睛微微刺痛。再往下翻，是Y邸的固定电话，他的视野模糊了。

青濑发现时，拇指已经不小心按下了通话键。他惊讶于自己的愚蠢，连忙要挂，转念一想又停了。慢着，不是正好有个理由吗？就说浦和有对夫妇可能会找上门去，想要参观参观。

听筒里传出语音信箱的声音。

那就是不在家，毕竟Y邸的电话是通的。青濑不禁长舒一口气，随即陷入沉思。

自从交钥匙后，他和吉野一家就没有任何联系了。《200例》的采访是交房前做的，且事务所也有规定，交房后尽量不要联系客户，除非对方找过来。毕竟很多客户不喜欢建筑师竣工后上门拜访，也许是因为对建筑师的工作成果总有些不满与失望，抑或在他们看来建筑师会摆出“我的作品”的态度。跟施工的建筑公司来往密切的不算少见，把维修保养和改建工程交给开价更低的建筑公司的也是常有。总而言之，要不要把建筑师当成“朋友”，保持来往，全在客户的一念之间。

吉野什么都没说。无论是实际入住后的感想，还是投诉电话，都没有，甚至没有寄一张“顺利入住”的明信片来。

然而起初并不是这样的。从某种角度看，刚上门委托的时候，吉野跟他的关系是比朋友还好的。

“您拿主意就行。青濑先生,请您建一栋自己想住的房子吧!”

那一刻,青濑只觉得脑门发麻,仿佛被人施了魔法一般。这房子的特殊,不在于入选了《200例》,而在于接受委托时的心情。可如今,一切好像都没发生过一样。吉野在竣工后的漫长沉默,让青濑的心头阴云密布,也夺走了他的激情,让他变得更坚硬。

雨点打在车门窗玻璃上,形成一道道横向的水渍。水渍后面是铅灰色的天空,被雨水刷得铮亮的民宅屋顶一望无尽。

“那房子好像没人住哎。”

青濑把手机塞回兜里。就算他想找个“不在家”以外的理由,脑海中也没有任何帮他想象的线索。

2

青濑梦见了呼唤雏鸟的白头翁。

他只记得自己看到了片片雪花飘落关原,但对之后的窗外风景全无印象。直到新干线驶过新横滨,他才清醒过来。此时,淡淡的阳光透过云间洒落,照得高楼大厦的顶端熠熠生辉。

他从东京站换乘中央线,来到四谷,沿新宿大道朝皇居方向赶去,途中时不时调整方向,超过慢悠悠的行人。抬手看表的时候,他顺便闻了闻自己的口气和袖口,确定身上没有酒味。一个人的时候他只喝一罐啤酒,不知日向子有没有察觉到,他和当年酗酒的时候已经大不一样了。

他加快步速,走进小巷。嗯,先问问期末考的结果。然后问问她正在学的电子琴曲目。来得及的话，再问问电话的事吧。她说总是打到家里的电话突然停了，到底是谁打来的……穿过一片公寓楼，在装着转角镜的十字路口转弯，再走两步就到了。他瞥了眼“角笛咖啡厅”的蓝色招牌，推门进店。挂在门上的牛铃叮当作响时，他已经有些气喘吁吁了。

店内的蒂罗尔式装潢以薄荷绿为主色调，看着清新爽快。不用他找，日向子就蜷坐在靠里的两人桌边，那是他们的老位置了。了解内情的老板和老板娘用满脸的假笑为她构筑起牢固的防线。

青濑对他们点头示意，然后一脸愧疚地望向日向子，在她对面坐下。

“等很久了吧？”

“是啊，等得我都想回去啦。”

都会这么跟大人回话了。她的小嘴噘着，但眼角透着笑意。也许只是个非常普通的13岁女孩，但每次见面，女儿都会给青濑带来小小的惊讶。

“爸爸，你听我说呀，我期末考砸了，搞不好要留级了。”

她眯起笑眼，盯着他看。

“那可不妙啊。”

“可不是嘛！”

“数学又扯后腿啦？”

“简直要命好不好！打死我也不会把分数告诉你！”

“英语应该还不错吧？”

“也没那么好，所以才危险呀。”

“那还真是挺危险的呢。”

“咋办呀……”

“哎呀，船到桥头自然直，只要你肯用心，一定没问题的。”

“好烦啊，要是老师真让我留级可怎么办……”

两边说的好像不在一个频道上，八成是“只要你肯用心”这句说错了。

“要吃点什么吗？”

“我吃过了。啊，你想吃就点呗，没关系。”

“爸爸也在车上吃过了。”

“是嘛。”

日向子歪着小脑袋，盯着青濑，表情仿佛在说：“我就网开一面，不戳破大人的谎言吧。”青濑心想，这孩子越来越像由佳里了。表情是丰富了，不过省略的话也相应多了。

他点了欧蕾咖啡。日向子面前摆着一杯可可，还有用粉色手帕裹着的小灵通，那是他考虑到女儿的安全特意买的。

“爸爸，你刚才是不是在车里给我打的电话啊？”

“猜对啦，我去大阪出差了，打电话的时候就在回程的车上。”

“大阪啊……”

句尾语调上升，但她好像没有立刻联想到什么东西。

“这次去的是大阪的最边上，唔……对了，就在环球影城附近，就是有大白鲨、侏罗纪公园的那个游乐园。”

“你去游乐园啦？”

见日向子顿时两眼放光，青濑心里一慌。

“没有没有，只是去了那附近啦。”

“也是，爸爸是去出差的……”

欧蕾咖啡来了。在老板的脚步声远去之前，青濑鼓起了心中仅有的勇气。

“要不……找个机会去一下？”

“啊？”

“环球影城啊。”

日向子的眼神顿时转阴。

想当年，他经常带女儿去百货店、游泳池，也在女儿的央求下去过远一点的迪士尼乐园、三丽鸥乐园。不过这两三年，她不太愿意和青濑一起出游了。不知是因为她长大了，还是因为由佳里不给好脸色看。

“我帮你跟妈妈说说看？”

“可大阪很远吧？”

“坐新干线一眨眼就到啦。”

“还得过夜吧？”

“有什么关系嘛，住酒店也很有意思啊。”

“嗯，那……等哪天有空了吧。”

“那你什么时候想去了再跟爸爸说，春假、暑假的时候还是可以跑一趟的嘛。”

日向子挪开视线，快速点头，言外之意：“好了这个话题可以结束了。”

视野突然变得遥远。女儿斜背着托儿所的背包，跟小鸭子似的左摇右摆的背影还浮现在眼前。那时的她还发不清楚“sa shi su se so”，家里养的虎皮鹦鹉说话都比她利索……离婚的时候，女儿不过就这点大。还记得第一次家长探视日，日向子坐在高高的儿童椅上，无所事事地摇着一双小脚。她是那么小，那么瘦弱，以至于青濑说话的时候总忍不住把她当成小宝宝，可现在——

壁灯柔和的光在她即将隆起的胸口留下一片阴影，个子也蹿高了，整个人的轮廓愈发像身材高挑的由佳里了。改变的不光是外表。他能清楚地感觉到，女儿的情感花苞正在一个接一个绽放。他甚至觉得，女儿已经通过每月一次、持续八年的会面，摸清了该如何跟这个与自己不同姓的父亲打交道。一口一个“爸爸”，都不会难为情。与其说她是在撒娇，倒不如说她看透了青濑内心深处的渴望，特意迎合。

看她那表情，大概以为自己已经搞清了父母分手的原因。做母亲的完全可能因为女儿升了初中，或是觉得女儿已经是半个大人了，就跟她提起那些往事。从去年开始，青濑的心就一直悬在半空——由佳里是怎么跟日向子说的呢？

“话说回来，电话的事怎么样了？”

青濑装出刚想到这件事的样子，其实他手头也没有几个能让自己表现得像个父亲的话题。

“什么电话？”

“你上上次不是提过吗？后来还打来过吗？”

那次难得日向子在他面前露出征求意见的表情。

据她说，之前时不时打到家里的电话，突然不来了。“这算是彻底结束了吧？”“结束”二字让青濑脖颈一凉。他不禁反问：“是男生打来的吗？”女儿摇头。他又问：“那是朋友打来的？”女儿还是没点头。“那是谁打来的啊？”日向子显得有些犹豫，但最后还是没说。明明是她提出的话题，她却撂下一句：“哎呀，算啦！”

用无比灿烂的笑容筑起长城，将父亲拒之千里。

“没。”

日向子用不带感情色彩的语气回答。这不是个令她满意的话题，不过她好像也没有因为父亲重提旧事不高兴。

“一次都没有吗？”

“没有。”

“是从什么时候开始的来着？”

“唔……大概一年前吧。”

“都这么久了啊？”

“但也就偶尔打来。”

偶尔？不是“时不时”吗？

“不是无声电话吧？”

“不是的。”

“唔，这样啊……”

是谁打来的？问题都到嘴边了，可要是真问出口吧，女儿又会拉起防线。再者，青濑已经对答案有了一定的推测。

“同学拉你进的是什么社团来着？拼布？”

“嗯，但我基本直接回家的。”

“为什么呀？”

“因为大家都要上补习班什么的，很忙呀。”

三年级的时候，日向子莫名其妙沦为了班里的“透明人”。

“跟同学们处得还好吗？”

“挺好的。”

青濑点点头，在桌上十指相扣。

“爸爸随时都愿意听你倾诉，只要你愿意。”

“都说了我跟同学处得很好啦。对了，爸爸——”

话还没说完，桌上的小灵通响了，传出《海螺小姐》的主旋律，那貌似是由佳里的专用铃声。每次听到，日向子都会露出稍稍松了口气，却也有些不耐烦的表情。

“啊？嗯，来了。你放心。”她一边调皮地盯着青濑，一边讲电话。“嗯，知道啦，一会儿见。”挂了电话以后，日向子有节奏地晃了晃肩膀，探出身子说道：“她问我：‘爸爸还好吗？’”

青濑面带微笑，听过算过。每当这样的时候，他都能在日向子脸上找到亡父的影子。父亲当年一喝酒，一高兴，就会吹牛皮。他很喜欢逗家人开心，见大伙笑着嚷嚷：“你瞎说！”他便会面露喜色，跟着笑起来。

“刚才你想说什么来着？”

“啊？”

“你刚才不是说到一半吗？”

“啊，对了对了，我想跟爸爸打听个事儿。爸爸的工作是造房子对吧？”

青濑蒙了，这好像是日向子第一次问起他的工作。

“对，但爸爸不负责实际动手，毕竟不是木匠。”

“我知道，爸爸做的是设计方面的事，对吧？”

是学校布置的功课吗？还是说她看了最近很流行的那种面向中学生的职业辞典，于是对他的工作产生了兴趣？不，搞不好日向子也提前准备了一些避免沉默的话题。无论理由如何，青濑顿时来了兴致。因为“对父亲职业的兴趣”可以直接转换成“对父亲的兴趣”。

“我们设计事务所有四个人有‘一级建筑师’资格证，大家一般管我们叫‘建筑师’或者‘意匠师’。”

“意匠？”

“你有没有听说过‘意匠登录’[1]？反正说白了就是做设计的人。构思房子的形状啦，安排房间的布局啦，然后还要画设计图，做模型。再跟熟悉房屋结构和设备的人商量商量，完善细节。”

“结构和……什么？”

“设备。外形设计得再好看，如果住着不方便，或是很容易坏，房主肯定也会很头疼。”

“嗯，我懂。”

“接着就轮到木匠师傅出场了。爸爸和同事们会挑靠谱的建筑公司合作，请他们把房子建起来。只有这样，房主心心念念的小家才能大功告成。”

“那今天你也是为了这个去出差的吗？要在大阪建房子吗？”

“嗯，我去见了一下想建房子的人，问问人家有什么要求。这大概是最关键的步骤吧。要是建完以后才发现不合心意，那就没法改了呀。”

Y邸的模样突然闪过脑海。

不过没有一种杂念能与连连点头、好像很有共鸣的宝贝女儿相抗衡。

---

1. 即外观设计注册。以下均为译者注。

“提问！”

“嗯？”

“爸爸的公司没在打广告吧？”

“当然没有啦，就是家很小的事务所。”

“那我就不明白了。有些想建房子的人住在大阪这种很远的地方，他们是怎么知道你们事务所的呢？是在网上搜到的吗？”

“啊……最近的确有越来越多的人是通过网络找到我们的，不过最主要的还是靠口碑吧。”

“啊？口碑？不是网上搜到的吗？”

她好像没反应过来。

“假设有个人去朋友家做客，而这个朋友的家呢，就是爸爸设计的。”

“嗯嗯。”

“如果那个人特别中意朋友家的房子，自己也想住一样的房子，那他有朝一日要建房子的时候，就会来找爸爸的事务所了。”

“啊，是这么回事啊……”

“还有一种情况是看了书刊杂志上的照片找过来的，我去大阪见的客户就是这样的。”

日向子瞠目结舌。

“书里有爸爸设计的房子？”

“啊……嗯，前阵子有本书介绍过。”

“好厉害！”

“不厉害啦，书里介绍了很多房子，爸爸的只是其中之一。”

“我也好想看看那本书哦！”

“呃，我放哪儿去了……”

“好想看好想看！”

青濑面露笑容，内心却被日向子紧咬不松的劲头吓了一跳。这也是冈嶋所说的“Y邸的扩散”吗？奇妙的念头在脑海中挥之不去。其实他知道《200例》在哪里，只是对“跟日向子聊Y邸”这件事有些抵触。

“爸爸找找看吧。”

“一定要找到，下次带给我！说好了！”

“好，爸爸回去一定翻箱倒柜。”

“我可以把书拿给妈妈看吗？”

青濑顿时语塞。

“倒是没什么不可以的……可为什么要给她看呢？”

“妈妈说，她其实不太喜欢住公寓。”

青濑知道。

他知道由佳里对独门独院的房子抱有怎样的向往。

“她想搬家吗？”

“这倒是没提起过……因为现在住的公寓上班方便，离我的学校也近。”

“也是啊。”

“但她偶尔会半开玩笑似的大喊：‘啊！好想住在地上啊！’”

女儿学得太像，以至于青濑忘了要笑两声捧场。

店里的薄荷绿壁纸顿时多了几分存在感。由佳里一脚踩着折叠梯、皱着眉头、下达上色指示的模样，不由自主地浮现在脑海中。老公是建筑师，老婆是室内设计师，这样一对夫妇，却错过了建设“爱巢”的机会……

“爸爸，那就这么说定了！”

日向子快活地说着，站起身来，手中的小灵通传出《海螺小姐》的旋律，她要直接从咖啡厅赶去上电子琴课。青濑连忙问：你在学什么曲子呢？女儿回答的曲名是他从未听过的。挂在肩头的包鼓鼓囊囊，大概是因为里头装了乐谱。

青濑在店外目送日向子远去。

起初，她迈着轻盈的脚步走上马路。可走得越远，她的步速就越慢。身上的冬大衣显得好重，露着的腿显得好冷，她戴上了耳机，又弄掉了什么东西，弯腰去捡的时候，长而直的乌发被风吹起，露出稚气未脱的绯红脸蛋。

青濑蓦然察觉到了心中的焦急。日向子的成长肯定没有那么快，可每次见面，他都禁不住搜寻女儿长大的征兆。因为期盼着吧。他不知道该如何与这个无法责骂也无法拥入怀中的女儿相处，所以才想，既然她不可能永远是孩子，那还不如早早长大的好。

日向子在十字路口回过头来，扬起手，对青濑挥了挥。

青濑也举起手，边挥边想，自己的专用铃声是什么呢？母亲是明朗的《海螺小姐》，那么日向子希望父亲是怎样的旋律呢？

3

麻雀飞落到雨渍尚存的人行道上，一只，又一只。

青濑走出咖啡馆，朝着和来时相反的赤坂见附方向走去。沿着日向子消失的那条路走，心中难免郁闷，所以每次会面结束，他都会朝反方向走。但他的脚步并不能立刻进入工作状态。就算平时能控制住内疚，和日向子共度的每一分每一秒却会带来难以抵挡的反弹。日向子是他的女儿，他们却不是一家人，两人之间无法建立起“文火煮豆”一般的关系。青濑早已心知肚明，却还是不由得为“家长探视”这一做法的不自然而叹息。世上怎么会有在休息日共处两三个小时，还全程有说有笑的父女？

日向子还小的时候，就算见面时聊得不那么欢，只要把“爸爸永远爱你”这一点传达到，他就能维持内心世界的平静。探视的首要目的，就是沉稳、温柔地坐在女儿跟前，用肉眼可见的形式抹除父亲的缺失。然而今时不同往日，老套的固定节目已经行不通了。青濑并非不知所措，而是对站在青春期入口的女儿产生了畏惧。他痛感自己的错不是“祈盼女儿快快长大”，而是只想太太平平混过与女儿共度的当下选择了不作为。

在扮演“孩子”的角色时，日向子究竟有几分自觉？每次见面她都会提起由佳里，设法冲淡父母离婚的现实，莫非她抱有某种淡淡的期许？青濑曾细细揣摩过她眼眸中的神色。她是不是觉得，只要自己足够坚强，表现得足够开朗活泼，跟父母双方都保持良好的关系，也许有朝一日会有奇迹降临……

但有时候，青濑也会因同一双眸子的凝视全身绷紧。因为女儿仿佛在用眼神质问他：“爸爸，你为什么会跟妈妈离婚呢？”

由佳里绝不会让女儿过早接触人世间的阴暗。为了不让日向子因自己的家庭而自卑，她必然精心编造了一套不存在争吵与反目的离婚故事讲给她听。分开对大家都好，爸爸妈妈只是走上了两条不同的路……她应该会想方设法将父母积极面对人生的故事根植到女儿心中。如果由佳里没有让女儿碰触到任何毒物与荆棘，今后也不打算让她受到丝毫伤害，青濑感谢她还来不及，又谈何责难？

只是——

他总觉得，日向子并不相信母亲的说辞。她总有一天会想知道真相。这无关父母的想法，也无关大人的颜面，只是她终究会迎来需要真相的时刻。因为她总有一天，会对别人动心。如果她想要勾勒跟那个人一起走下去的未来，那就不得不面对这个问题：离自己最近，却舍弃了未来的父母，是如何走到了那一步的？

麻雀们前后左右，踩着轻快的步子。它们被来往行人的脚步追着跑，眼看着就要振翅起飞。

得提前做好思想准备。不能溺死在悔恨与赎罪的汪洋中，要为了日向子的未来在心中准备好一份真相。作为一个与孩子分开的父亲，如今的青濑唯一能做的只有这个。

由佳里会怎么说呢？

他又想起了那种从陡坡一路滚落的感觉。当然，两人齐心协力爬缓坡时的记忆也在。他们的婚姻持续了十年。问题出在哪里？究竟走错了哪一步？即便能把夫妻之间的种种一件不落地摆出来，真相的面貌也会随着诠释的角度发生改变。他们之间的问题是一年乱过一年，还没厘清就被撂下了。

由佳里肯定是清楚的。她和青濑度过了同一段时间，分享了同一片空间，她肯定意识到了他们走过的一个个分岔路口。青濑真想问一问，她是什么时候放弃了自己，她真正无法容忍的究竟是什么。

青濑抬起双眼。新大谷酒店的塔楼逐渐映入眼帘。

“啊！好想住在地上啊！”

耳朵径自回放起刚才那句话。他明明不记得由佳里说过，却越想越觉得这话仿佛是她亲口跟自己说的。

也就是说，由佳里一点都没变。她总是想到了什么不立刻说出口，憋一会儿再爆发给你看。有话要说的表情挂在脸上，问她怎么了吧，她又不说，直到临睡前才揭晓谜底，抓住青濑的双手拉到跟前，扭着身子，用无比难过的口吻喊：“啊！好想吃烤焦的秋刀鱼啊！”逗得青濑哈哈大笑，一拍大腿说：“我也馋呢！”两人咽着口水，发誓明天晚饭一定要吃秋刀鱼……在这样的欢笑中为一天画上句号。当时正是泡沫经济到来之前。如今回想起来，那真是一个欲望与不满都十分有限的幸福时代。

当年青濑在赤坂的设计事务所工作。老板是从基层一路打拼上来的大腕，带着四十个建筑师。同事之间竞争激烈，青濑就在办公室的一角画小商户的图纸。大环境持续向上，不过当他切身感觉到“工作变得特别忙”的时候，日本已经完全置身于泡沫经济中了。起初大家还有闲心说：“忙碌是幸福的烦恼。”但没过多久，接下大量项目的事务所便杀气腾腾，堪比战场。年轻的建筑师们在化作不夜城的大楼中，不断考验着自己的气力、体力和潜力。

不久便有人掉了队，还有人被其他事务所挖走了。为了防止人员外流，事务所每月加薪，奖金也多得出奇。青濑仿佛鬼魅附身一般，忘我地画着图纸。他的世界只剩下铁、玻璃和混凝土。精品店、美发厅、餐厅、展厅、婚礼会场……那感觉就像在制作1：1模型似的。卖相比什么都重要，只有好看的才能幸存——青濑试图在这样一个简单粗暴、却也让人背脊发凉的世界里成为有模有样的人物。

与此同时，由佳里也在室内装潢界崭露头角。她加入了一支以原宿为大本营的年轻设计师团队，以西欧各国的国旗和徽章为灵感，运用日本传统晕染技法打造色彩，加以组合。这样的室内装潢迎合了时代的口味，广受欢迎，由佳里的作品也时不时登上杂志，工作源源不断。

等回过神来，他们已经成了一对收入很高，却只是每天回两室一厅的公寓睡个觉的夫妇。某种东西在脑中炸开的瞬间，青濑还记得清清楚楚。他咆哮一般痛下决心，花重金租下六本木的高档公寓，只翻了翻产品目录就订了一辆雪铁龙的新车，稍有时间就拉着由佳里冲去高档餐厅，赶在打烊之前打打牙祭。“等工作告一段落了，咱们就要个孩子，建一栋自己的房子吧！”一天夜里，他对由佳里如此说。求婚以来，他从没有那么激动过。这句话在他心里憋了太久太久了。前途光明的建筑师和室内设计师携手构思“爱巢”的憧憬，一定会将夫妻俩难得的独处升华为无比快乐的时光。

谁知——

事与愿违。因为由佳里立刻提议建一栋“木屋”，仿佛她一直在等待这个机会；可是在青濑的脑海中，外墙面貌时刻随阳光而变的清水混凝土洋房早已形成了无比鲜明的轮廓。由佳里随口搪塞：“那种房子你帮客户建就好了啦。对付两年也就罢了，让我守着混凝土房过一辈子，我可受不了！”

由佳里的一番话让青濑瞬间清醒过来。让她渴望“木屋”的并非室内设计师的职业审美，是造就了“由佳里”这个人的一切有形无形的东西，让她说出了：“我的小家必须是木屋。”

青濑毕竟是建筑师，他很清楚人们对住宅的讲究绝不仅仅建立在兴趣喜好上，而是能反映出一个人的价值观与内心深处的欲望。这些东西并非面朝未来，反而是扎根过去。迄今为止的经历会在你的耳边低语，告诉你什么重要，什么不重要，可以接受什么，不可以接受什么。由佳里就有无比明确的答案：上初中前，她一直住在浜松的老家。据说那是一栋“大到空旷的房子”，主屋是老旧的农宅，后来又增建了山形屋顶的日式住宅。两人刚认识的时候，由佳里常和他提起儿时的往事——冲上晾衣台仰望夜空中最明亮的星，研究套廊地板下筑巢的蚁狮，第一次挨父亲的骂被罚跪在冰冷的泥地间……聊起这些的时候，她显得无限怀念，无比快活，仿佛那是她人生中最珍贵的记忆。

“爱巢”的建设方案就此搁置。

自那天起，青濑再也没提过这茬。自己的设计被劈头盖脸否定了。但如果只是这种真实直接的愤慨，也就罢了。但其实是由佳里那毫无恶意、自信十足的态度吓得他发怵了。他觉得妻子是在蔑视自己、蔑视自己的经历；觉得对故乡抱有怀恋之情的由佳里，看轻了没有故乡的自己。

这都是日向子出生前的事了。真要说离婚的理由，只能掰着手指列举泡沫经济崩溃后的种种艰难。不过事实当真如此吗？他真的只是输给了钱？他真能断言，此刻与妻女分开、孑然一身，与造就他的种种全无干系？

青濑停下脚步。

每次都是这里。每次他都会在同一个位置站住，仰望新大谷酒店的塔楼。他爱极了这个角度。弯曲的墙面，能让他联想到拱形的巨型水库大坝。

今天也能看见。

那是父亲贴着离地百余米的大坝顶端，挺着身子安装混凝土面板的骄傲背影。

4

西武新宿线很空。

青濑呆呆地望着车窗。他从没跟日向子提过那段“迁徙”的往事，跟由佳里也是快结婚才说。“异于常人的成长经历”在恋爱中发挥的作用可好可坏，对青濑而言，就是一个挺好用的故事。

川俣、高根第一、早明浦、丰平峡、刀利、矢木泽、下久保、奈川渡、矢作、新丰根、藏王、草木、三保、桐生川……有些大坝的名字都想不起来了。迁徙从他还在母亲背上就开始了，前前后后总共搬了二十八次家，小学和初中的九年里就足足转学了七次。他们住的工棚细长，隔成若干个房间，每一间都很小。听说自己还是个小婴儿的时候，总是和两个姐姐以及父母一起挤在三张榻榻米大的房间里。

倒不是因为家里穷。在经济高速增长期，“建大坝”是最受瞩目的公共工程。用于浇筑大量混凝土的模具是在施工现场搭建的。不仅要求尺寸精确、不容误差，而且是危险的高空作业，因此父亲这种技艺娴熟的模具工抢手得很。而母亲作为工程队的厨娘，也有工资拿。所以一家人住的屋子里摆着电视机，虽然画质糟糕，好歹是18寸的；无论是书本、玩具还是高昂的颜料，只要他开口央求，父母基本都会满足。只是家里的餐具全是廉价塑料品，饭碗、餐盘、杯子无一例外。毕竟经常搬家，万一摔碎了岂不可惜，所以母亲坚决不买玻璃或陶瓷餐具。

放学回家的路永远是漫长的上坡路，半路上总能看见漂亮精致的新民宅和破房子鲜明并列的地方。姐姐说，新房子是拿了补贴搬到高地的人建的，破房子则是守在路边的钉子户。青濑幻想着自己冲进新房子玄关的场景：径直杀到厨房，用自己专属的玻璃杯，泡一杯蜜瓜味的果汁粉，大口大口灌下肚。

本地孩子很少请他去家里。无论在哪所学校，他都是遭人嫌弃的"水坝娃"。现在回想起来，由于当年有关部门用萝卜大棒政策收购土地，扩大了山村的贫富差距，让村民反目成仇，连孩子都受到了波及。起哄、孤立是常有的事，他甚至被人扔过小石子。但他不记得自己为这些事认真烦恼过。因为要不了多久，他又会转学的。只知道"迁徙"的幼小心灵，又怎会产生"定居"的概念呢？他的想象总是在"冲进新房子，一口饮尽果汁"这里落幕。

青濑闭上双眼。

每一片土地都在他心中留下了记忆，他也怀念那些当地才有的花鸟鱼虫。然而他都这把年纪了，却从没产生过重游故地的念头。戛然而止的生活，有头无尾的记忆，相互之间没有交集，只是毫无脉络地躺在内心世界的阴暗处。寻常人走到人生的十字路口时，或是遇到不如意时，思绪难免会飘回故乡。可青濑没有这样的选择。

他所拥有的，只是光的记忆。有时会渴望，回到那束温柔的光中。

想想真不可思议，他暂住过的工棚竟都在北墙上开了大窗。他喜欢在窗口的亮光中看书画画。来自北面的光不会倾泻入室。它很温柔，会低调地将整个房间包裹起来。北面的窗户不如东面的聪明，也不如南面的开朗，仿佛悟道的僧人一般文静，别有一番风味……

电车开始减速。

“请您建一栋自己想住的房子吧！”

青濑睁眼起身。

于是他在信浓追分建了一栋“木屋”。那是一栋能够远眺浅间山，将北光用到淋漓尽致的房子。

5

红日西斜。

青濑走出所泽站西口，朝热闹的“prope”商店街走去。每逢节假日，街上就人头攒动。青濑缩着肩膀躲着人，穿过丸井百货A馆和B馆间的商铺，来到昭和大道。“冈嶋设计事务所”就在面朝马路的商业楼二层。

事务所的大门没上锁。青濑本以为冈嶋在，却没看到他的人影，反倒是胡子拉碴的石卷丰坐在电脑桌前，正在用计算机辅助设计系统（CAD）构思房间布局。

“不回去陪家人吗？”

青濑问道。

石卷今年38岁，有四个孩子。只见他煞有介事地叹了口气，把椅子转过来回答："回啊，这不是房主催得紧嘛。"

房主、客户、甲方……五花八门的称呼，来源于建筑师在第一家事务所养成的习惯。

"有什么非赶不可的理由吗？"

"说是房主的老母亲要过88岁大寿了，这会儿还住在养老院呢，想趁着老人家还在，接她回新房子住两天。"

"唉，闻者落泪啊。老人家还走得动路吗？"

"听说已经坐了好几年轮椅了。"

"那你不是能好好露一手啦？"

"嗨，话是这么说啦……"

石卷是经验丰富的全能型选手，这些年做了不少好项目。不过他最擅长的还是无障碍住宅。只要接到有这方面需求的项目，他就能让住宅达到"四级无障碍"以上的水准。泡沫经济崩溃后，"福祉""环境"也逐渐成为建筑界的关键词，所以石卷如今已经成了事务所不可或缺的人才。他原本在大型建筑公司的设计部门工作，考虑到公司可能裁员，他选择了自立门户，无奈市场蛋糕急剧缩水，没过多久他便在激烈的争夺战中败下阵来，回老婆娘家的肥料厂干了几年，后来才通过亲戚关系投靠了冈嶋。

不过青濑也没什么资格说人家，毕竟他也是泡沫时代的"残兵败将"。当年他在赤坂的事务所失去了容身之地，离婚后以非正式员工的身份辗转了好几家籍籍无名的事务所。收入只有往年的三分之一，不过只要够付日向子的抚养费就行，其他都无所谓。他不挑活，只管按上头的吩咐画图，沦为方便使唤的工具人。一家以超低价为卖点、不太牢靠的商品房公司甩过来七栋地基和房型完全一样的房子，他就给出七种不同的外观。整个人深陷这种耍小聪明的工作中，靠酒精熬过漫漫长夜，醉到发不出牢骚。三年前，冈嶋许是听说了传言，打电话过来说："别糟蹋自己。你要是愿意，就来我这儿吧。"

"可关键不在于无障碍啊，"石卷用手指搭出一个圈，"房主让我用每坪[1]四十万搞定哎。"

"全包四十万？"

"对啊，不光是室内照明，连外面的供水排水管道和污水净化槽都通通算进去，你就说扯不扯嘛！"

"真够扯的。"

青濑回答得干脆。石卷将视线转回电脑屏幕，摸了摸下巴上的胡子，这是他发愁时的习惯性动作。

"要不找竹内商量商量吧？"

"啊，他肯定会很起劲的。"

竹内健吾是事务所最年轻的建筑师，从建筑系毕业不过四年，身上还留着几分学生气。不过也正因为这份青涩，他钻研起来比其他人都卖力，尤其在"打造低成本住宅"这方面，他有着非同一般的激情。最近他还把研究范围拓展到了环保住宅。

"话说所长呢？"

"所长怎么了？"

1. 面积单位，1 坪约为 3.3057 平方米。

“他刚刚应该在吧？”

“啊……之前是在的，但半个多小时前出去了，说要去什么地方绕一下再回家。”

“哦。”青濑随口搪塞。也许是为了公共项目竞标的事“走动”去了。

“啊！对了，我听所长说啦，大阪那家好像挺顺利的嘛。”

“嗯，不过也就只是口头答应了而已，月底前应该能签好督建合同吧。”

“据说人家想要个Y邸二号？”

“嗯，差不多吧。”

“浦和的房主也为了Y邸的事给你发邮件了，看了没？”

青濑就是为了这封邮件才来事务所的。

他走到窗边的位置坐下，打开了人称“1号机”的公用电脑。算上会计津村真由美，事务所只有五名员工，但是因为工作的关系，有九台电脑占领办公室的六张桌子。

青濑在一堆合作方发来的通知里找到了家住浦和的依田节子给他发的邮件。

青濑老师，感谢您前些天在百忙之中……

他的视线直接扫向正题。

……我们立刻按您给的地图拜访了信浓追分的Y邸。外观果然美极了！看似度假屋，形状却非常复杂。看到实物，我们又发现了几处书上的照片体现不出的魅力，而且地势略高这一点特别棒！我老公也喜欢得不得了。我们知道突然上门打扰很没礼貌，只是越聊越兴奋，实在想进屋瞧瞧，于是便按了门铃。可惜房主不在家，所以我们没能入内参观。不过我隐隐感觉那里好像没人住，房主一家是不是把那边当度假屋，或只周末住呀？我们特别想体验一下室内的光影世界，能否请您帮忙跟房主打声招呼？拜托……

青濑皱起眉头。度假屋？吉野可从没提过他准备这么用Y邸啊。他们一家应该已经把田端的出租房退了，在竣工当天就搬去信浓追分，开启了他们的新生活。

他关了电脑，往后一靠，椅背嘎吱作响。

吉野夫妇的面容交替浮现在眼前。刚好就是去年的这个时候，他们造访了冈嶋设计事务所，说是对青濑在上尾督建的二层小楼一见钟情。夫妻俩都是40岁上下，身材都挺娇小，起初显得非常紧张，怕是青濑接待他们的态度也不太好。因为上尾的住房用地小，形状也特殊，客观条件相当严苛，他在设计的时候花了不少心思，结果客户一个劲儿地发牢骚，双方关系日渐尴尬，导致最后的成品仿佛也少了几分生气。

吉野把那房子夸上了天，说它形态优美，明明很小却有着惊人的存在感；妻子香里江也对弥补采光的天窗和厨房周围的短动线赞叹连连。那种迷恋，几乎称得上对设计者青濑的敬慕。话虽如此，他们的敬慕里并没有尊青濑为大师那种常见的盲目感。聊着聊着，青濑便对性情温和、心有灵犀的吉野夫妇产生了好感。据说他们有两个念初中的女儿，小儿子上一年级。这样的家庭结构让青濑想起了自己的童年，甚至催生出了某种亲切感。就在这时，一通电话让他离席片刻，等回来一看，只见夫妻俩正襟危坐，相视点头，随后吉野作为代表说道：

“我们在信浓追分有一块八十坪的土地，预算可以到三千万。别的您拿主意就行。青濑先生，请您建一栋自己想住的房子吧！”

当青濑凝视吉野眼眸深处时，心底的开关就已经打开了。

自己想住的房子——

眨眼的刹那，他看到了“木屋”。不，他看到的不是清晰具体的木屋形象，而是树木、树林与森林，还有晨雾、鸟鸣、拂过脸颊的微风……这些让人心旷神怡的东西，也许能用“五感的记忆”来概括。它们汇集于他的眼睑，摇曳着，却也坚定地向他传达着“木屋”的轮廓。青濑惊讶不已，混凝土外墙竟然沉默了。他一直在心中酝酿着的，通过光与影的联动刻画时间的那座清水混凝土洋房，竟然没有立刻浮现在他的脑海中，而且冷静数日后依然如此。太讽刺了，“刻画时间的房子”偏偏输给了时间。它蒙上了厚厚的尘埃，无力瘫倒，毫无崛起的迹象。

青濑接受了“木屋”。他坚信这份直觉不是屈服，也不是与过去和解，而是纯洁无垢的冲动。他用面纱盖住了自己和由佳里的过往。更何况，他并没有要模仿由佳里的老家建一栋传统日式民宅的念头。他只是怀着宁静的心绪，沉浸在自问自答中：不受传统施工方式所限，也不拘泥于样式美，“自己想住的房子”究竟是什么样的？

他开始频频前往信浓追分，站在“Y邸”的建设用地，一边做现场调查，一边张开想象的翅膀。一有灵感，便整夜整夜地推敲方案。草案一画就是好几张，甚至几十张。饮酒量直线下降，但他太过投入，以至于根本没察觉到。来这家事务所以后，他第一次如此投入。虽然对不起收留了自己的冈嶋，但之前的工作他的确不曾全情投入。泡沫时代的残兵败将，自尊是疲软的。并不是单纯的后遗症，而是对生活没了心力。他只想平安无事地完成事务所接到的项目，为了避免摩擦与纠纷可以歪曲自己的原则。他是勉强保住了一级建筑师的颜面，可事实上却是只看客户的脸色，画些讨好的图纸，心态跟落魄时代没什么差别。

他在吉野陶太眼里看到了濒死的自己。他们的委托就像魔法一样，向自己施加了心理暗示：“建一栋自己想住的房子看看！”本已丧失殆尽的工作激情仿佛换上了全新的细胞，热烈迸发。

建一栋“朝北的房子”。灵光乍现时，青濑缓缓握住双拳。是的。他非常确信。信浓追分的那块地位于面朝浅间山的坡道顶端，四面开阔，没有比这更理想的居住环境了。先天条件如此之好，就能尽情设计朝北的窗户了，这是城里的房子连想都不敢想的。将北光升级成采光的主角，用其他的光做陪衬。青濑不禁心潮澎湃。如果有设计师说他从没为采光头疼过，青濑还真想去会一会。对设计住宅的人而言，南与东是上帝，可他偏要舍弃这种信仰。他要扭转天空，打造洋溢着北光的“木屋”。不是受条件所限，无奈选择北面采光。只要他愿意，南面和东面就有取之不尽用之不竭的光。可他偏要在这样一块地上选择朝北。终极的逆转方案——用这句话来形容他的创意再合适不过。

青濑仿佛鬼魅附体了一般埋头绘图，平面图、立面图、展开图、截面图……画了扔，画了改，反反复复。可以说，住宅的外形几乎完全取决于采光思路。房子部分为两层，檐高最高的位置在北墙，配以北侧狠狠拉长、南侧大胆收窄的梯形单坡屋顶。他还制作了1：25的模型，细细推敲光线在室内的呈现方式，精心计算每个季节、每个时间段的入射角，一一敲定室内结构、窗户的位置和形状。即便如此，光量还是略显欠缺。为了弥补这方面的不足，不，为了让这栋房子成为名副其实的“北光之家”，青濑煞费苦心，最终在屋顶上添了一座“光烟囱”。

工期整整四个月。

每隔五天不到，青濑便会赶赴现场监工，做出种种细致入微的指示。为了确保房屋不被大雪压垮，他选用了大量栎木、橡木等阔叶木材，玄关周边和隔断则使用较软的原色扁柏。木材的丝丝幽香，也与来自北面的柔和阳光相得益彰。青濑竭尽所能，完成了这件让他心满意足的作品。他想吉野夫妇也一定会喜欢。Y邸变成“吉野家”的那天，吉野夫妇感慨万千地仰望新房。走进屋里，置身于被通透的晚秋暖阳填满的空间时，他们惊叹着：“天哪！太棒了！”他们笑容满面，吉野先生又哭又笑，直说：“对不起，我太激动了！”Y邸竣工时的确得到了客户的祝福，这一点毋庸置疑。

“这我知道！”

石卷的声音传来，他在跟竹内打电话。“我都说了，要是能改用差一点的建材压成本，那我也会啊！我就是不想走这步才来问你的啊！”

青濑望向窗口。

四个月过去了。从结果看，青濑贯彻了事务所的规矩。刚竣工那阵子，他日夜期盼吉野的来电。本以为要不了多久，吉野就会来汇报实际入住后的感想。可半个月一过，他便猛地担心起来。外观与内部装潢再好，人不实际住进去，就无法判断住房的好坏。渐渐地，他开始害怕知道结果了。有好几回他都要把电话拨出去了，却还是在最后关头作罢。一想到吉野夫妇那日展露的笑颜也许已被阴云遮蔽，他便没有了打电话的勇气，只得用堆积已久的其他工作分散注意力，搁置心中的不安。"自由发挥"的奇特委托当然不会接二连三，青濑很快就被拽回了为客户任性的要求头疼的日常生活。

那是乡愁催生出的幻想。那就是一栋平凡无奇的住宅。

每次Y邸掠过脑海，青濑都会这么告诉自己，久而久之甚至养成了习惯。也许Y邸就是没有值得客户打电话、寄明信片的优点，也没有糟糕到要特地找事务所投诉的缺点，只是栋随处可见的木屋。要么，就是青濑把南北颠倒、完全按他的主观喜好打造的房子强加给了吉野一家。作为房主，吉野也许有许多不满，但"全权委托"毕竟是他说出口的，实在拉不下脸，所以选择了沉默。也许他们夫妻俩受够了设计者的自恋，正在哀叹"事情怎么会变成这样"……消极的想象源源不断，积极的想象却总是在第一步折戟。总之，吉野夫妇并不打算和建筑师保持长久的友谊，他们没把青濑当朋友。一想起那段激情澎湃的日子，他就觉得心烦。甚至《200例》寄到事务所时，他都没细看，就直接塞进抽屉封印起来，告诫自己不能再犯自恋的错误。

然而——

“不过我隐约感觉那里好像没人住。”

如果是真的，这又是怎么回事？

“青濑哥！”

讲完电话的石卷喊了他一声。

“嗯？”

“去吃饭不？”

听到这话，青濑抬眼望向墙上的钟。

“太早了吧，这才五点半哎。”

“看这架势怕是要忙到很晚啊。”

“我就不吃了，你自己去吧。”

石卷脸上闪过一丝惊讶，不过随即窃笑道：“要不瞒着孩子他妈，去吃个豚骨拉面吧！”

青濑背过身去，不再看摸着大肚子的石卷。之所以觉得对方姿态高，肯定是因为自己心情不好。明明同为残兵败将，但石卷留住了五个家人。

“话说回来，我可真羡慕你啊！”

青濑心里一惊，回头望去。本以为石卷已经走了，不料他还站在半开着的房门跟前。

“羡慕什么啊？”

“Y邸啊，得到了那么多关注和好评，‘代表作’就是这么诞生的吧？”

“没那么夸张啦。”

“但我还挺意外的呢。我一直以为你是坚定的现实主义者。”

现实主义者？

“我可没有设计那种新奇房子的情怀和胆量，就是个‘造得了房子但造不出作品’的建筑师吧。”

青濑随口敷衍几句，把石卷打发走了。等脚步声消失在外走廊远处，他摸出了怀里的手机，拨通了Y邸的号码。他心想：如果吉野本人接了，那就只能笑笑了。

然而，听到的还是语音信箱的声音。

那又怎么样？这才一天，不对，是半天不在家而已啊！青濑一边在心里嘀咕，一边拨打吉野的手机。耳边传来熟悉的语音提示：“您所拨打的用户已关机或不在服务区……”

那就……他又试了试田端那间出租屋的号码。

“您所拨打的电话是空号……”听到这句，青濑顿时泄了气。吉野一家早就退租了，当然是空号，毕竟他们搬去信浓追分了啊。怎么会有别的可能呢？哪个傻子会放着刚竣工的新房子不住跑去别处？

青濑叹了口气，轻拍双膝，站起身来。手机塞回口袋，包拽到手边，然而忧心的尾巴并没有断干净。他盯着“1号机”看了一会儿，咂了咂舌，掏出手机再次打去信浓追分。

“您好，我是冈嶋设计事务所的青濑。”

他决定留言。

“最近一直没联系您，实在抱歉。有件事想和您沟通一下，希望您有空的时候给我打个电话，多晚都没关系。”

6

屋外暮色迟迟。

从办公室到事务所租的停车场要走一小会儿。起了点风，恐怕不光是因为早春，大楼的穿堂风也助了一臂之力。

青濑抬眼望去。他觉得这是个杂乱的地方，有时甚至会觉得混沌。在这片商业用地和住宅用地错杂难分的地区，三四座巨型塔楼住宅直冲天际。塔楼脚下是门面很小的古旧商铺，低矮的房檐挤挤挨挨，仿佛将格列佛团团围住的小人。香烟店、鞋店、五金店、旧书店、人偶店、劳防用品店……同一片视野的远处，有开放式咖啡厅模样的可丽饼铺，有反对建设高层公寓的标语牌，有装着透明玻璃外墙的时髦美发厅，还有土气的稻荷神社鸟居和摇摇欲坠的道祖神。

交杂的光景带着三分魅惑，青濑却并没有生活在这片土地上的实感或是依恋。因为当初找房子的时候太随意了吧。“既然要去冈嶋的事务所上班，就在附近找个地方住呗。”他只想了这点，就在街上信步而行，走马观花，毫无感觉，直到被碰巧看到的街区名“星宫”戳中，找到房产中介，最后照中介的推荐定了隔壁街区西所泽的老公寓。整个过程迫使他认识到：虽然自己在建筑行业跌打滚爬这么多年，却搞不清自己究竟想住哪里、过什么日子。

青濑冷哼一声。

心口的烦闷减轻了不少。“给Y邸的电话留言”这个举动，仿佛让他熬过了大病的危险期，接下来只要等吉野主动联系就行了。一想到这四个多月的心结会在今天结束前解开，他就觉得再难听的反馈都可以接受。

青濑走过转角，来到包月停车场，钻进雪铁龙。这辆车称得上赤坂时代的唯一遗物。它已经很旧了，一个人用又大了点，所以他也想过换一辆车。但每次冒出这个念头，心里都会有另一个粗暴的声音嘶吼：我要把这辆车连带着赤坂的记忆用到报废为止！

开车回公寓只需要几分钟。青濑顺路去了趟便利店，买了寿司和一罐啤酒。穿过大堂走到电梯门口时，他碰到了一位扶着手推车走路的老婆婆，两人互相点头，打了招呼。手推车的把手上，挂着跟青濑一样的便利店购物袋。老婆婆在十楼下了电梯，青濑则坐到十二楼。手提包沉甸甸的，因为离开办公室的时候，他拿出了抽屉里的《平成住宅200例》。

屋里的地板凉凉的，电话格外显眼。青濑按下闪烁着的红色指示灯，有一条新留言。他知道那是由佳里的，耳朵却准备着听吉野陶太的嗓音。

“今天你辛苦了，日向子很开心。下个月还是第一个星期天见吧。”

青濑轻叹一声。由佳里的语速很快，说的也是老一套，自己却试图从只言片语中解读出某种情绪。其实他跟由佳里也不是完全不通电话，比如日向子被同学欺负的时候，他们几乎每天都联系。但不会直接见面，也不会在电话里提起各自的近况，总之规则非常明确：只在“需要以家长的身份讨论日向子的事”时，才听对方的声音。

日向子总有一天会对当年的真相产生好奇。

万事俱备。为了不知何时到来的“那一天”，他必须提前跟由佳里商量好，把自己的想法告诉她，听听她怎么想。这事看起来简单，他却很担心自己开不了口。毕竟议题是离婚的始末，只要说错一句话，这事就不再是“日向子的事”，而成了“青濑和由佳里之间的事”。

青濑拉开罐装啤酒的拉环，喝了一口，走到窗边的沙发，打开寿司包装盒。推拉窗外，夜景还算凑合。

建房的事没了下文。自那时起，夫妻间的对话就出现了微妙的错位。好在泡沫经济时期的生活本就各忙各的，所以单看表面，日子跟之前也没什么两样。由佳里可能是在某种“错位”里察觉到了婚姻危机。有一天，她因为贫血去了医院，趁机便提出减少工作量。她说到做到，把生活节奏调整到了早晚基本在家的状态，而且精神莫名的好，总是满面春风，仿佛回到了新婚时代。她把双职工家庭常有的那种冷冰冰、干巴巴的空气赶出家门，变着花样做好吃的，热切期盼新生命的到来。

好嘞！我要捏住鼻子，狂吃猪肝喽！

日向子带来的光量是何等巨大。她的光随着由佳里的欢声与大叫照亮了全家的角角落落。回家时再困再累，青濑也不会错过她绵软粉嫩的睡脸。每天看着由佳里一副硝烟散尽、战士力竭的样子躺在女儿身边，他都能真真切切地感觉到那种到处都有却也只在此处的家庭时光。

然而他还是刻意回避建房的话题。由佳里偶尔会提起，但他每次都用“过些时候再说吧”搪塞过去。连青濑自己都不知道“过些时候”指的是什么时候，就这么四季流转，泡沫终于崩溃，工作仿如被推土机撂倒的树木成片消失，连做到一半的项目都黄了。客户逃的逃，砍的砍，各种人脉变得支离破碎。

事务所也开始裁员。只要老板跟你对上眼，面带哀色地点点头，你就可以卷铺盖走人了。商业建筑的负责人都被逼上了悬崖，只有公共部门的专家有可能留下来，毕竟今后还有希望接到这方面的项目。能势琢己就是其中之一。他的才能是有目共睹的，只是当年非常迷恋由佳里，简直死缠烂打。拜他所赐，青濑求婚的时间整整提前了两个月。当着能势的面被辞退——光是想象这一幕，青濑就觉得热血上涌。无奈一语成谶不过是时间问题。于是，他在老板点头之前写好了辞呈。老板握着他的手说：对不起啊，等情况好转，我一定请你回来。当时的青濑还有闲情逸致用力回握老板的手。他想得太简单了。他总觉得自己执照在手，也有工作经验，船到桥头自然直嘛。

你辞职了？是你主动辞的？

然而事与愿违，青濑找不到一家愿意用自己的事务所。能找的地方都找遍了，能托的人都托过了，却还是接不到设计方面的工作。被裁掉的同事们大多如此。半年过去了，一年过去了。他的电话经常在深夜响起，那是改行做没底薪的销售员、餐馆服务员、大楼清洁工才勉强糊口的男人们找他发牢骚的电话。挂电话前，他们都会不约而同地问上一句：“你呢？还守着设计不肯放？”

青濑中了邪似的拼命翻黄页，手拿红笔，没日没夜地给首都圈的设计事务所打电话：我擅长做门店设计。现在不正是招募能人的好机会吗？他还把自我推销的范围扩大到了大阪和名古屋。发现光打电话不管用以后，他干脆直接杀上门去，都不带预约的。眼看存款一天天变少，他却不甘心放弃。只要看到我画的图纸和作品照片，他们就会懂的。要不了多久，大环境一定会好起来的。可等待他的是一次又一次闭门羹。他是何等的不甘，愤怒使他全身颤抖。终于，他忍无可忍，撂下狠话：开什么玩笑！这种破事务所，老子还不愿意来呢！每到这样的夜晚，他就会用酒精麻痹自己，饮酒量直线上升。

老公，我们搬回原来的房子好不好？两室一厅又怎么样，没有车又怎么样，当年不是也挺开心的吗？

由佳里竭尽全力的宽慰从背后传来。可青濑不想搬家，也不想卖车。他只是气不过。不是舍不得体面的生活，实话说也没多少物欲。别瞧不起人！这你都不懂吗？我就是想发挥自己的专长啊！明明正拼命找下一个去处，出口却净是伤人的话。他第一次吼了由佳里，还用拳头砸墙壁。由佳里被吓到了，面色严峻。她开始四处打电话，想增加自己的工作，仿佛是做给青濑看，可连这样的举动也成了争吵的导火索。然而室内装潢界的情况也一样糟糕，家庭的经济状况并没有丝毫改善。两人的口角愈发频繁，“不在女儿面前争吵”成了夫妻间最后一条规矩。日向子是个超级黏妈妈的孩子，光是看到由佳里愁眉苦脸，她都会抽抽搭搭。

没钱了啊！真的没钱了啊！

青濑只去过一次职业介绍所。那里挤满了灰头土脸的男人，他不由得联想到曾在电视上看到的外国人排队领配给品的场面，是俄罗斯还是哪里。他也上前排队，不一会儿身后就多了好几个人。他只觉得喘不过气，胃仿佛被挤到了嗓子眼，嘴巴一张一合，一股酸气在嗓子眼来来去去，还没排到窗口，他就熬不住了。他诅咒自己的软弱，但这种情绪转瞬即逝，因为离开队伍时，周围的男人纷纷投来惊讶的视线。这一幕竟带来了某种难以名状的优越感，走在回家路上，他的步子仿佛都轻盈了几分。自那天起，他就再也没见过由佳里的笑容，哭丧的脸倒是天天见，还听过歇斯底里的尖叫。他切身体会到了钱的可怕。然而，当时的青濑已经过上了太阳没落就喝个不停的日子。

老公，给。

那天早上，由佳里的声音十分平静。一张离婚申请书摊开在雪白的餐桌上，每一栏都空着，一个字都没写，连由佳里的签名都没有，就只是一张纸而已。青濑清楚她不是认真的，她压根就不想离，只是为了让自己振作起来才孤注一掷，最后赌这一把。他再清楚不过，可整颗心还是冻成了冰，眼中只有“离婚申请书”这几个字。报复的狠话就在嘴边，他完全能勾勒出话出口后等着他的那个空漠茫然的世界，所以他在脑中反复告诫自己：别说！绝对不能说！可他还是说了。他怎么就说了呢？

还好没建房子。

筷子没再动。青濑盖上寿司包装盒，用皮筋扎好。这声音真讨厌。他把包拉到手边，抓出里面的《200例》。封面上是某位无名设计师的作品，有一座半地下的石庭，真有创意。青濑产生了些许嫉妒，一口饮尽罐中剩下的酒。

爸爸的工作是造房子对吧？

建筑家的梦想萌芽时，青濑大概就日向子这么大。不，也许还要更早一些。分校的图书室里只有一本关于建筑的影集，破破烂烂，介绍了世界各地最具代表性的建筑，他百看不厌，末了还偷偷带回了工棚。受其影响，他开始频频用画笔描绘建筑。在他笔下，临时搭建的工棚都能变成养得下大象、长颈鹿的豪华府邸，还有宽阔的宴会厅。姐姐们一个劲儿嘲笑他，母亲则笑着说：妈妈真想住进这样的房子过过瘾呀。

升上初中后，青濑对建筑的热情只增不减。在镇上书店看到“考夫曼住宅”照片时受到的震撼，他这辈子也忘不了。那是20世纪首屈一指的建筑大师弗兰克·劳埃德·赖特的作品，人称“落水山庄”，房子架在布满耀眼新绿的山坡中段，横跨瀑布。青濑记得图注大意是：“住宅与自然的融合协调。”但在他眼里，分明是房子把自然按倒在地。住宅和人类制服了自然、统治了自然，一股兴奋感油然而生。

这一定是父亲潜移默化的影响。建设水坝正是压制自然的行为——治水、发电、确保水资源。在那个举国基建的时代，在最前线搭建模具、正面挑战自然的父亲，就是青濑心目中的英雄。他总是央求父亲骑肩膀。坐在跟石头一样凹凸不平的坚硬肩膀上，远眺即将竣工的大坝，他便觉得自己也成了英雄。“小稔啊，大坝这东西就跟神仙的手一样。落在山上的每一滴雨、每一片雪，都会被它聚拢起来，痛痛快快地发给乡亲们！”

后来他参加了工业高中建筑科的入学考试。父亲以为那是培养木匠的学校，接到通知书那天兴高采烈地喝起了酒，嚷嚷着：“好嘞，爸爸给你买把好锯子！”他却没法像母亲和姐姐们那样笑出来。除了自己的工作，父亲一无所知。这是他第一次意识到工地工棚两点一线的父亲是多么可悲。他想立刻起飞。建筑家已经不是“梦想”了，而是触手可及的目标。他只觉得没有什么比学习建筑更快乐，一头栽进了制图与测量中。刚上高三，他就在全国高中生设计大赛上拿了奖，参赛作品是背靠郊外恬静风光的低层公寓楼，灵感是琢磨如何将鳗鱼窝似的工棚改造得舒适宜居时从天而降的。有建筑师资格证的老师注意到了青濑。而且不仅褒扬他的制图，还常夸他的素描。老师说，没有绘画才能的人是当不了建筑家的。青濑从心底里感激儿时在画具上有求必应的父亲，也感激那些从不带他一起玩的山村孩童。

青濑翻开《200 例》，这是他第一次认真看这本书。比起标题和说明文字，照片传递出来的东西更多。自信，挑战，面子，逞能——他仿佛能透过每一件作品听到作者的心声。略停一拍后，他翻到了“Y 邸”那页。天蓝色的单坡屋顶映入眼帘。只消这一眼，一切的一切就都重现在他眼前：三个椭圆形采光装置伸出屋顶，等距排列，他起名为“光烟囱”。那是他心血的结晶，兼具天窗和屋顶窗的功能。他采用了透光性极佳的聚碳酸酯建材，只需调节形似螺旋桨的反射板，就能将北光原原本本地导入室内，其他方向的光则经过筒中的曲面反射，分散至天花板和墙面……

青濑闭上眼，合上《200例》。

有朝一日，造一栋属于自己的房子。正是因为满脸青春痘时那意气风发、无比殷切的念想尚未泯灭，吉野那番话才成了魔法。如今想来，“朝北的房子”这一创意也好，“木屋”的选择也罢，其实都是某种必然。从小到大，他所看到的并不只是建设大坝的勇猛场面。他还记得爆破崩塌前的森林是多么丰饶。父亲也曾带着愧色，用手指着即将沉入人造湖的房屋、农田与石桥，一一数给他看。驻足过的每个地方所见的种种，无疑都成了青濑的心灵底色。似乎不存在的故乡，被北光温柔地裹着超越了时空。他失去了妻女的陪伴，迷失了自我，在黑暗中彷徨无措，直到吉野的委托让他感到了光。他战战兢兢地打开包袱，青濑的世界显现了出来。面对孕育了由佳里的那个世界，它既不拒绝，也不羡慕。

青濑望向墙上的时钟，快七点半了。电话沉入柱子边的暗角，默不作声。更可能响起的手机摆在眼前的桌上，时刻准备着。

怎么搞的？就在青濑喃喃自语的时候，吉野家小儿子的面容掠过脑海，仿佛某种不祥的征兆。那是个刚上小学的男孩。明明只知道他有两个比他大很多的姐姐，也没见过几面，青濑却感觉很了解他。奠基仪式那天，青濑见男孩半个身子藏在香里江身后扭扭捏捏，便上前问："想不想早点看到新房子呀？"男孩没有回答，只是抬眼看着他。那是已经懂得怀疑别人的人才会有的眼神。青濑从没见过他靠近父亲，也许是跟父亲处不太来。

八点，九点……两部电话依然沉默。青濑坐在沙发上没动，空了的啤酒罐被深深掐瘪。一瞬间，脑海中出现了自己走向便利店的画面。他打开电视，每个频道扫一遍，又把电视关掉。吉野还没回家吗？香里江也不在吗？两个女儿和小儿子呢？他们总该在吧？不对，家人是不可能给他回电的。吉野肯定是因为工作回家晚了，还没听到他的留言。

难道他们不要那栋房子了？情绪顿时失控。它糟糕到没法住吗？要是这样为什么不早说？

青濑盯着手机屏幕，等着十点到来的瞬间。手指点开Y邸的号码，但又不想打过去。如果迎接他的还是语音信箱，那他就会留下第三次来电记录。又没什么急事，被人知道他这么干着急未免也太——

突然电话响了。是座机。由于手机还显示着Y邸的号码，青濑大吃一惊，仿佛干坏事被抓了现行，腾地从沙发上跳起来。心跳猛地加速，脑海中迅速闪过不知为什么的道歉。

“喂？”

“原来你在家啊！”

隔了好几拍，他才意识到电话那头是冈嶋。

“搞什么啊！你打我座机干吗？”

期待落空让青濑不由得提高嗓门。电话那头也不甘示弱，厉声喝道：“你不是说回了家就能查到吗？”

青濑“啊”了一声：“抱歉，你稍等一下，别挂啊。”

他按下子机保留键，冲进隔壁，从墙上一把拽下装信用的挎包，拆开成捆的明信片摊在地上。很快就找到了。西川隆夫。

确认明信片上有新的住址、座机号和手机号后，他把子机切回通话状态。

冈嶋都没谢他一句就挂了电话。

青濑叹了口气，站起身。收拾好空啤酒罐和寿司盒，他发现自己除了看钟就没别的事可做了。脑中的思绪在兜圈子：吉野还没回家吗？他是不想回电吗？还是信浓追分的房子真的没人住？

寂静格外刺耳，窗外的夜景都显得寒酸了。这里不比东京，每到午夜时分，灯光的数量便会骤减。忽然，跟他一起坐电梯上楼的老婆婆浮现在眼前。青濑总觉得她也无心睡眠，正看着窗外，凝视同样的夜景。

青濑在午夜零点准时按下手机通话键。对面还没出声，喧闹的卡拉OK就已经捶着青濑的鼓膜了。

“哟，怎么啦？”冈嶋的语气十分快活，与刚才判若两人，“多谢你的号码。我刚打电话联系他了，他一口答应不说，还反过来一个劲儿地谢我呢——”

“冈嶋，”青濑打断了他，“我明天能出趟远门吗？”

“出远门？去哪儿啊？”

“信浓追分。我想去看看那边的情况。”

7

第二天一早便是晴空万里。

明明是适合开车兜风的好天气，青濑却没那个心情。更何况，他也不是一个人。片刻前，冈嶋刚坐上雪铁龙的副驾。昨晚通电话时，他提出要和青濑同去。青濑起初表示拒绝，说这不是所长要担心的事，可最后还是拗不过他。“我才没担心呢，就是突然想再瞧瞧Y邸了啦！”

发动机的状态还凑合。冈嶋问青濑准备怎么走，青濑说，从入间入口上圈央道，再沿着关越道、上信越道开，全程走高速。路面的积雪应该不用担心，他一早已经打电话给轻井泽町公所问过了。

“我要是睡着了，你可别发火啊，我昨晚喝多了。”

冈嶋把椅背往后倒了些，看起来没有要聊竞标的意思。青濑本也没打算问。即便是邻桌的同事，也不贸然打听人家手头的项目，这是他在赤坂工作时养成的习惯。想当年，四十个野心勃勃的建筑师挤在一处办公，打探别人的创意是家常便饭，怀疑另一个人更是办公室里的常态。

“路远着呢，你真要去啊？”

等第一个红绿灯时，青濑又确认了一遍。

“都开到这儿了还问啥啊。”

“这不是看你最近挺忙的嘛。”

“不都说了嘛，我就是想去看看人气暴涨的Y邸啊。”

莫非他打算提前看看有可能激发灵感的建筑，为竞标做准备？这倒是能证明Y邸竣工时的样子的确刺激到了他，虽然他绝不会承认。万千无名建筑师的内心世界是很复杂，他们纠结于“建筑家”的名头，因为别扭的自尊而心中焦灼。一方面有强烈的自负，坚信自己与众不同，心中高呼不排他利己何来杰出的设计？然而另一方面，他们也深知，要是无法认可别人创造的美好就连“建筑师”都不配当。

冈嶋真的变了。青濑在心中感慨万千。

学生时代的冈嶋是个令人生厌的家伙，既懒惰又狂妄，男女关系更是混乱。大学毕业后，他靠爹妈的帮衬开了事务所，婚后又仗着卖保险的老婆挣得多，成天叼着根烟斗，翻看建筑杂志消磨时光。明明没做出什么成绩，却摆出一副大佬的架子来。据同学说，他当年时不时以“新锐建筑家”的身份登上本地工商协会的会报，大谈他对建设有活力城镇的宏伟规划。

没想到几年不见，冈嶋竟判若两人。一句话概括，就是变得脚踏实地了。他收起了“新锐建筑家”的嘴脸，靠扎实稳重的工作态度赢得了信任，向四面八方拓展人脉。最令人惊讶的是，那些目中无人的言行都不见了，虽然喜怒无常依旧，但渐渐成了一个能正常打交道的人。至于个中原因，青濑只得想象。也许他跟其他人一样，在泡沫崩溃时尝遍了辛酸。也许是父母相继去世和好不容易要上的独生子对他产生了巨大影响。无论如何，曾经的冈嶋是打死都不会说什么“想看看青濑设计的东西”的。且不论他心中暗藏着多大的野心，反正他表现出来的态度是谦虚多了，尤其是在建筑这方面。

“一创这阵子挺好的吧？”

青濑看着前方问道，他能感觉到身旁的人面泛微笑。

“好得不得了呀！去长瀞那时候拍的照片给你看过没有？”

“还没呢，他多大啦？”

“11岁了，马上念六年级了。”

“这就六年级了？好快啊。”

“日向子是初一吧？”

“嘴真贱。”这个念头在脑海中一闪而过。青濑答道：“只要期末考的成绩不是太糟的话，就快上初二了。”

“她住在四谷是吧？”

“嗯？你怎么知道？”

“嗯？你之前提过的啊，说她们娘俩住的是低层公寓。”

“比廉价破公寓强不了多少。”

“你平时就不会跟由佳里交流交流吗？”

坏就坏在他也认识由佳里，所以时不时会甩出这样的话题来。想当年，他们建筑系有位办事认真的“万年干事”，每年都会组织一次联欢会，连青濑这个中途退学的都记得通知。联欢会是可以带家属的，所以青濑带着由佳里去过几次，想着也许能帮她拓展拓展人脉。冈嶋特别自来熟，凑过来对由佳里说：“我跟青濑可是过命的交情啊！”还大吹牛皮，把她逗得哈哈大笑。多么遥远的记忆啊！随着泡沫崩溃，联欢会再无下文，实诚的万年干事也在几年后自寻短见了。

“你这个月也去看女儿了吧？”

冈嶋立刻把话题扯回到日向子身上。

“昨天才见的。”

“哦，是昨天啊。怎么样？”

“看着挺好的，我也就这点盼头了。”

“别这么说嘛。孩子好好的不就行了？”

“毕竟是女孩子，以后怕是有的要头疼了。”

青濑的语气轻描淡写，可话一出口，就感觉像是交代了天大的秘密。

“也是。男孩子也难搞啊，不过难搞才有趣嘛。”

“日向子说，她想看看Y邸。”

“呵，你肯定高兴坏了吧？要带她看吗？”

“就看看照片吧。”

“一样要看，干吗不给她看实物？那不是你的得意之作吗？”

“得意之作啊……”

“啊？难道不是？”

“嗨，差不多吧。”

“能不是吗，你付出了那么多心血啊！”

“还行吧。”

“你不还挺满意那房子的吗？”

“算是吧。”

“你在生哪门子的闷气啊？”

“问题是客户满不满意啊。”

“人家只是出门了，别担心啦。”

“我没担心啊。”

“好吧好吧。不过，怎么说呢……”

冈嶋不自然地收了声。

“什么‘怎么说’？”

“啊？”

“有话就说啊，说一半算怎么回事。”

冈嶋“切”了一声，道：“不是常有人说，设计得太精巧的房子住起来反而不舒服吗。”

原来是这样。冈嶋心里也有一抹担忧。想看Y邸应该是真心话，但此行的另一半动机是出于老板的身份。

到了再叫我起来吧！

青濑瞥了眼逃离对话的冈嶋，一脚油门。

8

从上信越道的碓冰轻井泽出口下高速时已近中午。

径直驶向和美岭，耸立在前方的“高岩”夺人眼球。两座名为雄岳、雌岳的岩峰是山岭最具特征的部分，应该能算作奇岩。茶褐色的岩面如此生硬，看着叫人心疼，为周边的恬静风光增添了几分违和与紧张。

青濑感受着雪铁龙的马力不足，操着方向盘驶过山坡上的连续弯道。为了到工地监工，这条路他已往返过许多次，可不知为何，他竟没有丝毫熟悉的感觉。回想起来，那段时间的他也从没觉得所泽到信浓追分有多远。

车内广播正在播报午间新闻。跟着母亲生活的孩子被母亲的姘居对象杀害的惨案在某地又一次上演。副驾上的冈嶋睡得正香，呼出一阵阵酒气。过收费站的时候，他睁开一只眼看了看，但也仅此而已。

“不是常有人说，设计得太精巧的房子住起来反而不舒服吗？”

“不过我隐约感觉那里好像没人住。”

自己设计的房子可能没人住，哪个建筑师会有这么荒唐的念头？青濑用自嘲压住想象，看起来不可能发生坏事的风景在窗外流淌。翻过山头后，公路还是很空，路肩上的积雪比他之前听说的要少。停车等红绿灯时，附近传来一阵鸟鸣。

“吱吱唧，吱唧吱唧——”

青濑没看到鸟，但他知道那十有八九是煤山雀。煤山雀的叫声和大山雀相似，但鸣啭的节奏更快。还有另一种叫声：“啾嘤，啾嘤——”

青濑发动车，同时略略放下驾驶席那一侧的车窗。外面的冷空气拂过脸颊，极具穿透力的优美歌声从白桦林传来。那是越冬的候鸟黄雀。每年春天，它们都会在村庄留到最后一刻。看来是迁徙的日子近了，叫声比平时更尖锐些，仿佛暗藏离开这片土地的决意。

心像要被勾走似的，和鸟儿有关的记忆接连涌上心头。这跟乡愁不是一码事。那记忆与青濑家的“迁徙”重叠在一起，伴着某种如窥沙盒世界的感觉。

放学回家的路上，高空传来的鸣啭仿佛水雾飘落在身上。那感觉何等美妙，可有时听来又像同学们恶意的起哄：“水坝娃、水坝娃……”随着他一步步走近工棚，鸟鸣渐渐远去，山间威风凛凛的巨型水坝吞噬着野鸟撒欢的森林，直指竣工的日子。

曾几何时，他救过一只翅膀受伤的长尾雀，体长约十五厘米，头是白的，尾巴长长的，十分可爱。他在放学路上发现了这只蜷缩在落叶中的小鸟，实在不忍离去，便用双手轻轻捧起，以最快的速度冲回工棚。一路上，掌心的温度让他不由得心跳加速。到家后，他在小鸟翅膀根部的伤口上涂了些红药水，还找了个纸板箱，开好透气孔，铺上麦秆，给小鸟做了个窝。他知道家人会反对，所以大声宣布：“我就要养！不然它会死的！”可母亲并不理睬，直说：“哎呀，不行不行！”见青濑不依不饶，母亲就摆出了“野鸟养不得”的大道理，连两个姐姐也站在母亲那边。当时他们一家五口挤在六张榻榻米大的单间，小鸟自然是不速之客。

父亲在一旁若无其事地喝着酒。“你也说说他呀！”母亲促膝催道。父亲却含糊其词：“唔……这个嘛……”青濑也拼命恳求，希望得到父亲的支持。我会好好照顾它的，白天会放到外面去的。他说尽了好话，最后紧紧搂住父亲的脖子，求他买个鸟笼。

几天后，父亲利用假日下山去了趟镇里，提了个鸟笼回来。青濑大吃一惊，因为笼中栖木上分明停着一只羽毛乌黑的鸟，是只鹩哥。“小稔啊，这鸟可比野鸟强多了。只要你好好教，它还会说话呢。”接着父亲又神秘兮兮地补充道，“候鸟不迁徙会死的，就跟我们家一样。”

父亲应该只是不想惹儿子讨厌吧，他肯定也可怜因为频繁转学交不到朋友的儿子。无论如何，野鸟是不能长养的，他不想在未来的别离之日见到儿子的哭相。正是这份父爱，让他买回了出人意料的礼物。母亲与姐姐们别提多生气了，父亲却是一脸满足，仿佛刚做出了无比英明的裁决，还将鸟笼塞到青濑怀里说：“先给它取个名字吧！”

青濑大哭了一场。当时的心情已经想不起来了，是因为预感到了和长尾雀的分别吗？还是因为父亲满不在乎地买了个替代品？抑或是年幼的自己尚不能理解“跟我们家一样”背后的悲哀，产生了恐慌？

然而，青濑却对那只起名“九太郎”的鹩哥着了迷。至于不惜离家出走也要守住长尾雀的那份心思，早就不知道飞去了哪里。当年工棚里还住着一个父亲特别关照的年轻模具工，青濑叫他“敏夫哥哥”。青濑只依稀记得父亲说敏夫哥哥把长尾雀的伤治好了，放它回森林去了。现在想想，只得苦笑当年的自己可真薄情。不过九太郎魅力了得也是事实，它瞬间就俘虏了没有朋友的孤独少年。到家第一天它就学会了“晚安”，第二天便能张口说“早上好”“你回来啦”和“小稔”了。

说不定九太郎真的比其他鹩哥都要聪明。不知不觉中，它不光记住了家人的长相和名字，还把左邻右舍都认全了，让所有人大开眼界。眼看着它就学会了一百个、两百个词语，连流行歌曲的高潮部分都能哼上两句了。不用说，九太郎最亲的是青濑。他会对青濑说：“小稔，你回来啦！”“学校里怎么样啊？”让它做个自我介绍，它便会说：“我叫，青濑九太郎。住在，大坝的，工棚里。请多关照哦！”九太郎平时滑稽可爱，不过有时候也会因为心情不好对人不理不睬，反正就是脾气特别像人。母亲和姐姐们也把当初的反对抛之脑后，对九太郎百般疼爱。所以七年后九太郎归天时，全家都哭了。只有父亲例外。

家人当时的状态大约就是现在所说的“丧宠综合征”。在时间抚平了伤痕几年后，也不知父亲怎么想的，竟然又买了一只鹩哥回来。当时青濑全家住在神奈川三保大坝的工棚里，长姐刚嫁去山梨没多久。父亲是那种吃饭、出门都要一家人齐齐整整，否则就阴沉着脸的人，搞不好他是真心想用鹩哥填补长姐走后留下的空洞。

青濑不太搭理那只被父亲起名“小黑”的鹩哥，因为它的能力和可爱程度都比九太郎差远了。更何况他已读到高三，满脑子都是考大学的事。“喂——青濑稔——”小黑在窗边的呼喊只会妨碍他学习，几乎不能帮他调节心情。

就是这只小黑导致了父亲离世。三保水坝的工程结束后，父母搬去了当时尚未建成的群马桐生川大坝，青濑却没跟他们走。因为二姐在川崎市的日本料理店找到了工作，于是他便投靠二姐，搬进了料理店的员工公寓。毕竟备考进入了最后冲刺阶段，他想尽量在图书馆多学习一会儿，不把时间浪费在往返的路上。按照青濑的心愿，父亲把小黑带去了群马。

后来，青濑顺利考上了第一志愿建筑系，搬进了东京都内的廉价公寓。两年后，突然接到了父亲的死讯。据说是因为小黑打开笼门逃跑，父亲一路追到附近的树林，四处寻找，不慎跌落悬崖。母亲呜咽着打来电话，青濑却不敢相信这是现实，整个人呆住。据说父亲找了小黑整整三天，每天天不亮就起床去林子里，下班后也打着手电上山搜寻，总是念叨："小稔要难过死的。"母亲不知劝了多少回说："小稔不会的。"可父亲就是不听。"还是得找啊，不然有什么脸见小稔啊。"这是第三天傍晚父亲出门时对母亲说的话，谁承想竟成了遗言。

匆忙张罗好葬礼，一眨眼七七也过了。又过了一阵子，青濑独自走上通往桐生川大坝的山路。走着走着，太阳落山了，四周为黑暗笼罩。父亲在难辨山路的漆黑中喊着小黑名字的模样浮现在眼前。青濑泪如泉涌。他一直跟父亲在一起，看着父亲宽阔的后背长大。是父亲厚实的胸膛守护了他这么多年。花草树木的名字，鸟儿的名字，都是父亲教给他的。哪里还找得到第二个像他这样享尽疼爱的儿子啊！真该跟父母一起走。住在工棚也可以备考的啊！多陪陪父亲多好，至少到上大学之前啊。父亲一定希求过，梦想过，那一家人齐齐整整迁徙的人生啊。

方向盘的振幅变大了。青濑瞥了眼冈嶋，随即将视线转回前方，用力眨眼。眼前是一望无际的大直道。

半年后，他退学了。倒不是因为经济拮据。父亲过世后，青濑开始在赤坂的设计事务所打工。本来只是做些跑腿的杂活，没想到利用休息时间翻看的勒·柯布西耶传记为他招来了好运。所长走过来问他："你喜欢柯布西耶吗？"两眼放光的样子，仿佛正当年少。所长是饱经风霜、自学成才的，话匣子一开就刹不住车，得空就找青濑，向他传授建筑的基础知识；而青濑逮到机会就积极提问的态度，貌似也颇得所长赏识。后来，所长甚至同意带他去"巡逻"。所谓"巡逻"，就是去工地督建。这些经历带给他无数实用且激动人心的收获，直让人觉得课堂听讲实在是浪费时间。极具柯布西耶神韵的“底层架空”手法让青濑如痴如醉。用柱子把建筑抬高，在底部形成开放空间的设计，在当时大概是颇具未来色彩的。就这样，青濑自然而然地疏远了校园，连拿学分都成了问题，然而那时他已愈发难以抑制心中的振奋了。一拿到事务所的试用通知，他便递交了退学申请。他想，父亲也一定会为自己高兴的。他守着最靠边的制图桌埋头苦干，吸收能吸收的一切。所长将铁、玻璃和混凝土尊为“三大神器”，而青濑的目标正是成为能灵活运用这三种元素的建筑师。

“咔、咔、咔——”

击打石块般的独特叫声传入耳中，青濑稍稍松开油门。真没想到，这个季节的高地上还有北红尾鸲。它们也是过冬的候鸟，初春之前总能在郊外公园与民宅后院见到，比麻雀小一圈，也是由佳里迷上的第一种野鸟。

“老公，你觉不觉得红梅花雀有点像北红尾鸲啊？”

新婚时，由佳里突发奇想要养红梅花雀。青濑犹犹豫豫，说万一哪天死了该多难受啊。听到这话，由佳里鼓起了腮帮子：“是谁让我变成鸟迷的啊？”她每次都会拿这句当开场白，然后便会聊到两人刚开始交往的时候，青濑在新宿御园说中了五六种鸟的叫声。“那招真是立竿见影啊，我当时就想：‘跟这人结婚吧。’”

后来，由佳里自己的工作也忙了起来，就没工夫养鸟了。但是日向子两岁刚过的某天，由佳里竟招呼都不打就买了一对虎皮鹦鹉回来。虽然他们在“小窝”问题上有些分歧，但尚没有为此反目，再加上日向子一天比一天可爱，夫妻关系整体还是不错的。难道这么想的只有自己吗？那时的由佳里已不再提建房的事，原因肯定是青濑。事到如今，倒是能理解由佳里求助于“一对”小鸟的想法了。红梅花雀变成了鹦鹉，肯定是她还记得青濑提起过的九太郎和小黑。难怪选了会说话的鸟。兴许由佳里也在以她的方式竭尽想象，只为走进青濑在漫长迁徙生活中构筑起的内心世界。

活泼的“皮皮”和略显神经质的“皮妹”成了日向子的绝佳玩伴。皮皮学会了一些简单的词。听到鸟儿说“日向乖乖”，女儿便开心得手舞足蹈，用小脸蛋来回蹭黄绿色的羽毛。所以离婚已成定局时，青濑压根没想过带着鹦鹉搬出公寓。但由佳里强烈要求如此。青濑说：没了鹦鹉，日向子该多难过啊！由佳里却答：日向子一天到晚听皮皮喊“爸爸”才是真受罪。青濑本来想日向子也很疼不会说话的皮妹，好歹留下一只，可一想成对的鸟儿都要天各一方，这也太讽刺了，话到嘴边终究没说出口。

搬进廉价公寓不到一个月，青濑就把皮皮和皮妹带去附近的公园放了，因为他自己遇到了由佳里担心的情况：皮皮没有忘记“妈妈”和“日向乖乖”。“妈妈”还扛得住，可每每听到“日向乖乖”，本已收拾好的情绪就又散了一地。寂静无声的公寓里，他开始惧怕皮皮不知何时发出的叫声。也不是没考虑过把鸟送人，可皮皮的记忆就是一家人的记忆和秘密，他实在下不了决心。

放出鸟笼的一双宠物鸟无力地扑扇翅膀，停在附近的银杏枝头，相互依偎，纹丝不动。负罪感猛然袭来。先是活活拆散了女儿的家，现在又抛弃了两个在野外难以过冬的小生命。青濑踉踉跄跄跑向银杏树，一遍遍呼唤皮皮和皮妹的名字，在树下一直待到天黑，可两只小鸟并没有回来。第二天早晨，它们便消失不见了。

不知道由佳里是怎么说的。自那时起，日向子再也没在青濑面前提过皮皮和皮妹。不难想象，她肯定大哭了几场，却愣是只字不提。一眨眼，八年过去了。

“你这用的是……”声音从副驾传来，“……的哥叫醒醉汉的绝招吧？”

冈嶋貌似在指顺着窗缝灌入车里的冷气。车已驶入18号国道，刚才看到的电子屏幕上显示，现在的气温为“2℃”。

“治宿醉也是立竿见影啊。”

青濑笑着关上车窗，冈嶋伸了个憋屈的懒腰。

“到了吗？”

“快了。”

“午饭怎么办？”

“看完再吃行吗？”

“当然是回程再吃啦。机会难得，干脆去‘键本屋’吃碗荞麦面吧！”

行啊，青濑答道。键本屋是中轻井泽站前的老字号。Y邸施工的时候，他也应吉野夫妇的邀请去过几次。

“你好像对这一块很熟嘛。”青濑说道。

冈嶋得意地点头：“念书的时候，我为了研究别墅总往这儿跑啊。Y邸在石碑再往前吧？”

“过了石碑再往右前方。”

“我想起来了，就在夏洛克·福尔摩斯像附近吧？”

“再往前，然后上山就到了。”

青濑边回答边凝视前方。车已驶入信浓追分，立在北国街道与中山道分歧点的“分去石碑”在视野边缘淡淡掠过。

“哟，就在那儿啊，福尔摩斯！”

“哈！你是让我叫你华生吗！”

青濑鼻孔喷出笑声，减速的同时打方向盘。窗外风光变成了留有驿站小镇风情的街景。看着右手边的夏洛克·福尔摩斯像稍微开了一会儿，便进了北上的路。这一带尽是企业和大学的疗养地。开着开着，疗养地也变得稀稀拉拉。轿车引擎呼啸，沿着两侧被杂树林覆盖的公路一路开到头。浅见山顶映入眼帘，随即青濑便看到了它，脖子一阵发僵——那是阔别四个月的Y邸。下窄上宽的梯形蓝色屋顶。插在屋顶上的三根“光烟囱”……

“哦！”冈嶋说着将身子探出车窗，“那三根烟囱果然惹眼啊。看这轮廓都不太像民宅了，反而更像豪华邮轮呢。”

“是吗？”

“《200例》也赞不绝口嘛。‘分流四个方向的阳光，且不会形成积雪的奇迹造型’，是吧？”

“这一带降雪量很大，所以我把烟囱的截面设计成了水滴形，北窄南宽。”

“这设计，做屋顶的看了得头疼。”

“真的把人家愁坏了，成本也很高。”

“不过也多亏了这些烟囱，才能把北光一丝不漏地导入室内。还有人说这是媲美锯齿形屋顶[1]的发明呢。”

“是吧。”

1.锯齿形屋顶主要用在纺织厂等需要天窗采光却又不希望室内有直射光的厂房。

“凸窗真多。”

“都是必要的。”

“呃，‘斜摆的墙壁与凸窗的组合完美驯服了奔放的直射光’……”

“又是《200例》？”

“是啊，你不也看过吗？”

“就随便扫了几眼。”

“木板露台用的是日式外走廊风啊。”

“模仿环绕型外走廊，几乎绕了一整圈。”

“白色的部分是灰泥？”

“不会沾到雨水的地方是。”

“外壁下方是松树皮装饰吧？”

“装饰？那是防寒用的。”

“嗯……用的明明都是本地建材，却完全没有日本味。既不洋气，也没有东西合璧的感觉。真是不可思议的无国籍外观啊。”

冈嶋也许真的被Y邸打动了，眼睛眨也不眨，眼里也没有丝毫调侃。

眼看着Y邸越来越近了。周围没有民宅，也没有围墙，房屋的全貌毫无保留地展现在他们眼前。吉野一家究竟在不在？青濑能感觉到体内的血流速度在变快，冈嶋都把头伸出窗外了。

“不过这房子可真有个性啊，的确能勾起占有欲——”

青濑猛踩刹车让他闭嘴。双眼和双耳探寻着，在前方的Y邸及其周围寻找人的踪迹。

9

脚下的小石子哗哗作响。

在房子正面立定时，青濑的额头感觉到了某种比室外空气更冷的东西。车位上没有车，仅有的几条轮胎印也都干透了。起居室的窗帘拉得严严实实，从这个位置看到的一楼二楼的所有窗户也都拉着窗帘。

“浦和那位太太搞不好猜对了。”

因为冈嶋的语气太轻飘飘，青濑尖锐地瞪了他一眼。

“的确没人住。”

“大概真把这儿当度假屋用了吧。”

冈嶋的宽慰适得其反。

“真要当度假屋用，委托设计的时候肯定会说吧！”

玄关口旁边的铜牌没有刻上“吉野”二字。不，根本用不着看这些。只要是建筑师，一眼就能判断出一栋房子到底有没有人住。

“怎么回事？”

疑问伴随着急促的呼吸冲破双唇。

冈嶋也皱起眉头。他按了门铃，发现屋内无人应答，便提出“绕一圈看看”，朝房子的西侧走去。

青濑紧随其后。吉野夫妻的面容在脑中闪过。交房那天，他们明明千恩万谢、毕恭毕敬地接下了钥匙。

调查迅速告终，两人又回到了玄关口。因为东、西和北面的窗户不是拉着窗帘，就是放下了百叶窗，所以根本看不到屋里的情况。房子四周也没有堆杂物的板房、晾衣杆和自行车。电表的指针略走了一点，但这点用量绝不足以维系正常生活，恐怕连冰箱的插头都没插上。

“难道他们搬走了？”冈嶋嘟囔道。

青濑却有不同的见解：“我觉得是压根没搬进来。”

青濑很清楚，吉野陶太为入住做了各种准备。他根据交房时间办妥了水电和电话迁户手续，液化气瓶都拖到了房后。照理说，冈嶋的推测是正确的，吉野一家应该是入住后又搬走了。

然而——

青濑分明感到，这房子是崭新的。

他掏出手机，按下通话键，竖起耳朵。片刻后，屋里的电话响了。跟昨天一样，电话转到了语音信箱。再打吉野的手机，结果也跟昨天一样，想留言都不行。

“房主原来住哪儿来着？”

“田端。但那边的电话已经掐了。”

青濑把手机塞回口袋。害怕的事成真了。吉野一家不在这里。

“青濑！”冈嶋的声音都变尖了，“你快来看！”

他正指着大门的锁眼。青濑凑上去一看，锁眼上尽是划痕。不光是锁眼，四周的木质门板也有好几道看着像划痕的印子。看起来像是有人用螺丝刀之类的工具撬过门。小偷吗？不等青濑细想，冈嶋已按下了把手。只听“咔嚓”一声，大门开了一条缝。

冈嶋眼里闪过惧色。

“打110吗？”

“进去看看吧。”

这是我的房子——残存的感觉让青濑当机立断。

“不好吧？天知道里面是什么情况啊！”

瞧冈嶋的表情，他怕是想象出了“全家惨死”之类的画面。

“进去看看就知道了。”

“慢着！先等等！房主是做什么工作的？”

“不是放高利贷的啦。”

“说正经的！”

“搞进口杂货批发的。”

“打电话去他单位问问！”

“我不知道他单位电话。”

“不知道？”

“你会问客户要名片吗？”

建房是非常隐私的事，绝不会有客户喜欢在自己单位和建筑师碰面。

“那公司叫什么名字？我去查查号码。”

“用不着！”

青濑不客气地说道，推开冈嶋，打开大门。

扁柏木的香味撩拨着鼻孔。汇聚浅阳的门厅也好，铺着马赛克瓷砖的脱鞋处也罢，都是开门前就能看到的。脚下摊着一堆小纸片，那是水电通知单，是邮递员通过门板上的投递口塞进来的。本该安装在门板内侧接收邮件的盒子被拆了下来，随意丢在鞋柜上。

“不妙啊……”

冈嶋弯下腰，凝视走廊。地上分明有鞋印。薄薄一层灰尘上，印着混有泥土的鞋印，一直通往里屋。鞋印的花纹看着像运动鞋的底面。来人不止一个，至少有两个。不对，搞不好有三个。

“这种情况，还是报警吧。”

“又不一定是遭了贼。”

“是小毛贼倒好了。万一是绑架、炸弹什么的可怎么办？”

“这种情况，难道不该先确认一下再报警吗？”

青濑打开鞋柜，里头空空如也，一双鞋都没有。

“我说青濑啊——”

“说不定是客户的鞋印呢。”

“怎么可能啊！”

青濑无视他难掩惧意的声音，把鞋脱了。

“喂，你来真的啊！万一坏人还躲在里头呢？”

青濑踩住台阶的面板。眼前的景象的确令人毛骨悚然，但愤怒远胜过恐惧：呕心沥血建好的房子没人住也就罢了，居然还有来路不明的人闯进来乱踩，连鞋都不脱……

他打开走廊灯。筒灯投下暖色的光，脚印清晰分明，直通起居室。

“唧——嘎——”

屋外的松鸦发出刺耳的叫声。冈嶋轻声惨叫，脖子一缩。

“是……是鸟？”

“别慌，没乌鸦那么不吉利。”

说完，青濑回过头来，迈开步子。木地板凉凉的触感和沙土的粗糙感透过袜子传到脚底。

“别踩到脚印啊！”紧跟着的冈嶋低声道，“小心点！搞不好还在呢！”

青濑没搭理他，打开房门走进起居室。一进去他便站住了，跟进来的冈嶋也停在旁边呆若木鸡。

比走廊略低一级、铺着地毯的起居室空空荡荡。没有沙发，没有桌子，也没有电视。除了交房时已经装好的照明器具和窗帘，屋里没有任何装饰品。只有一部电话机直接放在地毯上，语音信箱的指示灯正在闪烁。

“家当全被偷走了吗？”

“你看像吗？”

泥脚印几乎没有踩到起居室的地毯，而是直接去了旁边的餐厅，这说明起居室打从一开始就没有能偷的东西。青濑打开灯，查看整张地毯的表面。一旦有人入住，那么地毯上定会有沙发、桌子、茶几的脚留下的压痕。然而，他没有找到任何痕迹。无须怀疑，吉野一家并没有搬进来。而且从“起居室连电视都没装”这点可以判断，他们也没打算把这儿当度假屋用。

青濑环视四周。贯穿屋内屋外的三根巨筒从高高的天花板下突出，北光正如他计算的那样，将象牙白的硅藻泥墙壁衬托得更白。煞费苦心确保的宽敞空间，反而突出了事态的费解与莫名，真教人咬牙切齿。青濑不懂了。什么样的理由会让人空置翘首期盼的新家整整四个月而不入住？还是说，不是某种“理由”，而是“进退维谷的情况”？

青濑摇了摇头，转向餐厅。除了大圆桌和五把椅子，餐厅里别无他物。这是青濑留给吉野家的“家什”，但入侵者貌似碰都没碰一下。不过圆桌本就是以粗壮的圆木为支柱固定在地板上的。青濑当时请来了定制家具的师傅，让他照自己住工棚时用的矮脚饭桌，打造了这张餐桌。一家五口围着圆形矮桌享用晚餐的乐趣，都是多亏曲线的魔法：这样所有人都可以既挨着坐，又面对面。吉野家也是五口人，于是围坐圆桌热闹吃饭的想象大大激发了青濑的设计欲。“自己想住的房子”当然不等于“自己一个人住的房子”。家与家人是不可分割的。然而，这栋房子至今没有传出阖家团圆的欢笑。

青濑一阵胸闷。

“冈嶋。”

“干吗？”

“你也觉得这房子住着不舒服吗？”

“瞎说什么呢，赶紧搞完走人吧。”

冈嶋已经去厨房了。吊柜的门随意敞着，里面并无餐具。冰箱没放，洗洁精、海绵等厨房用品也不见踪影。水池的龙头倒是能出水，燃气炉也能点着。水池灶具对面的操作台抽屉半开着，抽屉貌似被人翻过，热水器、洗碗机等家电的说明书杂乱地叠在一起。资料中混着一把钥匙，上头拴着“后门”字样的小牌子。闯空门成功的贼是用不上了，但是让钥匙就这么躺在抽屉里好像也有点不妥。青濑于是一把抓起它，塞进了裤兜。

没有洗衣机的多功能区冷冷清清。青濑还去卫生间看了看，洗脸台和厕所连个小瓶子都没有，更别说日用品了。浴室也不例外。入侵者许是根本没来这里扫荡，橱门通通紧闭着。他沿着走廊往前走。按设计，转半圈就能回到玄关。他已经彻底搞清地上的鞋印，能判断出入侵的贼人有两个，一个上过楼。他仿佛听见贼人的对话：“我去二楼瞧瞧吧！”

冈嶋撂下一句差不多的台词，走上楼去。钢骨架的旋梯，也是为了让北光遍布每个角落的设计。在墙壁与隔断设置壁室和形状复杂的壁龛，也是同样目的。所有心思都是为了高效演绎光线。从这个角度看，Y邸也包括了“刻画时间的房子”之意。

青濑逐一查看三间儿童房。全是空的，连书桌都没放。三个房间都有阁楼，但是由于房子整体呈梯形，只有其中一间是规整的长方形。他原本还有些担心孩子们会不会抢那个房间，事到如今，全成了杞人忧天。

他凝视主卧的房门，伸手推开。十张榻榻米大小的房间一片昏暗，因为窗帘还拉着。青濑不指望有任何发现了，贼人怕是也没找到什么东西。大概也正因如此，明明看到房间正中摆着一把旧椅子，他却并没有立刻认作“异物”。除了电话机，它应该就是吉野搬进这房子的唯一物品了。那是一把带扶手的木椅，司空寻常，简单朴素，就这么孤零零地对着窗口。椅子看起来有些年头了，板条式的靠背和座面都有些变形。然而奇怪的是，它竟没有给青濑留下“粗糙”的印象。直觉告诉他，这是一把有来历的椅子。

“喂，怎么样？”冈嶋在楼下喊道。

“不怎么样！”说着，青濑走进步入式衣橱。门是开着的，墙边衣橱的三层抽屉全被拉开了，能看到内侧的本色木料。满地都是粗暴的鞋印，“来回跺脚”大概就是这个意思。

青濑长叹一声。他已经不在乎什么小偷了。

他走向窗边。其实刚走进房间时他就想这么做了。这里有一扇朝北的特大号窗户，从胸口的位置开到尽可能接近天顶。青濑猛地拽绳，拉开窗帘，北光立时造访。不是光线，亦非光束，而是打薄到极致、一如面纱的光，柔和地将整个房间包裹起来。

施工期间，青濑曾无数次站在这个位置，无数次忍不住为宏伟壮丽的视野感叹。近在眼前的浅间山何等震撼；身披婀娜舞动的云朵，遍染银白的山巅甚至有几分神圣。这扇窗并非景色之画的画框，而是这栋房子的“光之大门”。

父亲当年常说：“太阳公公也是我们家的客人。”而得知吉野的妻子香里江擅长画画，也是点醒他在“光”上做文章的契机。造访田端的出租屋时，起居室墙上的油画小品吸引了他的视线。那是一幅静物画，画的是插在花瓶中的紫阳花，笔触淡雅。青濑夸赞：这画真不错呀！香里江竟羞红了脸。一旁的吉野则打趣说：她上高中那会儿可是美术部的部长呢！香里江接着道：画得不好，就是挺喜欢的，等孩子们长大些，还想再画点什么。

借助天窗或高窗将北光引入室内的采光手法，自古以来便常见于艺术家的工作室，因为如此一来，就能打造出最适合创作绘画与雕塑的自然光环境。“我想以‘画室’为主题设计主卧，等孩子们独立后，也可以在这个房间继续耕耘自己的爱好。二位觉得怎么样？”听到青濑的提议，香里江自不用说，连吉野都喜形于色，连呼：“好好好，就按您说的办！”但他也没有忘记带上那句魔咒：“我们就想请您设计一栋‘建筑家青濑稔’想住的房子，请您千万别太顾忌我们。”青濑回答：这就是我想要的。我一直都想打造能款待光，也能得到光的款待的房子。

莫非那是白日梦不成？

现实在眼前碎了一地。吉野一家不见了。没留下任何线索，销声匿迹。

不。线索……也不是完全没有。

青濑回头望向身后的椅子。一把面朝窗户的孤椅。为什么要把这东西放在这儿？当然是为了坐。不难想象，吉野肯定在这把椅子上坐过。走楼梯把椅子搬上二楼，放在房间中央，坐下，然后……对，然后眺望窗外。

青濑走向椅子，果然是相当有年头的古董。能坐人吗？不会一坐就塌吧？青濑小心翼翼地落座。

视野中不见了山，也不见了云。完全坐下之后，巨大的窗框中唯有湛蓝如洗的天空。青濑顿感头晕目眩。这是一种神奇的视觉体验。好蓝。无论是景色还是空间，都只剩下“蓝”这一种颜色。远近感被剥夺，被吸入的感觉汹涌袭来。但他不觉得难受。这景象仿佛曾几何时在某处见过，就好像置身宇宙远眺地球。它是如此之美，如此教人怀恋，整颗心好像都被解放了一般……

椅子的柔软也让他惊讶。腰部和背部与椅子完美贴合，丝毫感觉不到木椅所特有的那种压迫脊柱、尾骨的坚硬。将体重交给椅子静静坐了一会儿，他便发现起初被他视作“变形”的靠背与座面的翘曲其实是“挠曲”。说成“弹性”也行。椅子是被落座者的体重压弯的，青濑用指尖摸到了其中的奥秘——座面和主体结构并没有用螺丝固定，而是以铜线捆扎。扶手部分暗藏玄机——面板前低后高，这样当人搁好手肘，手臂放松地搭在面板前端时，这样的角度会让人感觉舒适。

好舒服。椅子传递给身体的感触无限低调，让人产生某种飘浮感，似乎要飞向俘虏视觉的蓝天。

闭上眼睛，眼前仍是蓝天。他看到了在蓝天悠游的鲤鱼旗，那是父母在下久保的工棚用几个米袋为他缝的。姐姐们的女儿节人偶也是母亲亲手做的。央求父母买东西的次数屈指可数，儿时的自己是被朴素却满载温情与手感的物件环绕的。他闻到了梅花香。那是上下学都要经过的广阔梅林中的坡道，姐姐们轮流牵着他的手。在奈川渡大坝，他让脚步和索道的声响保持同样的节奏。“嘎嗒嘎嗒嘎嗒嘎嗒。”运输木材的索道沿着山麓往上。当时读的分校是小学和初中一起上课，一个年级只有十来个学生。有一次，因为山崖崩塌，上学的路被堵死，只好在家自习了将近半年。搬去藏王大坝的工棚后，他第一次尝到了洋梨的滋味。洋梨真太好吃了，他甚至为此写了作文。他曾在放学路上挖了百合、月见草，种在窗下。冬天的日子最难熬，得拨开齐腰高的积雪，每天往返两公里多。工棚的水管冻住了，没法用，只能跟父亲下到山谷，敲开溪流表面的冰，用冻僵了的手拿着桶打水。回家路上，只觉得水桶沉重无比，胳膊都要被拽下来了。父亲摸摸他的头说，我们小稔真卖力，真厉害，长大了一定能当奥特曼。打回来的水就存在工棚的木桶里。全家喝着带木桶味的水，数着日子期盼春天。九太郎不爱喝桶里的水，大喊：“好臭！好臭！我要！喝果汁！”惹得全家捧腹大笑。

冈嶋在楼下叫他。

在矢作大坝，光是名副其实的贵客。因为工棚位于V形山谷的谷底，太阳每天上午十点才升，下午三点就落了。天际刚被朝阳染红没多久，便迅速变成蓝黑色，成群的乌鸦化作黑色的暴风雪惊扰天空。他和姐姐们，靠打扑克熬过一个个没有阳光的漫长午后。一天只有五小时的北光，都让他觉得无比可爱。

“喂！你在不在啊？好歹应一声啊！”

责备的声音传来。片刻后，冈嶋带着胆战心惊的神色现身。

“啊？你倒是惬意啊！”

“惬意？别瞎说。”青濑耐着嗓子的干渴，站起身来。

冈嶋还没放松警惕，又探头往步入式衣柜里瞧了瞧。

“找到什么没？”

“什么都没有，只有这玩意。”

冈嶋望向椅子。

“不是你搬进来的吗？”

“不是。”

“那就是房主搬进来的吧？”

“只要不是小偷撂下的——”

“什么时候了，别开玩笑！”

就在这时，冈嶋紧锁的眉头竟然瞬间舒展，眼里浮现出好奇之色。

“喂，这椅子，难道是……”

冈嶋边说边屈膝，把手伸向椅子。青濑问他怎么了，只见他回过头来，脸色潮红。

“这是陶特椅吧！”

“陶特？你是说布鲁诺·陶特？”

“还有别的陶特吗？”

冈嶋许是有过为陶特心醉神迷的日子，很是无语地回答。

布鲁诺·陶特是一位德国建筑家。昭和初期，他为了躲避纳粹政权的迫害，逃出柏林，远渡日本。他“重新发现”了桂离宫的建筑美，为日本工艺品的普及与设计水平的提升费尽心血。青濑虽有这些基本知识，但是在学生时代，他痴迷的是勒·柯布西耶和约西亚·肯德尔。对他而言，陶特不过是现代建筑史年表中的一个名字。印象不深的原因，大概是陶特几乎没机会在日本操刀设计建筑，而肯德尔逗留日本时则打造了鹿鸣馆、尼古拉教堂、岩崎邸等著名建筑。

不过听到冈嶋给出的关键词“陶特椅”，青濑便觉得耳熟了。

“这能在古董店买到吗？”青濑问。

果不其然，冈嶋正言厉色：“怎么可能？！现存的应该都妥善保管着呢。”

“那就是赝品喽？”

“照理说应该是。可这椅子，我越看越像是真的啊……”冈嶋一本正经地说着，坐在椅子上。

“你见过真品吗？”

“不只见过，还坐过，”冈嶋的语气中透着一丝得意，“热海的别墅里就有，就是那座著名的日向邸。那里现在归某家公司所有，据说几年前还是当疗养地用的。陶特在日本的时候，有个实业家求他帮忙改建自己的别墅，当时连别墅里的家什都是陶特设计的呢。我是大学刚毕业那会儿去的，还记得椅子好像是放在大堂里的——嗯，坐起来也是这种感觉。”

青濑想起来了。他不是“耳熟”，而是在报纸上看过，所以是“眼熟”。内容好像是，“陶特设计的椅子在数十年后重见天日”。不过青濑没有太大兴趣，也就没细看。

他用指尖戳了戳椅背。

“如果这椅子是真的，能说明什么？”

“这……”冈嶋做思考状，“如果是房主搬进来的，那就说明他可能跟陶特有某种关系。”

青濑模棱两可地点头。这事怕是跟“吉野一家五口不在这里的理由”一样，不是琢磨了就能有头绪的。

“那接下来怎么办？”冈嶋起身问。不知不觉中，忧色重回到了他的脸上。

“按原计划，吃午饭去。”

话音刚落，冈嶋便瞪大了眼睛：“不报警吗？”

“又没丢东西。”

“胡闹！这明显是私闯民宅啊！”

“真要说起来，我们也好不到哪儿去。”

“正经点！大门的锁都被撬开了哎！”

“回头叫个锁匠来修一下就是了。”

“我说你——”

“我不想把事情闹大！”

青濑提高了嗓门。此时此刻，他只是无比可怜这栋不见了主人的房子。要是警察再闯进来，给它打上“特殊住宅”的标签，他可真承受不住。

冈嶋沉默片刻，接着装模作样地长叹一声，开口道：“小偷怎么样先不管，可‘本该在这儿的房主不见了’，这事儿也不用通知警方吗？”

“屋里的脚印你也看到了，就是不入流的小毛贼。再说也没有打斗的痕迹，只是人没搬进来而已。如果有必要的话，我会去查的。”

“怎么查？”

“我的意思就是去面馆商量商量怎么查啊！”

“别那么暴躁啊，青濑。”

“你也别那么小市民好吧？你平时可不是这样的。”

冈嶋噘起了嘴：“我说的是基本常识。”

“毕业生跟辍学生的常识不一样。”

“喂，别说得跟真的似的，你又不在乎。”

“那就是所长跟员工的责任感不一样。走吧走吧吃饭去。”

“那椅子就放这儿了？锁匠来之前，这房子可是能随意进出的哎。”

“难道要搬出去？那我们就真成小偷了。”

“搞不好是陶特椅呢！”

“就算是，对小毛贼来说也是一文不值的破烂。”

最终，椅子被搬进了衣橱。“别碰坏了，万一是真货呢！”冈嶋搬椅子的时候别提多小心了。

青濑先走出房间，发现冈嶋没跟上，他又回去一看，映入眼帘的却是面朝北窗呆立的背影。冈嶋就那么纹丝不动地站着，好一阵子没动。

“不过，还好房子没被人一把火烧了啊。”冈嶋一边下楼，一边喃喃道。

听这口气，他所庆幸的貌似不只是陶特椅平安无恙。

10

中午的饭点早就过了，所以“键本屋”的客人也不多。两人点了最有名的手工荞麦面和当季特色天妇罗，一齐嘬面条的声音在店里回响，以示好吃。

来面馆之前，青濑联系了一家修锁公司，对方表示傍晚能到Y邸。青濑并不是有意欺骗，可对方好像把他误认成房主了。

他检查了掉在玄关地砖上的所有纸张。公共事业费都是按时付清的，水电煤的用量都在基本套餐的范围内，直接从银行账户扣费。

“说明房主还想住吧，电话也没停呢。”冈嶋边倒面汤边说。

青濑默默点头。毕竟才吃饱，他懒得再跟冈嶋争论。

“不过总也联系不上房主，还是挺让人担心的。”

“嗯。”

“先去公所要份住民票[1]吧，看看他们有没有从田端迁过来。”

“也是。”

“不过这年头你直接去找住民科要，他们也不会给你的。你办确认申请的时候有没有跟建筑指导科的人交换过联系方式？”

“有是有……”

“那就先联系他们，让他们帮忙问问住民科。如果没有迁入，那就去北区的区公所查迁出。你在北区那边有熟人吗？”

“我回头翻翻名片吧。”

1. 类似于居住信息登记表。

“要是松井组长还在，倒是能打听一下。这事交给我吧。”

“好，拜托你了。”

“如果公所那边不肯给，就只能去问小朋友的学校了。田端的和这边的都问问，应该就能查出他们在哪儿了。”

冈嶋说的这些法子，青濑在车上都想到了，但他觉得当务之急是去田端的出租屋看一看。虽然那边的电话已经掐了，但目前没有证据表明一家人已经搬走了。

“再要份登记簿誊本看看吧，万一所有人变了……虽然我觉得可能性不大就是了。”

“也是。”

“我说，你真不知道房主的单位吗？”

“我不是说过了吗！”

“好好好……”冈嶋拦住青濑，继续说道，“如果是在上市企业工作，肯定自己主动说了，都不用我们问的。唔……你说房主是批发进口杂货的是吧？那规模肯定不会很大，而且这种类型的公司在东京多了去了——”

“慢着，”青濑打断了他，“他搞不好已经辞职了。”

“啊？”

“我记得他提过一嘴，说近期打算自立门户。”

“自立门户？什么时候啊？”

“我不是说了吗，‘近期’！他说他想开网店，正在学这方面的东西。”

“你怎么不早说啊！”

“他说他在‘学’啊！感觉是‘等以后有机会了再说’。”

冈嶋没听进去，脸上挂着“可是”二字。

“但也有可能真的辞了，已经开始搞网店了不是？”

“这个可能性也是有的。”

“网店啊，搞不好比找公司还难。”

“可不是吗。”

“而且‘进口杂货’也太宽泛了吧！他卖的到底是哪国的什么东西啊？”

“我也不清楚，他说他们公司是什么都卖的那种。”

冈嶋摆出“举手投降”的姿势。

“不过他打算独立，那就说明钱还是有的吧？而且Y邸也没贷款，是全款付清的。难道他是什么大财主？”

青濑歪着脑袋：“不像啊，他在田端租的是四十年的老房子，衣食起居感觉也跟奢侈不沾边。”

“说不定就是因为平时节约才能攒下钱呢。他多大岁数？”

“比我们小5岁。”

“40咯？好年轻啊。会不会跟大阪那家人一样，继承了什么遗产？”

“他没提过钱的来源。”

“说不定是创业失败，把钱耗光了。”

“你不会是觉得他欠了一屁股债，所以躲起来了吧？”

“完全有可能啊！我们事务所能趁着他还有钱的时候把设计费和监工费结清，也算是躲过了一劫吧。”

“躲过一劫？那可是上了《200例》的房子啊！过一阵子还有竞标，你也不想让事务所惹上什么奇怪的谣言吧？”

青濑替冈嶋说出了真心话。冈嶋把头一别，“呵”地笑了一声，片刻后才转头回来道：“说起来，为什么是信浓追分呢？”

“嗯？”

“就是为什么要从东京跑到信浓追分这种乡下来呢？工作生活都不方便，孩子上学也成问题，不是吗？”

其实青濑也曾婉转地向吉野提过同样的问题。吉野的回答是：船到桥头自然直嘛！我们公司是弹性上班制，况且独立了以后就能在家工作了。我也希望孩子们能在大自然中自由自在地成长。小学离新房子很近，初中也是骑个车就到了，什么都不用愁。

那时的吉野明明在畅想全家的未来，脸上却带着几分阴霾。青濑猜测，也许是吉野家的某个孩子——恐怕就是小儿子，在他现在的学校遇到了严重的问题吧。之所以这么想，是因为日向子遭遇校园霸凌的时候，他真的考虑过给她办转学，认为这是解决问题的最终手段。

“最重要的理由应该是想给孩子换个环境吧。”

“孩子？因为孩子被欺负了吗？”

“他没明说，但我觉得有点那个意思。”

“原来如此。住在大城市的话，敏感的孩子不好过啊。而且父母也一直向往乡间生活，于是就干脆搬了。”

“这年头，回归乡下也不是什么稀罕事了。”

“是啊，还挺流行的。”冈嶋点了点头，一副想通了的样子，随即又凝望半空，眼神迷离，“进口杂货跟陶特椅，乍一听挺搭调的，可仔细琢磨一下又觉得不太对头。”

“是啊。”

"真想知道陶特是怎么掺和进来的。对了，我给你几本陶特的书看看吧，我有一整箱呢。"

"书啊？先拿来吧。"

"如果你打算去热海，就跟我说一声，我给你当导游。"

"行，到时候就靠你了。"

"从陶特入手的话，还有高崎跟仙台。你听说过'洗心亭'吗？"

冈嶋语速加快，手伸进怀里，貌似是手机在振。

"啊，您好您好！还让您特地打电话过来，真是太不好意思了，我正准备今晚给您打过去呢！"

青濑皱起眉头，扬起下巴，示意他出去讲电话。其实冈嶋已经起身了，只是还没站直。

"啊？真的吗？袴田老师也会大驾光临吗？哎呀，那真是太荣幸了。"

青濑目送圆润的背影消失在店门口。他对"袴田"这个姓氏有点印象，而且冈嶋尊称为"老师"，那就错不了，是那位实力雄厚的保守派的县议员。

青濑喝了口面汤。一旦独处，心头原有的滔滔愤怒便将刚产生的微弱嫌恶感生生吞没了。

可恶的吉野。

不知不觉，青濑攥紧了拳头。和由佳里离婚后，他都不知道自己的情绪去了哪里，甚至不确定自己还有没有情绪。然而此时此刻，汹涌的情绪仿佛找到了喷射的出口般集结起来。绝不能就此罢休。非要查个水落石出不可。一定要找到吉野陶太，问清楚他为什么要践踏那房子的尊严。如果情节严重——

“哎呀，欢迎光临！”

青濑吓了一跳，抬头望去。餐桌那头站着一位店主模样的老者，面带亲切的微笑。这表情和语气，说明他还记得青濑。

于是青濑鼓起勇气问道：“老板，上次跟我一起来的那个矮个的男人，最近来过没有？”

老人笑嘻嘻地点头：“嗯，来过一次。”

来过？

“那是什么时候啊？”

“呃……好像是去年12月吧。不对，那时候应该还是11月。”

11月下旬啊。Y邸是11月3日交的房。

“他是一个人来的吗？还是跟太太、家人一起来的？”

“夫妻俩一起，高个的太太也在。”

青濑面不改色地道了谢。

如果找一百个人问吉野香里江是高是矮，只要不是小朋友，就绝不会有人用“高个”来形容她。

11

眼看着薄暮渐成黄昏。

所泽的街景映入眼帘时，青濑打开了雪铁龙的大灯。冈嶋说他还有别的地方要去，青濑便把他撂在了半路的S市。他知道那是袴田议员的地盘。但此时此刻，他满脑子都是信浓追分。

离开面馆后，青濑和冈嶋前往镇公所。建筑指导科的主任还记得青濑，于是帮着跟住民科打了招呼。结果正如他所料，吉野家并没有迁入信浓追分。保险起见，他们又跑了一趟登记所，确认吉野邸的产权人没有变动，也没有被抵押的记录。“开网店创业失败，债台高筑，逃之夭夭”的假设已摇摇欲坠。

青濑握紧方向盘。

寻找失踪的客户——自己开启了一场不同寻常的调查，困惑却在胸口盘旋。昨晚一切还只是脑中的想象，可现在不同了。他探索了无主的Y邸，看到了各种文件，想象世界中的谜已然变成现实之谜。无论是实地考察的结果还是文件，都告诉他吉野家并未搬入Y邸。为什么会这样？他们究竟在哪里？

“高个的太太也在。”

面馆店主的话又怎么解释？香里江的身高不过一米五。青濑几乎可以断定，去年11月下旬和吉野陶太一起去面馆的是另一个女人。问题是，青濑明明和吉野夫妇一起去过那家店，店主却误以为那个高个女人是吉野太太。莫非三个人一起去那次，店主身在厨房深处，没看到香里江？还是说，他当时以为香里江是青濑的女伴？

车喇叭声从身后传来，前方信号灯早已变绿。青濑驶入昭和大道，快到事务所的签约停车场了。

总之就是这么回事：吉野翘首期盼的新房终于竣工，他却没有搬家，也没有更改住址。与此同时，他和一个高个女人一起出现在轻井泽地区的荞麦面馆，而这个女人并不是他的妻子。高个女人和吉野看起来就像夫妻——

且慢，还不能下定论。店主表示吉野来过之后，青濑问的是：“他是一个人来的吗？还是跟太太、家人一起来的？”搞不好店主就是因为这个问法，才说出了“太太”一词。而且他毕竟是开店做生意的，将出双入对的中年男女统一视作“夫妇”，也算得上一种待客礼节，不容易踩雷。

奈何猜疑一旦抬头便难以抑制。莫非那两人格外亲密，谁看了都觉得是夫妻？青濑越想越觉得，也许吉野还有不为人知的另一张面孔，而那正是让吉野家远离Y邸的理由。

他下了车，边走边懊悔自己怎么就没跟面馆店主多聊两句。还有Y邸的语音信箱。要是他当时播放录音，说不定能找到一些线索。

“您回来啦！忙到这么晚呀！”关了一半电灯的事务所里只剩会计津村真由美一人，“所长没跟您一起吗？”

“我把他撂在半路了。倒是你，不去接勇马吗？”

换作平时，真由美都是六点一到就立刻起身。今年32岁的她离过一次婚，白天都把3岁的儿子送去私立托儿所。

“让我妈去接啦。每次找她帮忙，她都可积极了。”

真由美半开玩笑的口吻让青濑不由得苦笑。她曾亲口告诉青濑，自己年轻时是个小流氓，然而除了略显凶相的眉毛角度，青濑完全看不出来。她是函授商业高中毕业的，在冈嶋开始认真经营事务所的时候入的职。不过具体是怎么入职的，青濑并不清楚。

“石卷跟竹内呢？”

“竹内去东村山了，要在那儿过夜。石卷去过敷调以后直接回家了，听说今天是他太太生日。”

“呵呵。”

昨晚豚骨拉面，今晚又是蛋糕，能瘦才怪了。

真由美正在往展板上贴灯具的照片，大概是石卷交代的任务。展板是给客户看的，跟报纸一般大，上面画着平面图，每个房间的基调用彩铅涂抹的颜色区分，然后再把事务所推荐的灯具、家具的商品目录照片逐一贴上。真由美昂首挺胸道："客户反响可比电脑做的效果图好多啦。"有道是：耳濡目染。她平时一边当会计，一边帮些室内装潢设计的忙，进步之快叫人咂舌。她甚至连图纸都能大致看懂了，以至于资历尚浅的竹内每画出不太对的线，她便会在一旁嘟囔："啊，这就是传说中的'抱歉线'吧？"

"那个要得急吗？"青濑问道。

真由美停了手，带着仿佛下定决心的表情回过头来。

"那倒不是，只是我有点惦记……"

"惦记什么？"

"您那边的情况怎么样？见到吉野先生了吗？"

青濑顿时有种被一只手悄然插到怀里的感觉。

这说明冈嶋告知真由美的出差事由并非"视察"。当然，事务所的人都知道Y邸交房后的沟通不太顺畅，但是考虑到青濑的感受，平时谁都不会提这事。就算冈嶋告诉她："我有点担心，所以去看看。"她仗着跟冈嶋关系铁就插嘴问起，还是让青濑深感不快。就在这时，石卷的玩笑话掠过脑海："真由美跟所长绝对有一腿，这是男人的直觉。"

"今天没见着。也不知怎么了，好像还没入住。"

"不会吧！还没搬家？"高亢的嗓音听着有点刺耳。

"我明天就去田端打听打听。"

"是说他们还在之前的住处吗？"

“既然没搬，肯定就是吧。”

“有没有打过电话呀？”

“打不通，所以我直接去看看吧。”

“打不通？那——”

“先迁电话的情况也是有的。”

那是冈嶋在回程的车上随口说的安慰话。真由美的反应正如当时的青濑，表情和“心服口服”全然无缘。

“麻烦你把这个打印一下。”

青濑掏出包里的数码相机，塞给好像还有话要说的真由美。相机里有Y邸卧室里的陶特椅照片。锁匠抵达Y邸后，他们让锁匠查看了玄关门锁的情况。锁匠表示门锁还能用，于是他们便吩咐锁匠把门锁好。眼看着就要上锁，冈嶋又突然大吼：“差点忘了！赶紧去拍几张椅子的照片！”说完便拉着青濑的胳膊往里冲。

“明天给我就行。”

他本想自己动手，却越想越觉得偷偷摸摸反而荒唐。

眼前的座机突然响了。青濑对真由美说：“我来吧。”随后拿起听筒。电话那头是金子建筑公司的小老板，寄居那边有栋青濑设计的公寓正在施工。

“青濑老师回来了吗？”

“有什么事？”

“啊，是您呀！我一个多小时前刚给您打过电话。”

青濑望向真由美。她显得非常慌张，双手合十着赔罪。

“出什么问题了吗？”

“哎呀，实不相瞒，您上次吩咐我们用在外壁的ALC板好像实在赶不上了，能不能换成等级一样的其他牌子呀？”

“要晚多久？”

“十天到两星期的样子。”

那就要超出原定工期了。

“好吧，那就换吧。”

“您答应啦！哎呀，太好啦！您果然好说话呀！”

小老板兴高采烈地报出几个ALC板的牌子。青濑指定了价格相近的一款，补了句“有急事可以直接打我手机”，就挂了电话。

真由美又摆出抱歉的表情和手势。

“没事，也不是什么大问题。”他的口气却略显不悦。

“您果然好说话呀！”

没追求的建筑师——他在小老板的欢呼中嗅出了侮蔑的味道。

青濑说了句：“我先走了。”走向门口。

尖锐的脚步声追了过来。

“老师！我觉得那栋房子是杰作！”

青濑半回过头，听她继续说。

“虽然轮不到我说这话，虽然我只看过照片，但我真心觉得它很棒！”

谢谢——几乎出口的真诚感谢，却被吉野一家吞噬。

真由美显得很激动。“真的！独创性那么强，谁都模仿不了！连所长都嫉妒您呢，说：‘要是我也能设计出一栋那样的房子就好了，一次也成啊！’”

青濑留下一个僵硬的微笑，走出事务所。

要是我也能设计出一栋那样的房子就好了。如果冈嶋真对真由美说了这番话，可就不能对石卷的猜测嗤之以鼻了。

12

青濑在外面解决了晚饭，回到公寓一看，语音信箱的灯在闪。他急忙甩掉鞋子冲进屋，只求那是吉野的留言，可惜事与愿违。

他只得抖擞精神，按下子机的回拨键，一屁股坐在沙发上。给他留言的是绘图师西川隆夫。嘟了几声后，西川本人接了电话。

“哟，阿青啊，你还活着呀？多少年没见了？有十年了吧？上次见还是在‘糖果’喝酒那回吧？你知道不，那家店的小领班加奈，跟那个装腔作势的阿玛尼大叔结婚了哎。”

西川一开口便是追忆当年的美好。

“您最近还好吗？”

“还行吧，老样子。画了吃，吃了画，没完没了。”

西川毕业于设计专科学校，多年来专攻建筑设计效果图。运用透视技法绘制的效果图又称“渲染图”，西川貌似很爱这个词，所以自称“渲染师”。

“冈嶋好像已经联系过您了？”

“对对，所以我才会打电话给你呀。哎呀，谢谢你介绍这么好的活儿给我，真是太感谢了。”

青濑不禁语塞，这话实在不像是从西川嘴里说出来的。

“您可千万别这么客气，我还怕百忙之中给您添麻烦呢。”

“怎么会呀，我正闲得要死呢。偶尔接个活吧，质量也糟糕得很，简直要命啊。哎呀，真是多亏你帮忙。我老婆也高兴坏啦。”

“这样啊，那就好。”

“你还记得那个姓山根的渲染师吗？”

“啊，记得，是当年跟您搭档的那位吧？”

“嗯，但后来出了点事，我们就散了。你知不知道那家伙现在在干啥？”

“他改行了吗？”

“他在新宿那边开出租呢！有一次我碰巧坐了他的车才知道的。他说他也跟大伙儿一样，泡沫破了以后日子越来越难过，只能改行。他还笑着说现在的收入不错呢。可他一点都不认路，动不动就要点导航，根本就不专业。难得他画的一手好图啊……”

瞬间，颤抖的嘴唇闪过。

“你辞职了？是你主动辞的？”

那些年，无数设计事务所濒临倒闭。即便是跟政府部门搞好关系，在公共建筑设计领域尽享合作协议恩惠的中型事务所，也因为能分到的项目锐减而岌岌可危。部分绘图师惨遭淘汰并不意外，可青濑万万没想到，连在业界享有“一流”“一点五流”口碑的西川和山根都曾在失业线上徘徊。

“不过，你们家老板还挺能干的嘛！”

“您是指？”

“我是说他眼光好啊！那项目不错。‘藤宫春子纪念馆’，好得不得了啊！要是能顺利拿下，等于是给你们事务所打了个重量级广告嘛。”

啊！青濑不禁叫出了声。藤宫春子——关于这个名字的记忆依然鲜明。

“是这一带出身的那位画家吗？”

“可不是嘛！啊？咦？阿青，你不知道你们老板想拿下那个纪念馆？”

“呃，嗯……这阵子我们都有点忙……看来纪念馆的事是正式敲定了？”

“好像是。应该是你们老板打听到了近期要竞标的消息吧。”

青濑无声地呼出一口气。

“啊，可不是警亭、公共厕所这种寒酸的小项目哦。”

确实不是小项目。藤宫春子的个人资料接连浮现在青濑眼前：她是S市出身的画家，三年前死于巴黎郊外的公交车事故。保持单身七十年，其间几乎没有发表过作品，只靠在街边卖明信片维生。去世后，人们在她位于巴黎市内的公寓找到了八百余幅油画与素描，其中大多数是描绘街头巷尾的贫苦劳动者与孩童的人物画。因为法国画坛大佬对她赞不绝口，日本媒体也进行了大规模报道。她的家属在东京都内举办了追悼画展，会场大排长龙。S市的筱塚市长想把画家的人气利用起来，便于去年春天大胆提出了建纪念馆的构想。在记者招待会上，他反复强调这是为了保护、保存遗作。但是不难想象，这其实是为缺乏强势旅游资源的S市创造吸引游客的噱头。

这件事也曾一度在他们事务所引起热议，可后来有消息说，市政府没能和画家遗属谈妥。冈嶋也一脸扫兴地说，等具体的建设计划一出来，那可就是数万亿规模的大项目，到时候肯定是找一批名震全国的事务所搞竞标。

“总之今后也请多多关照，阿青。我也会全心全意把这次的工作做好的。那就这样，替我跟你们老板带好！”

“啊，西川先生！”青濑赶忙喊住他，“您能不能假装我们没打过这通电话？”

“啊？”

“等所长提起纪念馆的时候，我想表现出大吃一惊的样子。”

青濑笑着说道。然而西川熟知建筑师的心思，根本瞒不过他。在爽朗地回答“知道啦，知道啦！”之前，他停顿了片刻，肯定是在琢磨青濑与冈嶋间的关系。

青濑握着啤酒罐走到阳台。真想出去吹吹风。呆呆地远眺夜景，万家灯火的闪烁格外明显。那是大气在摇曳。

也许政府终于跟遗属谈拢了，原本不了了之的纪念馆建设计划死灰复燃。冈嶋率先捕捉到了这个消息，于是为了获得提名暗中奔走。毕竟要想参加这场竞标，他得先让事务所跻身S市指定合作方之列。所以他频频约见县政府和市政府的官员，大力推销“冈嶋设计事务所”。找关系接近袴田县议员，也是因为他的地盘就在S市，要跟市长和提名委员会打招呼肯定绕不过他。青濑不禁回想起在赤坂事务所跑腿的那段日子。当时上面派他去“播种”，也就是跑各个区公所套近乎争取提名，可建筑科的官员个个态度冷淡，上来就问：“你没有议员的介绍信吗？”

青濑用啤酒润了润喉。

西川这个外人把冈嶋的小算盘透露给了他，让他多多少少有些尴尬。与此同时，他又觉得要是换成别人，十有八九是要置气的。毕竟是上亿规模的竞标项目，单枪匹马的建筑师绝对搞不定。只有事务所上上下下齐心协力，一起构思创意、绘制图纸，才有资格站上舞台比拼。然而冈嶋却只让青濑介绍绘图师，仗着他没有多打听，愣是瞒到现在，连一丁点蛛丝马迹都没透露。而且，他们今天可是一整天都在一起。青濑知道冈嶋这人喜欢搞惊喜，他大概是想等有朝一日真的拿到了提名，再开瓶香槟什么的公之于众？不对，莫非……他是不想让我参与这个项目？

"连所长都嫉妒您呢。"

冈嶋是真的在拼命经营事务所，这点旁人一看便知。而这个纪念馆项目，称得上千载难逢的良机。如果能在竞标中胜过东京的事务所，拿出水平过硬的作品，今后说不定就能获得其他地方团体的提名。而如果公共竞标的业绩足够多的话，就能定期签署合作协议，虽然金额小了些。现如今，泡沫崩溃的后遗症早已渗透到各行各业的最末端，优胜劣汰也进行得差不多了。也许正因为大环境如此，才更需要拿出积极进取的精神。可问题是，冈嶋的心思就只有这么简单吗？

青濑凝望着没有星星的夜空，任想象朝着某个方向延伸。

肯定存在某个爆点。纪念馆项目的竞标，在冈嶋心中点燃了一把火。他必然经历了作为建筑师而非经营者的奋起的瞬间。他想打造的并非一块宣传事务所的广告牌，而是"冈嶋昭彦作品"。

"我跟你说啊，我可不准备一辈子偏安关东！"

原以为这句话是当老板的野心，看来是太小瞧冈嶋了。不过冈嶋也并非 45 岁才突然开窍，准备掷出"建筑家版大富翁"的骰子。在大型事务所积累商业建筑的经验，独立后在公共项目的竞标中所向披靡，之后受邀参加国际竞标，打造出名垂千史的力作，最终财富名誉双丰收。梦想这般“结局”，应该是在很久很久以前，恐怕不想到脸红的地步都想不起来。冈嶋也并非特例。青濑也好，无数为手头项目忙得天旋地转的建筑师也罢，无一例外。

那……

难道是魔法作祟？说不定冈嶋也像青濑那样，中了某种魔法。但施法的是因飞来横祸离世的孤高画家，是让她获得永恒生命的展馆“藤宫春子纪念馆”。如果“虽死犹生”这个动听的词语就是驱动冈嶋的咒语……

青濑回到房中。冷风已彻底夺走他的体温，但额头上还留有些许温热，仿佛在发低烧。

他直接走到隔壁，一把抽出书架上的几本杂志。那是无名事务所、本地小建筑公司付费刊登“得意之作”、堆砌溢美之词自我宣传的杂志。青濑盘腿坐在地上，翻开其中一本。那一期收录的都是用地狭小或形状特殊的住宅。贴着标签的那一页上，就是吉野夫妇“一见钟情”的那栋上尾的房子。恐怕他们看到杂志之后还去实地考察过，不过青濑一直没机会求证。

“我们在信浓追分有一块八十坪的土地，预算可以到三千万，别的您拿主意就行。青濑先生，请您建一栋自己想住的房子吧！”

从今天白天开始，青濑就一直在寻找这句咒语背后的谎言。

吉野一家的面容依次浮现在脑中。都说夫妻相伴久了会有夫妻相，吉野与香里江正是如此。两个上初中的女儿，还有刚上一年级的小儿子，也都跟父母长得很像。在旁人眼里，他们就是幸福快乐的一家人，全家都沉浸在新房竣工的喜悦与兴奋中。只有那双稚嫩的眸子，用写满猜疑的目光凝视着青濑。

莫非他们的幸福快乐都是假的？莫非一家人的心早已分崩离析，他们却将现实深深藏起，拿出了媲美专业演员的演技？只有最小的男孩用眼神诉说着真相，用眼神无声地呐喊："我受够了！"

这想象令人毛骨悚然。

起初，青濑曾怀疑男孩遭到了校园霸凌。但他试着说服自己：小朋友也许只是心情不好，也许只是爱撒娇。但事到如今，他又将视线投向了另一种原因：也许是那个"高个女人"拆散了他的家。青濑没有其他线索，只得任思绪在狭小的海湾里漂流。

青濑呷了口啤酒，将啤酒罐放在翻开的杂志上。上尾的小房子在水滴的作用下缓缓渗开。它是一切的起点。是这栋小房子和吉野夫妇的偶然邂逅催生出了魔法。

青濑不禁凝视自己的双手。

有变化吗？

建Y邸之前和之后，自己心中可有什么不同？

应该是有的。他爬出了藏身多年的丧家犬巢穴，甩掉了一身自虐的姿态重获新生，并在新生的驱使下追求自己想要创造的住宅。他的心仿佛生出了翅膀一般轻盈。他在过去与未来之间自如往来，将经验、知识、感性与灵魂的全部，注入了这栋房子。站在竣工的新房前，他曾深深呼吸，将千丝万绪寄托在无垠的天空。他是多么希望父亲能看到它。又是多么希望能告诉由佳里，木与光完美相融的"青濑稔作品"终于问世了！在那一天，在那个瞬间，青濑成了"建筑家"。他双脚立于大地，昂首挺胸，向世界宣布："我在这里！"

然而没过多久，魔法失效了。吉野杳无音讯，只有时间无情地流逝。青濑的自信日渐消瘦，仿佛有人撕下了一层又一层薄皮。那并不是什么特别的房子——他被自己脱口而出的话囚禁，任猜疑入侵内心，眼睁睁看着一颗心被啃得支离破碎，又狼狈地逃回了巢穴。他又变回了一介“建筑师”，偃旗息鼓。他变回了麻木的建筑师，天天看客户脸色，被建筑公司的人轻视，却丝毫感觉不到疼痛。

然而——

自己明明建起了那栋房子。

明明以有形之物实现了自己的理想。

怎么可能没什么不同。肯定有证据能证明他的躯体、他体内奔腾的血流、他的精神发生了某种变化。

青濑的拳头落在膝盖上，两次，三次……

“咚——咚——咚。”

什么都没发生。没有人给他任何回应。一旦停手，留给这间无限空旷的一室户的，唯有静寂。

13

接下来的几天，青濑忙着和客户洽谈，办理各种手续，抽身乏术。

到了周末，他才得空去了一趟田端。虽然出租屋在行政上归属田端，但是在驹込站下车距离更近。他从高架桥下的东口出站，沿着杜鹃花街走了一段，又穿过“田端银座”的商店街。这一带还留有鲜明的旧时平民区的韵味。蜿蜒曲折的小路两旁，年头已久的各种商铺鳞次栉比。店员中气十足地吆喝着，烤鸡串和熟食的香味扑鼻而来，到处洋溢着活力。热闹到让人以为今天办庙会的人与热气，淹没了青濑。

每每走过这条路，青濑都不由得想起当年的大坝工棚也是这样。人与人的距离如此之近，话语往来如此浓密。唯一不同的是，这片街区拥有永不停歇的时光，但工棚没有。大坝一旦竣工，时间与人的关系就会戛然而止，一个社群就此消散。当年沉入水底的，绝不仅是“故乡的村庄”。

青濑在店门口要了一份团子。店员打包的时候，他呆呆地望着往来于街头的老人，看着他们的脸。如果自己在这样一个地方出生长大，会经历怎样的人生呢？不想分别的不用离开，想逃避的却逃不掉，如果上天给他的是这样的人生……

青濑接过找零，迈开步子。即便是这般古朴的街区，也是在缓缓变化的。商店街尽头拐弯再走两步，映入眼帘的便是“虫洞”点点的老住宅区，公寓楼冷冰冰的外墙愈发惹眼。听说这一带有不少人在泡沫时期付不起继承税，只得变卖土地。这条新旧街景穿插的路上，有两间并排独栋的房子，都是古旧出租屋。北边建起了时髦的公寓，南边则是一片空地，用作包月停车场。

写着“吉野”的名牌已被揭下。

青濑长舒一口气。其实他心底早就做好了自嘲杞人忧天的思想准备。只是冈嶋帮忙找区公所打听了一下，说是“好像没收到迁出申请”，所以他原本还是抱着最后一缕希望的。然而，门口的名牌的确不见了。不在信浓追分，也不在这儿。“全家失踪”这一猜想的现实感陡然暴增。

他按了门铃，但没人应门。玄关的拉门上了锁，每扇窗的窗帘都拉得严严实实，一如Y邸。

无奈之下，青濑决定绕去隔壁出租屋看看。面朝马路的房间敞着玻璃门，一位下巴长满胡须的老者躺在薄薄的旧褥子上，对着护工模样的中年妇女骂骂咧咧。青濑探出头去，等老人注意到自己了，才开口道："不好意思，请问隔壁的人是不是不在家？"

"我怎么知道！"

青濑就这么成了被怒火殃及的池鱼。

"没来往！你先来评评理！这老太婆居然嫌我脏，让我去洗澡！老子哪里脏了？要开玩笑找自家老公开去！"

青濑费了好大力气，才打听出了房东的情况。房东姓野口，据说十字路口右转再走一段，会看到一栋带院子的红顶房子，那就是房东家。青濑很快便找到了房东。他大概50来岁，不修边幅，身体肥胖。只见他拉了根水管到家门口的马路上，正忙着冲洗比房顶还红的宝马车。

青濑递上名片，奉上装有团子的包袱。他本想要是能在出租屋见到吉野，就让人家泡壶茶，一起把这些团子吃了。

他言简意赅地道明来意：客户没有搬进新家，有点担心，决定过来看看。

野口脸上全无惊讶的神色。

"哦，这么说起来，吉野先生好像是提过要搬去长野来着。"

"他跟您提过吗？"青濑不禁反问确认，"那他有没有提到信浓追分啊，轻井泽啊，这种具体的地名？"

“没有啊，只提了长野。”

“只提了长野……他是什么时候跟您提起这事的呢？”

“快搬家的时候。”

“那这边的出租屋是什么时候退租的呢？”

“呃……是去年11月中旬。搬家归搬家，但他就一个人，大概也没多少行李。”

一个人？青濑简直不敢相信自己的耳朵。

“他没跟家人一起住吗？”

“他好像很久以前就离婚了哎。”

离婚？很久以前？青濑只觉得头脑在空转。

“呃，那他是什么时候离的婚啊？”

“这……我也不太清楚哎。出租屋的事一直是我妈在管的，她最近住院了。我只知道吉野太太带着孩子们回娘家去了。”

“回娘家去了？那他们说不定没离婚，只是分居了呢。”

“哦，这倒是。”

眼前的中年男人看起来无比幼稚，难道他是啃老啃到了头发稀疏的年纪？

“为什么呢？”

“什么为什么？”

“吉野太太为什么要回娘家呢？”

“高个女人”浮现在脑海的正中央。

“不知道啊，我妈也说没听到什么风声。”

“那您知道吉野太太的娘家在哪里吗？”

“不知道哎。”

问了半天，却得不到丝毫有用的信息。

“吉野太太很久之前就带着孩子们走了。那她走后，吉野先生一直是一个人住出租屋吧？”

“应该吧。”

应该？

“很久之前具体是多久呢？”

“这我就不清楚了，出租屋的事我平时完全不管的。”

“能不能麻烦您问一下令堂？”

“哎呀，是这样的，我妈之所以住院，是因为她有点糊涂了。这人一糊涂吧，就很烦躁，动不动用东西砸我老婆，最后又在门口狠狠摔了一跤。”

“这样啊。”

“不过吉野先生离婚这事跟我们也没什么关系啊。只要房租按时汇到账上，我们也不会去房子那边看的。毕竟时代不同啦，现在大家不是都很重视隐私嘛。”

青濑强压厌恶，点了点头。

一时间，脑中仿佛一团乱麻。不管离婚还是分居，吉野家早已分崩离析。既然房东用了“很久以前”，说明这事可能发生在半年前、一年前甚至更久以前。果真如此，那可就太离奇了。他们委托青濑设计房子的时候就已经——

口袋里的手机一阵振动。青濑略有些慌，对野口简短道谢，随即转身。

“啊，我是金子建筑公司的金子。您不在事务所还打扰您，实在不好意思。您上次说有急事可以打手机的，我就恭敬不如从命了。”

小老板的殷勤不过三秒。

“哎呀，真要命，又出差啦。送来的窗框是黑色的，不是您指定的灰色。是厂商那边报货失误，他们愿意换。但您也知道，这个项目工期实在是紧张。我想干脆卖他们一个人情，回头采购其他部件的时候让他们打个折算了，您觉得呢？”

青濑闭上眼睛听他说。

“老师？青濑老师？能听到我说话吗？”

“请用我指定的灰色。”

“啊？”

“按我指定的颜色做。”

青濑并没有发怒。

他是想保护Y邸。他往摇摇欲坠的信浓追分台地，往自己的心里，打下了一根祈求平息的木桩。

14

民宅的屋顶后方，一栋校舍模样的建筑映入眼帘。

青濑加快脚步。思绪在原地踏步。惊讶已快成惊愕。吉野夫妇早就分开了，这是真的吗？

看到小学侧门上了挂锁，青濑才想起今天是周六。不，“跑这儿来打听吉野小儿子转学去了哪儿”，这一举动本身已体现出了他的慌不择路。小儿子才刚上小学啊！如果吉野夫妇“很久以前”

就分开了，那他当时应该还没到学龄呢。

青濑扭头就走。可还没走几步，他就意识到自己的脑子是真的没在转，禁不住狠狠咂舌。吉野不是还有个念初中的女儿吗？无论“很久以前”是多少年前，至少吉野家小女儿在家人各奔东西前应该上过这个小学。只要能查出她转学去了哪儿，自然就能找到香里江的娘家。

隔着推拉式铁门扫视校园，人影全无。他又观察了一下四层高的校舍。一层有一个职员办公室模样的大房间，但屋里非常昏暗。眼前铁门上是生锈的挂锁，他下意识伸手去碰牢牢卡住的扣环，这时一个女人的厉声从身后传来。

“您有什么事吗？”

青濑吓了一跳，回头望去，只见一位刚下自行车的中年妇女正透过眼镜怀疑地瞪着自己。即便不是刚才那声，青濑也能一眼看出她是这所学校的老师。

“呃……”

青濑一时语塞。女老师显而易见的戒心，让他想起近来常有可疑男子入侵校园，犯下残虐的案件。大概他的犹豫在女老师眼里成了“举止可疑”，只见她眉头紧锁，昂首挺胸，一副要威吓青濑的架势。

“有事就说吧。”

情急之下，青濑赶紧把手伸进口袋掏出名片。一级建筑师的名片大概能让对方卸下戒心，奈何今天的情形，并不是在查看土地时被误会了。

女老师低头看了看名片，抬眼望向青濑，表情依然僵硬。

“您不是学生家长吧？”

那把握十足的口吻，让青濑略感震撼。

“我的确不是家长，事情是这样的……”

因为急于证明自己不是可疑分子，青濑尽可能礼貌而仔细地阐明了来意。他告诉女老师，自己在长野为吉野家盖了新房，但一家人却没有搬过去。自己本以为他们还租住在田端，跑去一看，却发现人去楼空。

“于是我就想，如果能查到孩子们转学去了哪里，说不定就能见到两位家长了。”

女老师连头都没点一下。

“不知道您对姓吉野的女学生还有没有印象？两姐妹可能同时在贵校就读过一段时间，但应该中途转学了。”

“这就怪了，”女老师用强硬的口吻反问道，“吉野家的房子是您建的，您怎么会不知道他们在哪里呢？”

“呃……”

“是为了钱吗？”

“啊？”

“是不是他们拖欠房款了？”

原来如此。

这的确是正常人突然听到“全家失踪”的第一反应。

“不，我和吉野家没有任何纠纷。”

“那您干吗要找他们呢？”

“因为我担心啊！”

这句话脱口而出，一丝怯色在女老师脸上闪过。

“我不知道他们去了哪里，担心得要命，只能拼命找线索。能不能请您通融一下，帮忙查查？”

坏就坏在这连珠炮似的语气。女老师的眼神再次严肃起来，仿佛是要扳回劣势。

“如果你们关系那么亲密，不用找我们也有的是办法吧？”

“吉野先生跟我只是客户和设计师的关系，不是什么亲密的友人。”

“那您直接去咨询警方不就好了吗？”

“我也考虑过，可要是他们全家平安无事，这么做就可能会给吉野先生添麻烦啊！”

“那也不能……”女老师语塞片刻，可这反而激起了她的斗志，“您这么找过来，也是给我们添麻烦啊！您说的都是些让人无法信服的话。要是我轻易相信外人的说辞，就没法保护学生了。前阵子刚有个可疑分子想要搞到学生名册，拜访了好几位家长，编了一套合情合理的说辞，说什么名册有印刷错误，校方要回收。还有个开车的男人喊住三年级女生打听名字和电话号码。之前还发生过学生险些被拽上车的事情。反正最近一点都不太平……”

青濑灰心地叹了口气：“老师，您在这学校工作很多年了吗？”

“是啊，那又怎么样？”

“您对姓吉野的女学生还有印象吗？”

“我都说了——”

“能不能请您帮忙联系一下校长或者教务主任啊？”

“除非是家长，否则我不能通报。”女老师说得斩钉截铁，将指尖捏着的名片甩回给青濑。

青濑顿感热血上脑。"如您所说，我可能会请警方介入调查这件事。如果警察来问，您肯定会配合的吧？"

都是徒劳。"赶走眼前这个男人"已经成了女老师脑子里唯一的念头。

"这我可不敢保证，毕竟也有假扮警察的坏人。"

15

没有叶子的树丛，不会捎来风声，也不能言说时节。

青濑没有原路返回而是穿过小路，来到不忍大道。因为他想起来，动坂下的马路边，有一家他和吉野陶太一起去过的咖啡厅。

"转角咖啡厅"就在路口转角处，一如记忆中。店里只有几位客人。在店员的引导下，青濑在四人桌落座，点了一杯咖啡。也许吉野是这家店的常客。青濑本是为确认这件事才来的，此刻却提不起劲来。

模仿侦探打探非亲非故的人，当然会惹人怀疑，刚才那女老师的反应就是个例子。

"您不是学生家长吧？"

这话意味着青濑看起来不像"孩子父亲"，要么就是和教育机构形象不合。因为穿着黑夹克吗？还是说，问题不在于穿着，而在于气场？以独行侠自居的建筑师要多少有多少。在青濑眼里，同行的气场显然不同于寻常上班族。无论在哪方面，都要有自己的个性。只要还在当建筑师，这种近乎强迫症的自我意识就会如影随形。

不，也许跟这些都没关系。可能只是青濑这个男人的真身或本性被看穿了而已。把身为人父的亲情与责任通通寄托在每月一次的探视上，然后就可以毫无负担地厚着脸皮招摇过市。莫非初次见面的女老师，嗅到了这种诡异活法的腥味？

身材纤瘦的老板端来了咖啡，但青濑没有开口。他心说：你又不是福尔摩斯，也不是华生。可如果是侦探，他会怎么查呢？肯定会在出租屋周边兜兜转转，把街坊邻居问个遍，找出吉野家孩子的同学们；大概还会找搬家公司打听，调查吉野把家什搬去了哪里。然而——

当务之急是冷静下来。要稳住心绪，充分掌握情况。如果把面馆店主的证词和房东刚才所说对照，会看到怎样的现实？

青濑喝了口咖啡，将杯子放回碟子，抱起双臂。

“很久以前”，香里江带着孩子们回了娘家。自那时起，吉野陶太独自住在那栋出租屋里。Y邸的交房时间是去年11月3日。当月中旬，吉野告诉房东他要搬去长野，退了租。可他并没有搬进Y邸，反而在当月下旬跟一个“高个女人”现身于中轻井泽站前的荞麦面馆。

大脑在抗拒。这肯定是满怀恶意编造的谎言。交房那天的情景还历历在目，吉野夫妇真的从心底里为新房竣工而欢喜。那个时候他们已经不是夫妻了？这教人怎么相信？

可是……可是啊，吉野家并没有搬进Y邸。此时此刻，下落不明。这是不争的事实。

青濑闭上眼，眼睑微微抽动。

假设吉野夫妇很久以前就已经分居了，且这种状态一直持续到Y邸交付，那么两人委托设计的时候呢？他们第一次拜访青濑是去年3月，那是“很久以前”的之前还是之后？

应该是“之前”。

当时吉野夫妇关系还是不错的，所以才会将建新房提上日程。也就是说，夫妻关系的恶化发生在委托之后。也就是在青濑绘制图纸，推进 Y 邸的工程，直至交房的八个月里……

究竟是什么时候？夫妻关系究竟是在这八个月中的哪个时间点破裂的？

毫无头绪。从委托设计到竣工，吉野夫妇的状态没有丝毫变化。也许称不上“恩爱”，但在青濑看来，他们就是一对分享了许多，也携手经历了许多，磨合得刚刚好的夫妻。他还曾凝望他们的脸庞，遥想当年的自己和由佳里，反思“我们怎么就没变成这样”。难道是看走了眼？不，如果只是小矛盾也就罢了，到了分居、离婚的地步，旁人总能看出些端倪啊。可他没有捕捉到丝毫破裂的预兆，甚至没有听到一个不和谐的音。当时的吉野夫妇都在翘首企盼新家的竣工。直到现在，青濑也唯独对这一点深信不疑。

难道是“之后”？吉野夫妇的关系曾一度深陷危机，不过后来和好了。说“风雨后见彩虹”可能不太贴切，总之家人间的纽带因为这场危机变得更牢固了。正因如此，建设新房的计划才得以提出。

这套推论本身是讲得通的，只是和房东的说法有些矛盾。房东说，吉野退租时是一个人住的。再说，如果关系真的修复了，他们又为什么要空置 Y 邸四个月？莫非好不容易和好了，新房也竣工了，这时候又突然杀出个“高个女人”，让一切努力化为了泡影？

想不通。无论是“之前”还是“之后”，都无法让来龙去脉合乎情理。这就意味着……

也许他该对房东的观点提出质疑。吉野夫妇的确分居了，但理由并非感情破裂，其实是某种不得已的苦衷，让一家人再也无法一起生活。比如……嗯，比如吉野债台高筑，催讨的人步步紧逼，为了保护妻儿，才让香里江带着孩子回娘家避难。又比如，吉野只是办了离婚手续，以免祸及家人。这么解释，就不会和房东的说法产生矛盾了。

问题是——

才八个月的工夫，吉野就陷入了如此严重的窘境吗？委托设计的时候，吉野并没有表现出囊中羞涩的样子。他甚至没有贷款，就准备好了三千万的建设资金。信浓追分那片八十坪的土地，也是他自有的。

莫非“不得已的苦衷”就是这么来的？作为一个40岁的上班族，吉野所拥有的实在太多。青濑本来没有放在心上，只是猜想他大概继承了长辈的遗产，也许这就是盲点。批发进口杂货，“什么东西都卖”……越想越觉得可疑，越琢磨越觉得这工作古怪。

“我怎么知道！没来往！”

一声怒骂打断了青濑的思路。

隔壁出租屋那个一嘴胡须的老人——

是个烟幕弹。正因为这么想，骂声才浮现在脑海中。老人的性格的确偏执，对护工也是真不耐烦。所以当时才以为是拿自己撒气，但此时回想起来，却觉得那凶暴和怒骂好像有点假。我什么都不知道！什么都不想掺和！说不定他之前也曾像这样扯着嗓子嚷嚷，为的是撇清关系，以免惹祸上身。

吉野在“工作”中遭遇纠纷，坏人现身出租屋。脑中勾勒出这样的画面，是因为想到了被糟蹋的Y邸。擅闯Y邸的真的只是普通小偷吗？他们的真正目的是？

青濑觉得眉间一阵疼痛，睁开眼睛。

顾客的笑声传入耳中，咖啡已经凉了。戒烟已久的他突然产生了抽烟的冲动，破罐子破摔的情绪涌上心头。这不是外行能解决的问题，要不干脆请个正经侦探吧！

那怎么行？岂有此理！对方可是客户啊！假借他人之手打探人家的隐私，这可是有悖信义的恶劣行为啊！

可……果真如此吗？事已至此，吉野还算是客户吗？无论真相如何，吉野夫妇都耍了青濑。他们从一开始就把想成为“朋友”的建筑师拒之门外，丝毫没有表现出“苦衷”，还对他施了魔法，让他建起那栋房子。

想不通啊！那么多次去吉野租的房子，在起居室和两夫妻洽谈，每每将图纸摊开在矮桌，两人都是抬起身子趴在桌上细瞧，一个说：“好期待啊！”另一个说：“都等不及啦！”他们两眼放光，相视而笑，没有一点儿不对劲的地方。每次去居室都很整洁，打扫得一尘不染，没有过分华美的家什和多余的物品——

青濑心头一凛。

吉野家有三个孩子，最小的才刚上小学，可出租屋的起居室却整洁得跟样板房似的。衣服、玩具、书本、文具……只要有孩子就绝藏不住这些杂乱，可青濑对此全无印象。香里江给他留下的印象只有："爱干净的太太。"

对了，他在出租屋没见过孩子们！他原来没放心上，下意识当孩子们在里屋或者在二楼，可别说见了，连声音都没听到过。门口的鞋呢？伞、自行车和晾的衣服呢？想不起来。唯一确定的是，他不记得看到过这些东西。

青濑觉得全身都起了鸡皮疙瘩。

因为他们不住那儿啊！从第一次上门直到最后，孩子们都不在出租屋里。因为父母已经分居了啊。明明分居了，却夫妻一起出现在事务所。青濑总算有了几分真实感，房东那难以置信的证词变成一个个粗体字掠过眼前。他又想起一件事：每次打电话去出租屋，接电话的总是吉野，没有一次是香里江接的。是吉野提前联系她说青濑哪天要去，她再过来。香里江忙前忙后，端茶送水；吉野则一副淡定从容，捏着手工制作的烟斗吞云吐雾。太诡异了。回想当时起居室里的一团和气，青濑甚至觉得毛骨悚然。

他用鼻息吹开思绪的枝叶。

总之，吉野夫妇很可能没有感情破裂却分居两地。因为某种苦衷，全家人不能一起住在出租屋里。而这个苦衷，恐怕是整件事的关键。他实在不觉得，这个不为人知的苦衷和吉野一家的神秘失踪全无干系。

满嘴胡须的老人再一次掠过脑海，青濑起身离席。

他在收银台打听了一下吉野，报出名字，描述了长相，还说曾跟这个人一起来过。"啊，您说的那位客人偶尔会来我们店里坐坐，看看《日经新闻》。"收获仅此而已。但在点头示意时，他的心中已萌生出当一把侦探的决心。

16

十分钟后，青濑杀回出租屋。

面朝马路的玻璃门仍然敞开，令他意外的是，老人竟然笑眯眯地跟刚才那位女护工有说有笑。胡须不见了，脸上、身上都比刚才清爽多了。不过这也没什么。肯定是老人发了半天脾气，到头来还是在护工的帮助下洗了澡。

“不好意思，刚才打扰您了。”

青濑上前搭话。老人脸上闪过一丝惧色。

“哎哟，有完没完了？我都说了我什么都不知道！”老人迅速摆出刚才的架势。但青濑不以为然，继续朝他走去。

“不会占用您太多时间的，就想找您了解下情况。”

“你要我说几遍啊——”

“您见过隔壁邻居家的孩子吗？”

“孩子？”

“就这一年左右，您见过吗？”

“天知道，不记得了。”

老人显然是在装傻。女护工倒好像是真的不知道，一脸莫名地歪着脑袋，起身说：“那我先告辞了。”

老人带着愤恨的眼神目送她离去。看来他说不定是只胆小的纸老虎，这对青濑来说倒是个好消息。

“我可以再问一个问题吗？”

“我、都、说、了！我什么都——”

“在我来之前，是不是还有别人来找过吉野先生？”

一看老人神情的变化，青濑便知道自己猜对了。

“你、你……认识那个男的？”

“不认识。”

青濑坚决否认，递上名片，耐心等待。待老人恢复平静，他才继续说道：“我是吉野先生的朋友。我没见过那个来找他的男人，但我觉得他可能知道吉野先生搬去了哪里。”

“他也不知道吧，因为他也在找隔壁那个人。”

不祥的预感成真了，果然有人在追查吉野陶太的下落。

“那人是什么时候来的？去年年底吗？”

“不是，是过了元旦才来的。”

“就一个人吗？”

“嗯。”

“他来做什么啊？”

“我不是说了吗，他是来找隔壁那个人的。他就跟我说了两句话：‘他不在家吗？’‘他搬哪里去了？’急得脸色都变了。可不知道就是不知道啊，我跟隔壁那人真的从来不打交道。”

“那人长什么模样啊？”

“一看就不是正经人。”

“不是正经人？是道上的吗？”

“倒也没那么夸张，但他生着一副红脸膛，眼神特别凶，身材可壮了，就跟打橄榄球的人似的。啊，对了对了，那人的手指还打着石膏呢，足足三根手指哦！”

手指打着石膏……

“大概多大年纪啊？”

“50是肯定不止了。嗨，反正一眼看过去就不是上班的人。”

“是不是来讨债的啊？”

“这我哪儿知道，说你是讨债的也有人信啊。”

青濑不由得苦笑，他的脑子正在斟酌要不要报警。

“我知道的都告诉你了，请走吧。”

“我还有一个问题，您知道吉野先生是做什么工作的吗？”青濑连忙问。

“不是做进口家具的吗？”

家具？老人的回答着实出人意料。

“是吉野先生亲口告诉您的吗？”

“才不是呢，是房东老太说的。她说她买桌椅的时候，人家给她打了折。”

“家具”跟“杂货”是两回事啊。

青濑感觉自己又一次碰到了吉野不为人知的部分。吉野说他们公司“什么都卖”，但从没提到过家具。青濑不记得在出租屋见过看着像进口货的家具。讨论Y邸的家具时，吉野也是一副“您拿主意就好”的态度。

也因此，在唯一的例外闪现的刹那，他甚至忘了眨眼——Y邸二楼的“陶特椅”，那不就是家具吗？

17

雪铁龙引擎的老毛病犯了，发出阵阵喘息。

青濑小心控制着踩油门的力度和节奏，沿着17号国道一路北上。车已驶入高崎市内。此行的目的地“洗心亭”，位于号称“祈福不倒翁”的少林山达摩寺院内，它是亡命日本的陶特和伴侣艾丽卡居住了两年有余的家。昨晚青濑通过书本和网络做了不少功课，据说寺内设有“陶特展厅”，能看到陶特设计的椅子。

明明没有邀请冈嶋，他却遗憾地表示：“我今天实在是去不了啊。”他还问到了田端的情况，青濑本想长话短说，结果一聊就聊了很久。冈嶋大吃一惊，不过忙着争取提名的头脑似乎运转状态正佳，于是毫不费力地对“感情没破裂却分居的理由”做出了推断。

“是不是为了方便孩子上学啊？说不定学校在吉野太太娘家那边呢！”

“你怎么会想到这个？”

“你不是说吉野家的小儿子可能被同学欺负了吗？估计大人帮他转学了呗。”

“那两个姐姐呢？”

“她们大概住出租屋吧，只是因为社团什么的回家晚，所以没碰到过你。要么就是夫妻俩真的感情破裂分居过，三个孩子都转学了。后来大人重归于好，但孩子们想留在现在的学校，所以房主一个人住。你觉得怎么样？”

“那红脸男人又是怎么回事？”

“可能是高个女人的老公吧。”冈嶋马上答道。

冈嶋的推理的确都点到了某种可能性，但“说话不经大脑”的语气还是让人颇感不爽。于是青濑撂下一句“你先忙你的吧”，就为谈话画上句号，离开了事务所。

车载导航暂时无声。

青濑的想象还纠结在“吉野在工作中遇到纠纷”和“红脸男人”上。昨天告别出租屋老人后，青濑又去了一趟房东家。果然，鲜红的宝马和它的主人都消失不见了，好在房东太太正在玄关口扫地。青濑和她聊了几句，得知红脸男人年初也来过房东家，当时接待他的正是房东太太。她用略带愤慨的口吻回忆道：那人好像很生气，看着挺吓人。说话有一点口音，但听不出是哪里的。问他叫什么名字吧，他也不说。青濑又问了老太太买桌椅的事，房东太太表示不知道是从吉野那买的，只知道是全新的北欧货，那应该跟陶特无关了。而且买家具的话题还炸出了房东太太的怨气，青濑只得耐着性子听她抱怨：婆婆总是这样，什么都不跟我说，病了以后还说什么我盯上了出租屋的租金和她的存款……

“是不是为了方便孩子上学啊？”

青濑也想顺从冈嶋的乐观，也希望事实果真如此。然而这恐怕是奢望。直到现在都没有吉野的电话。他有不能联系自己的苦衷。很久以前，吉野夫妇就遇到了不能告诉别人的难题，深陷不得不分居的窘境。这种情况下，他们却决定建新房，找到了青濑。

这正是最大的未解之谜。

难道是隐居？他们是打算从东京搬到遥远的信浓追分避避风头吧。抑或是预计事态很快会好转，问题会在竣工前解决，一家五口可以在新房开启新生活。然而——

越想越乱。

“请您建一栋自己想住的房子吧！”

这句话和青濑想到的所有情况都没有交集。莫非它不是魔咒，而是祈祷？莫非他们把建新房当成了一种占卜，决定将全家的命运赌在无名建筑师勾勒的未来蓝图上？

导航发出指示：“往左前方行驶。”

青濑喃喃：“收到。”随即打了方向盘。才开了三分钟不到，穿过碓冰川上的桥，少林山的山门便映入眼帘。

一下车，寂静将他笼罩。仰望通向寺院的石阶，只见石阶位于杉树林荫之下，级数相当多。石阶远处的天空显得如此狭小，堪称透视法的范例。石阶尽头处有一间跨越参道的架空小屋，许是钟楼。

根据导览图，爬到“大石阶”十分之七的位置，便能看到一条左拐的小路，沿着小路往前走便是“洗心亭”了。导览图旁边还架着一块写有“陶特思惟小径”的指示牌，标出了以“洗心亭”为中心的散步路线，据说陶特当年就爱这么走。

此行的目的，是找寺里的人了解情况，寻找陶特椅和吉野的联系。不过建筑大师与古寺的奇缘着实动人，青濑的注意力也略有分散。

走上石阶，静谧一词出现在脑海中。青濑爬了百来级，开始埋怨慢下来的双脚不争气时，终于看到了小路入口。弯进去没多久，葱郁树林中的视野瞬间大开，连绵群山的优雅棱线尽收眼底的全景图铺展在眼前，其中恐怕还有赤城山、榛名山这等名山。青濑不禁停下脚步。不过百来级的石阶，竟能带来如此震撼的景致，这着实令他惊讶。

小路是一条缓坡。青濑抬眼望去，一间黑瓦屋顶的小屋探出头来。那就是传说中的“洗心亭”吗？看上去不过是间狭小寒酸的山野小屋，称为“房子”似乎都嫌勉强。

然而步步走近的过程中，小屋给他的印象发生了骤变。寒酸变成了楚楚，狭小转化为恭谦。那分明是一栋遵循传统日式房屋样式的住宅，古朴却独具风韵。窗户和拉门都敞着，许是有人正在屋里打扫。小屋貌似有两个房间，设有环绕型外走廊，紧贴着六张榻榻米大的房间的两条边，呈L字形。房间里设有壁龛，里屋中央的凹陷大概是地炉。

青濑忽然意识到，眼前景象渐渐抚平了他的心绪。如果用一个词来概括现在的感觉，那就是“怀念”吧。坐上Y邸的陶特椅时，涌上心头的也是类似的感觉。设计Y邸时的种种记忆，仿佛被激活了一般接踵而来。同时苏醒的，还有想到模仿环绕型外走廊做木板露台时的晴朗心情。

青濑绕着小屋缓缓迈步。

曾经，20世纪最具代表性的建筑家就住在这栋单门独户的小屋里。充满意外的历史片段，自然让人心生独特的感慨。可即便是不了解来龙去脉的人，这间凛然的小屋也能让人觉察到它的渊源。另一方面，小屋也散发出失去主人、远离日常的住宅所共有的哀伤。青濑眼前浮现出零星分布在大坝工地路旁的栋栋空屋。说不定Y邸也会走上同一条路。他用暗影笼罩的心再度审视小屋，只觉得被古旧的外壁环绕、仅由两个房间组成的昏暗空间，仿佛某种光怪陆离的魔术箱，装着吉野家上上下下所有谜团。

然而，私情并未掀起过度的波澜。

此处是陶特的圣地，这点毋庸置疑。

不远处有块石碑，上面用德语刻着陶特的名言。青濑看过相关的书籍，记得那句话的直译。

“我爱日本文化。”

“命运多舛”是对陶特的一生最精辟的形容。时代引导这位生于德国的建筑家来到此地，又让他留下了这样一句话。彼时正是二战前夜，距今已有七十多年，希特勒率领的纳粹日渐得势……思想镇压……陶特是德国建筑界的领军人物之一，不时发表针对军国主义倾向的批判性言论，因此登上黑名单，失去了地位与名誉。据说他当年要是再晚出国几天，怕是就要身陷囹圄了。走投无路的陶特凭借日本国际建筑会发出的邀请函，携伴侣艾丽卡·维蒂希亡命异乡。

“不好意思，请问……”

客气的声音传来。青濑回头，只见稍远处站着一位身材高瘦、穿着夹克的男子。看年纪大概三十五六，肩上挂着一个看起来很重的黑包。

青濑一露出愿意交谈的神色，他便换上了亲切的笑容走了过来。

“请问您是从哪里过来的呀？”

他的衣着打扮并不像寺院的工作人员，语气倒是很像。

“所泽。”

“这样啊！看到陶特爱好者大老远从外县过来，我真是太高兴了！”

男子笑得更欢了，还从包侧边的口袋掏出了名片夹。

J新闻文化部记者，池园孝浩。他说自己是本地报社的记者，长年专注于布鲁诺·陶特的报道。

“我们社近期要搞一个陶特特辑，所以我正在搜集爱好者的感言呢，”池园在胸前翻开尺寸偏大的笔记本，“方便透露一下您的姓名和年龄吗？”

青濑一时语塞。他接受过几次建筑类报刊的采访，可这种情况还是头一遭。

“对不起，我并不是陶特爱好者。”

青濑试图婉拒，谁知池园反问道：“那您为什么会来这儿啊？”

“我是想调查一件事，所以过来看看。”

话音刚落，池园便两眼放光。青濑意识到刚才的回答大意了。

“调查？和陶特有关吗？”

“嗯，差不多吧。”

“我应该能提供一些线索。您不介意的话，可以尽管问我。”

不过青濑也有种欲渡船来、正中下怀的感觉。这位本地记者好像很了解陶特，向他询问Y邸陶特椅的出处与真伪，也许能当场收获答案。话虽如此，青濑却并不能提及吉野一家失踪的事，毕竟这种事情万万不能让报社记者知道。

“要不我干脆把您引荐给住持吧？他对陶特的了解是我的好几倍呢。”

池园爽快地说。他说约了摄影师在这边碰头，等摄影师来了就带青濑去见住持。

没道理拒绝。此行的目的，正是找寺院的人了解情况。

“请问您怎么称呼？”

“敝姓青濑。”

“请问您是做什么工作的？”

事已至此，无路可逃。青濑彻底死心，递上名片。

“哇！原来您是建筑家呀！”

“不敢当不敢当。”

“哎呀，钓到大鱼了。”池园喜上眉梢，顿时热络起来，“快告诉我，活跃在一线的建筑家到底在调查陶特的什么呀？”

“我在查他的椅子。”

青濑答道。再支支吾吾下去，对方定会生疑。况且“能说的”和“不能说的”，在自己脑中已经有了清晰的界限。

“椅子？”池园略显意外，大概是因为青濑调查的并非建筑，“您在研究陶特的椅子？”

“不不。是这样的，我有个熟人在家里留下了一把椅子，那椅子的设计很像我在书刊杂志上见过的陶特椅——”

“所以您想查查椅子的来历？”

“嗯，差不多吧。我有点好奇那把椅子的出处。”

“唔。”池园沉吟道，“这事可能不好办，毕竟陶特旅日期间设计了大量家具和工艺品。椅子当然也没少碰。是什么样的椅子？您手头有照片吧？”

青濑回答说有，池园便说：“坐下来慢慢聊吧。”并示意青濑去小屋的外走廊。并排坐下之后，青濑从包里掏出让真由美打印的椅子照片。照片共有两张，分别是正面和侧面。

池园看了看两张照片：“还真是一看就很陶特呢。”

“您觉得是真品吗？”

“这……光看照片不太好判断。而且椅子不比绘画，本身不是孤品，所以用‘真品’‘赝品’的说法不太恰当。陶特的作品是先在工业试验厂试做，然后在高崎周边小村镇的手工业者间传播，产生了大量产品。过了很久很久，人们才在当时的厂长家发现陶特画的椅子的素描和设计图什么的。总之，陶特的设计没有严格管理，而且从一开始就不是作为商品销售。说白了，任何时代的任何人，都有可能制作出以陶特椅为模本的椅子，您说是不是？”

池园先是等待青濑的同意，随后又忽地凝视半空轻喊一声。

“啊！不过那些作品应该称得上‘真品’吧？”

“哪些作品？”

“青濑先生，您有没有查看椅子的背面？如果背面有‘陶特井上印’，那就是所谓的‘真品’了。有那个印记，说明椅子诞生于高崎，是在陶特的指导下做的。”

“陶特井上？”

“当时高崎这边有个叫井上房一郎的人很照顾陶特。他在银座经营一家叫‘米拉特斯’的店，店里就卖陶特设计的家具和工艺品。只要是交给那家店销售的商品，都盖了根据两人的名字设计的印章。”

“原来是这样啊，我倒是没注意。改天我再去看一下。”

青濑掩饰着心中的失望，如此回答。陶特井上印着实耐人寻味，可就算确认Y邸的椅子是当时制作的“真品”，那也是面向大众的店卖出去的商品，怕是很难追查到买家。

“池园先生，先不管这椅子真假，您有没有在别的地方见过一样的椅子？它这设计还挺独特的不是吗？座面稍有些弯曲，而且座面和主体结构没有用螺丝固定，我觉得特征还挺明显的。”

池园重新研究起眼前的照片。

“嗯，我好像见过类似的椅子，但您问设计是不是一样，我就不太有把握了。”

“我同事说，他在热海的疗养地见过类似的椅子。”

“啊，是日向邸吧。”

那是日本现存唯一由陶特操刀的建筑物。说得再准确些，陶特设计的是原有宅邸的地下室部分。不过要是没有陶特的设计，日向邸怕是不会留名后世，也就不会成为冈嶋口中的“那座著名的日向邸”。因所有权已转让，如今人们称其为“旧日向邸”。青濑一边翻阅建筑史书籍，一边奇怪自己怎么会忘了这么基础的知识。无论是上高中的时候，还是念大学那几年，他都不记得自己听说过“日向邸”三字。诚然，每位老师对著名建筑家的热衷程度各不相同，中途辍学也多多少少会造成知识偏倚与缺漏，然而在朝着建筑家梦想不懈努力的那段并不算短的岁月中，自己竟一直对陶特视而不见，这让青濑深感莫名。

“青濑先生，您去过吗？”

“没有呢。实不相瞒，其实我之前对陶特不是很感兴趣。”

“这样啊。哎呀，真没想到。那，您是说日向邸有这种椅子？”

“我同事是这么说的，他还说他坐过呢。”

池园捧起胳膊，歪着脑袋说：“日向邸我也只去过一次，这种款式的……”

“没有吗？”

“地下室还有大堆没整理过的家具和工艺品，所以……哎，不过这椅子要真是从日向邸出来的，搞不好是孤品呢。因为陶特当时不光设计了建筑，还设计了专用的家具和器物。”

陶特设计了日向邸专用的家具，冈嶋貌似也提过一嘴。

“孤品归孤品，可是看这椅子的形状，应该有一套吧？”

“确实。”青濑点点头。也就是说，这把椅子很有可能出自桌椅套组，只是其中一把椅子因缘际会离开了原来的所在地，被人搬进了Y邸。这倒不是天方夜谭。

“陶特当年收的一位徒弟还在世，问问他应该就能知道这把椅子原来是放在哪儿了。或者您直接去一趟日向邸，亲眼瞧瞧也是个办法。”

青濑还真想去看看。要是真有和Y邸一样的椅子，就能明确椅子的来处了，而且在那边说不定还能打听出独椅外流的始末。当然他还有另一种心思，就是想亲眼看看陶特打造的作品，虽然比别人慢了好几拍。

“对了，要不一起去吧？日向邸前些年一直是企业的疗养地，但已经闭门谢客好久了。有消息说所有人有意转让，热海当地也在讨论怎么保存它才好。据说T大正在考察建筑物的历史价值和艺术价值呢。我打算近期去采访一下，要是您有兴趣，我去之前联系您好了。”

思索片刻后，青濑说：我等您联系。事关历史建筑的保存问题，恐怕不是搬出建筑师身份就能入内的。

“池园先生，我听说这座寺院的展厅里也有陶特椅？”

“有是有，不过是另一种款式，跟照片上的完全不一样，等下也带您去看看好了。”

池园看了看表，起身朝小路张望，嘟囔道：“摄影师怎么搞的啊？”他说想要几张洗心亭内部的细节照，所以特地让寺院工作人员先开了门锁。

“青濑先生，您不赶时间吧？见过住持再走吧。”

“嗯。”青濑模棱两可地点头。

如果展厅里的椅子是完全不同的款式，那就意味着这座寺院和吉野陶太并无交集。但他并不觉得自己白跑了一趟。脸颊上感到拂过的风，同时产生了某种印象失焦的感觉。天空是那么广阔。遥望远方，从农田起飞的白鹭在上州的苍劲群山牵出条条白线。他只觉得自己如此渺小。尘世的种种邪恶，仿佛都被来时走过的大石阶隔绝在外。在这片追思陶特的净土，连流淌的时光好像都得到了净化。

洗涤心灵的房子……

“洗心亭是为陶特建的吗？”

问题脱口而出。

池园摇头：“不是的。”接着便坐回了走廊。他说，洗心亭原是为担任农业指导员的大学校长建的房子，井上房一郎听说它空着没人住，便恳请上上任住持给陶特使用。

“陶特原本只打算小住百来天，结果最后住了足足两年零两个月。毕竟他总共只在日本旅居了三年半，住这儿的时间还是相当长的。在受土耳其政府邀请担任建筑技术最高顾问之前，他一直都住在洗心亭，连临走前的送别会都是在这儿办的呢。”

“这说明他很喜欢这里吗？”

“他当时毕竟是亡命海外嘛，心里肯定有各种各样的想法，不过根据他留下的日记和其他资料，我觉得他是真的很喜欢这里的生活。”

青濑心想：那真是陶特的肺腑之言吗？

他们这些缅怀陶特的后人姑且不论，陶特本人又是怀着怎样的心情走上大石阶的呢？

“站在建筑家的角度看怎么样？”

“什么怎么样？”

“这座洗心亭啊，请发表一下您的感想吧！”

“嗯……简单朴素，讨人喜欢。有环绕型外走廊，还有壁龛和地炉什么的，有限的空间中凝聚了日本传统住宅的各种巧思。只不过……”

“只不过？”

“对外国的夫妇来说，这房子是不是小了点？住得肯定很憋屈吧。”

晚年被迫逃离祖国，千里迢迢来到日本，却被带到了这样一间孤零零的小屋。当年的建筑大师是不是也曾为自己的境遇而哀叹呢？

“哦。但陶特好像不怎么介意。虽然多多少少发过几句牢骚，但他对洗心亭的整体评价还是很高的，就是艾丽卡好像被虫子折腾得不轻。”

“他们不是正式夫妻吧？或者说，艾丽卡不是陶特法律意义上的妻子吧？”

“对，不过大多数人都当她是陶特夫人。听说他们相识于德国的勃兰登堡。陶特在火药工厂当监工逃避兵役的时候，他们走到了一起，之后就再也没分开过，直到陶特在土耳其去世。”

青濑心中一荡。

池园的意思是，陶特有幸收获了爱情?

“池园先生。”

“嗯?”

“除了日向邸外，陶特旅居日本期间，几乎没有设计过建筑是吧?”

“对，陶特自己也说那段日子是‘建筑家的假期’。”

“是受到了当时日德关系的影响吗?毕竟两国最终缔结了军事同盟。”

池园皱着眉点头道：“要是让陶特在日本高调从事建筑方面的工作，那就是驳了希特勒的面子，当时的日本政府肯定是这么考虑的。所以他们不给陶特任何公职，心想：‘你可以待在日本，但一定要老老实实。’”

“要杀要剐都不给个痛快的啊。”

“这话没错。不过，”池园把双膝转向青濑，“对日本来说，倒也许是不幸中的万幸。”

“哦?”

“这么说可能不太恰当。不过正因为无法在建筑领域大展拳脚，陶特才会专注于指导工艺运动。”

池田称，陶特想要的，不是农民业余制作的民俗手工艺品。他想将扎根于本地的传统工艺文化拉高到国际水准，广泛普及“只有专业工匠才能实现的工艺品制作”。

“所以陶特不光设计了家具这种大件，还涉足了竹篓、伞柄、纽扣、带扣等小物件的工艺设计。他对日本近代工艺的影响和功绩简直不可估量。与此同时，他还走访日本各地，重新发现了桂离宫、伊势神宫、白川乡等地的日本美，并将其传播到西欧各国。不仅如此，他还留下了详细的日记，以及《日本文化私观》《日本的房屋与生活》等著作。如果他当时专注于设计建筑，这些事都是不可能实现的。所以我一直很庆幸陶特在日本休了'建筑家的假期'。"

池园稍稍呛了一下。

"不好意思。说报恩也许不太贴切，但我觉得，这回该轮到日本重新发现陶特了。全国各地有许多研究陶特的人，在高崎、热海、仙台等地，也一直有追思陶特、向陶特学习的市民活动传统。但是放眼全国，陶特的知名度并不算高。人们把他彻底遗忘了，几乎不知道他的伟大和留下的成绩。原因当然是他没在日本留下受人瞩目的建筑作品。可就算撇开建筑家身份不谈，陶特也是位稀世罕见的思想家，杰出的画家。我个人认为，他还是一位出类拔萃的记者。因为他写下的所有东西，包括日记和著作，都是高水平的纪实作品。他对日本文化的洞察比日本人还要深刻，种种观点都教人震撼。重新发现、重新评价布鲁诺·陶特，其实就等于重新审视日本啊。"

池园的感言好像发表完了。

"能得到这样的赞誉，陶特九泉之下一定会很欣慰的。"

青濑这话里有半分慰劳，谁知对方立刻反问:"我倒想问问您，为什么这些年一直躲着陶特呢?"

"抱歉抱歉。"一个提着相机包的年轻人大声喊着朝他们跑来。池园起身说道:"怎么才来啊!"

两人讨论起了拍摄的细节。

躲着陶特？

青濑不明白这话的意思，却有种被人说中心事的感觉，只得坐在走廊上独自发呆。

18

回程的关越道很是冷清。

青濑漫不经心地开着雪铁龙。一下山，洗心亭顿时变得跟天竺一样远在天边，却又和方向盘的振动似的近在眼前。时空的感觉变得麻木，一定是因为在寺里见到了布鲁诺·陶特的死亡面具。那感觉，与其说是面具在脑中浮现，不如说是打下了“烙印”。

接受完池园的采访后，青濑便随他前往寺院接待处的建筑物“瑞云阁”。看住持正要出去，他们就在阁外聊了一会儿。住持面带柔和的微笑，一看就是学识渊博、德高望重之人。经池园介绍为建筑家后，青濑给住持看了椅子的照片。住持说：哎呀这椅子可真漂亮，可惜我没见过。

青濑试着提了吉野的名字，避重就轻道：其实照片里的椅子属于一个叫吉野陶太的人，我不知道他搬去了哪里，就想顺着椅子这条线索查查看。住持歪着脑袋，表示没听过这个名字。池园也没听过，不过他貌似觉得青濑的寻人行动非比寻常，在住持离开后便打听起了青濑和吉野的关系。青濑只得利用他的陶特情结，表示其实并不关心主人的下落，只是好奇那是不是真的陶特椅，姑且蒙混过关。青濑学了一招：只要守住“全家失踪”这个秘密，记者就不会认真调查。

“陶特展厅”就在瑞云阁中。小巧精致的房间里摆着若干玻璃展柜，里面放着陶特住在洗心亭时拍的照片、亲笔写的诗笺、信件和各种工艺品。青濑也找到了他想看的椅子。但正如池园所说，展厅的椅子和照片中的椅子同样朴素，却是完全不同的款式。

而死亡面具，就静静地躺在独立展柜中。参观时，青濑几乎一直站在面具展柜前，探出身子，近距离盯着面具，久久无法将视线移开。他的鼻梁高得惊人。面容鲜明地保留了下来，脸稍稍倾斜，让人想到逝者深陷思考的样子。据说陶特生前曾表示，死后想长眠于这座少林山。这个愿望虽未能实现，但陶特在土耳其去世后，艾丽卡还是不远万里送来了这张面具。听着池园的讲解，青濑的心受到了强烈震撼。

这是真的吗？

时势若有好转，亡命生活便能画上句号。在陶特眼里，洗心亭应该只是一时的避难所，终究是要离开的，只是不知什么时候罢了。他是要“迁徙”的人，那段日子只是“逗留”而非“定居”。

然而——

陶特难道“定居”了吗？

他感到了这片土地的恩情。在他人生中最黑暗的日子，这片土地向他张开怀抱，热情地迎接了他，他会产生无尽的感激也是人之常情。

然而，“死后想要长眠于异乡”是非同小可的，这绝不是一时兴奋便能脱口而出的话。而且艾丽卡携带面具赶赴此地，也能证明那是陶特发自内心的愿望。

是因为艾丽卡吗？洗心亭的确只是没有画室，没有露台，也没有书房的异国小屋，但两人在那里谱写了真真切切的生活，所以它才可能成为陶特人生中最后的“定居之所”。

青濑的心被漆黑涂满，六本木的奢华公寓清晰浮现在眼前。

“老公，我们搬回原来的房子好不好？两室一厅又怎么样，没有车又怎么样……”

池园被摄影师叫走，青濑也随他离开了展厅。临走前，他买了带铃铛的不倒翁钥匙圈。不倒翁的眼睛设有小机关，可以弹出来再缩回去，象征“好兆头”。钥匙圈总共买了两个。但他非常清楚，下次见到日向子时，只能送出一个。

轿车驶出关越道。路上的车流量立时增加，青濑的孤独就此混入薄暮的街景。

19

“不，不止一把。我没说吗？是成套的桌椅，有三四把一样的椅子。”

“到底是三把还是四把？”

“哪能记得那么清楚啊！不过照理说，套组的椅子不会是三把吧？”

“也就是说，原本至少有四把？”

“是啊。哎，不过‘Y邸的椅子出自日向邸’。这推理还真教人好奇心大作。关闭疗养地的时候，肯定也出了不少乱子。”

“如果你看到的是三把，那意味着当时可能已经缺了一把。”

“那把椅子历经波折，来到了信浓追分。这可真让人遐想联翩。不过要是没法通过它找到房主，那查这些也没什么意义。”

青濑到家后没多久，正想给冈嶋打电话，没想到他先打了过来。他收起了早上那种说话不经大脑的口吻，电话那头传来的气氛格外亲切，看来他事后也反省过了。

青濑关上冰箱门，用脖子夹住子机，掰开啤酒罐的拉环。

“喝着呢？”

“就一罐。”

冈嶋笑道：“你喝几罐我都没意见啊。”

“你忘了，当初严肃警告我的可是你啊。”

“看你刚来那会儿的喝法，是个人都要劝的好不好？”

青濑鼻子里一笑，一屁股坐在沙发上。

“那你是准备去一趟日向邸喽，跟那个什么记者一起？”

“要是人家联系我的话。不过在那之前，我要确认一下那把椅子上有没有‘陶特井上印’。”

“陶特……井上印？”

“你不知道吗？据说鉴别真假就看有没有印。记者说，有印的就是真品，不过所谓的真品指的是从银座的商店卖出去的商品。如果是商品，就不是日向邸的专用家具了。”

“原来如此。我早就知道银座有专卖店，但印的事还是头一回听说。”

“你也有不知道的啊？”

“天外有天嘛。不过你逮住这个陶特迷记者的时机，倒是刚刚好。”

“是人家逮住了我。”

“不管谁逮住谁，反正你可别让人瞧出端倪。”句尾的几个字沉甸甸的，“什么时候去日向邸？”

“不是说了吗，等人家联系我再说。”

“总之你务必小心，一不留神可就打草惊蛇了，当记者的都是——”

“你还有闲心煲电话粥啊？”

“啊？”

“你不是正忙着争取提名吗？”

短暂的沉默过后。“是西川先生告诉你的？”

“他可高兴了。”

“那就好。”

“纪念馆是个大项目呢。”

“我可不惦记还没到手的鸭子，争取到提名再说。”

“也是。”

青濑主动戳破了窗户纸，冈嶋的真实想法却没有决堤而出。冈嶋脑中只有“和盘托出”与“一字不提”两个选项，可见他的隐秘心事何等重大。

“冈嶋，我能问你个问题吗？”

“哎呀，你就再等两天嘛。”

“你想死在哪里？”

“这是啥问题？”

“就是如果死了，你想回哪里去？”

“喝多了吧？”

“才半罐。”

“当然是回家，是个人都想回家吧？”

“我是问你。”

“回家啊！我想死在榻榻米上，埋进我家祖坟，盂兰盆节魂飞家里，满意了？”

“回哪个家？”

“喂，你是喝了多大罐酒的半罐啊？我家就是我家啊，我爸建的房子，也是我长大的地方。我把那房子彻底装修过了，现在完全成了‘我家’。我对它是有感情的，何况家里还有一创。”

“还有你老婆。”

“嗯，一点儿没错。有家人在的地方就是家。你到底想说什么啊？”

“我就是突然想到，”青濑本想住口，却愣是没刹住，“搞不好你是想死在真由美的公寓里。”

片刻的叹息。

“跟你开玩笑呢。”

“……”

“抱歉，当我什么都没说。今天在寺里看了死亡面具后，我的脑子就不太对。”

“哦，”冈嶋的声音回来了，“陶特的吧？那面具的确很震撼。你听说那是夫人大老远送来的了吗？”

“嗯，不过艾丽卡不是‘夫人’。”

“对，陶特出逃的时候把老婆孩子留在德国了。觉得不厚道吗？可也不算抛妻弃子吧。我感觉他是犹豫到了最后一刻，临走前才决定把家人留在国内，觉得这样对他们更好。”

“那艾丽卡算什么？领航员？还是秘书兼情人？”

“是旅伴吧。”

“哈！你当唱演歌呢？”

“逃离纳粹的旅伴啊！跟同志、战友差不多吧。”

“所以爱得特别热烈？”

“我以前也这么想，觉得艾丽卡特别神秘，我还跑去图书馆查过资料呢。”

“有结论没有？”

“没有。但我能想象，他俩是‘同心梅’的关系。”

“同心梅？”

“一种中国的梅花，一心双花。”

“哦，就是‘一心同体’呗。”

“这么说多俗气啊。同心，就是两个身体一条心。真有这样的人。不用啰啰唆唆说一大堆，就能心有灵犀。”

“是吗？”

“你好像有点误会，我就解释下吧。我跟真由美就是这样的。我在她小时候就认识她了，也知道她父母的建筑公司倒闭后她是怎么堕落的。她脑子里想什么，我都一清二楚，她对我也是一样。我知道同心是什么，所以能觉察陶特和艾丽卡的同心，这跟情爱是两码事。”

跟情爱不一样，这就是你想说的吗？

“好吧。”

“好吧？”冈嶋的重复中多了几分厉色，吸气的声响从电话那头传来。

“那你呢？”意料之中的反问，“你想死在那套租来的房子里吗？你死后想回哪里？既然有种问别人，你自己肯定考虑过吧？”

“考虑过。”

“回哪里？离婚前住的公寓？还是小时候住的某个大坝工棚？”

“没想到什么具体的地方。”

“我猜猜看吧。”

“猜？”

“Y邸。”

青濑只觉得自己使劲踩下的那只脚，被人用两倍的力气狠狠踩住了。

“那是别人家。”

“那不是你的房子吗？”

“少来！”

“告诉你，我们都一样，都想回到自己创造的、附有自己灵魂的房子去。那是意识在快要戴上死亡面具的时候会飘去的地方。你有这样的房子，我没有。就是这么回事。”

噗——电话挂断了。本以为对话会无休止地持续下去，却就此被虚无吞噬。

青濑盯着自己手中的子机。

挂钟的声响传入耳中。平时从不会听到的秒针走动愈发清晰。焦躁感堵在胸口，坐立不安。也不知冈嶋刚才那番话里哪一句对他的心发生了作用。突然，手指在冲动驱使下迅速敲下十个数字，嘟嘟声回响在耳道深处，心跳瞬间加速。

“您好，这里是村上家。”由佳里的声音带着几分戒备。

“是我，青濑。”

“啊，哦。”含糊的回答后是片刻沉默。电视的声音远去，伴随着关门的声响彻底消失。

“怎么了？”

日向子出什么事了吗？提问的语气异于平时，充满困惑。她是完全没料到前夫的来电，还是一接电话就察觉了青濑的异样？窗外的黑暗让青濑回过神来，抬眼望向挂钟，已经八点多了。

“抱歉，这么晚还打电话，日向子呢？”

“在看电视。”

“晚饭吃了吗？”

“怎么了？”

由佳里用重复的提问催促他说正事。即便如此，青濑还是觉得她正在电话那头窥探自己的状态。

“关于日向子，有个事想商量下，所以打给你。倒不是十万火急的事，但也不能一直拖着。日向子已经13岁了，不是小孩子了。就算是小孩子，也是快长大了。所以我想在她问离婚的事前，我们是不是该先想好怎么说？”

青濑连珠炮似的说道。他本不想用这样的口吻的。由佳里沉默不语。是自己的意思没说明白吗？

“这几次见面，感觉她想知道我们为什么离婚，当年到底发生了什么。”

“日向子说什么了吗？”

“什么都没说，可我能感觉到。她肯定想知道。所以我才觉得，我们得做好准备，免得到时候手足无措。我甚至觉得，等时候到了，就算她不问，我们也该主动说。总之，我不想日向子带着这个疙瘩长大。她有一天也会谈恋爱的。要是她脚下的根基，或者说踏板摇摇晃晃的，等她想长大的时候，也许就没法尽情起跳了。”

由佳里轻叹一声。“道理我懂。可你刚才说，要‘准备’？”

“嗯？对，我是这么说的。”

“准备给日向子的解释？”

“没错。”

“可不一定一样啊。”

“啊？”

“我是说，你认定的‘离婚理由’，和我认定的也许不一样。明明不一样，却提前统一口径，我觉得这不对。”

刹那间，思维断了片。

“抱歉，我懂你的意思，也能体谅你担心日向子。但我也在用我的方式面对日向子，也跟她聊过这个话题。”

“这个话题？”

“我跟她说过，用我的方式。”

怎么说的？话已经到了嘴边。

“我们每天都在一起啊，就我们俩。她问过好几次，我也答过好几次。现实就是这样。”

“日向子她……那你是怎么……”

“别担心，我没说过让孩子糟心的话。那种话我不会跟日向子讲的。但是，我不能跟你一起编故事。我不想这么干。”

“好吧，”青濑凝视着虚空，“我明白了。但你别误会。我打这通电话，不是为了跟你对口径。我只是越想越迷茫，不知道就这么拖下去，一直不跟日向子说真话，真的好吗？所以才想征求下你的意见。”

由佳里沉默片刻，用稍显轻松的口吻说道：“‘这年头啊，家长离婚也不是什么稀罕事啦！’”

“日向子说的？”

“嗯，说他们班上有好几个同学跟她一样。她还笑着说，他们几个凑一起讨论谁最不容易，最后发现每个人都过得挺好的。她这么说是想让我麻痹大意。”

“麻痹大意？是不想让你担心吧？”

“是设法营造让我容易谈谈离婚的气氛啊，还摆出一副‘这根本不算啥’的样子。这时候的日向子真叫人心疼，我都不敢正眼瞧她的脸。你说得没错，日向子想知道当年的真相。明明怕得不得了，却很想知道。在我看来，这就像是用指甲抠伤口，想把伤口弄得更深。所以我绝对不会把真相告诉她。我不想再让她受伤了，所以我不说，也希望你别说。好吗？”

青濑垂头丧气，万千思绪漏出变窄的气管。

“我……从没跟日向子道过歉，也没跟你……”

“别这样，”由佳里笑了，“说什么道不道歉的，我们两个都有责任啊。我也一直在心里跟日向子道歉呢。但要真说出口，那孩子一定会哭出来的。”

“是啊，也是。”

“我一直在跟日向子说，‘You are you’。”

“You are……”

“You——‘你是你’。爸爸妈妈都很爱你，你永远是爸爸妈妈的宝贝，但你是你。妈妈会一直守着你的，尽管朝自己心动的方向大步迈进吧！”

青濑从身体深处呼出一口气。这样啊，她是这么说的啊。

“老实说，我最近开始学英语了。日向子不是在学校上英语课嘛，我跟她比赛，看谁进步得快。我还跟她开玩笑，说妈妈以后要去当纽约客呢。”

“好厉害啊，你准备去纽约工作吗？”

“白日梦啦。你呢？工作还顺利吗？”

“勉勉强强吧。”

“是吗？有没有建出让你觉得‘就是它了！’的房子呀？”

“天知道。”

“挺努力的嘛，加油！”

发现对方消沉，就会出言鼓励。这方面由佳里一直都没变，无论对方是谁。

青濑干咳几声。

“还有一件事，也跟日向子有关。”

“什么事？”

“日向子年初的时候跟我说，之前时不时打到家里的电话突然不来了，还说了句：‘这算是彻底结束了吧？’她那口气，有点话里有话的意思，所以我一直惦记着。你有什么头绪没有？”

“……”

“喂？”

“我听着呢。”

重回耳边的声音略显僵硬。

“我想可能不是男生打来的，她有没有跟同学闹不愉快啊？”

“我回头问问，行吗？”

直觉告诉青濑，由佳里是有头绪的。是不能告诉他的事吗？就在他因为费解皱起眉头的刹那，他“啊”地想到了什么。灵光一闪化作微弱的声音，被话筒吸入。

也许电话不是打给日向子，而是打给由佳里的。一定是这样。日向子是在暗示青濑，她察觉到母亲身边有男人的影子，有点担心，于是就——

电话挂断了。他错过了由佳里挂断前的话，是“那就这样”？还是“再见”？

青濑躺到沙发上。

离婚已有八年，由佳里那边什么动静都没有才奇怪呢。可不是么，周围的男人怎么可能对她不理不睬？连青濑都有过几段情。酗酒的时候就不用说了，去冈嶋那边从头开始后他也有过床伴。

“还好没建房子。”

青濑低下头，闭上眼，却看到了死亡面具。

那张脸看起来既像陶特，又像父亲。弥留之际的光景，仿佛西洋的古老画作一般静止不动。青濑浑身一颤。刚才击中胸口的激烈焦躁，定是因为意识到自己终有一天也会迎来死亡。任何结论都没见到，就结束了。一如冈嶋的电话，或者由佳里的电话，说断就断，沉入黑暗。不知道下次联络是什么时候，甚至不知道还有没有下一次。就这么下沉，再下沉。自己还能见到日向子几次呢？在消失之前，他能对日向子传达些什么，又有哪些话没来得及说出口呢？

母亲说，父亲生前希望把自己的骨灰撒在群马山间。青濑照办，去了山间的散骨许可地。父亲的骨灰大多才刚撒下便随风扬起，飞向蓝天，只是土地稍稍变白了一些。母亲笑道，这老头子还是这么倔呀。

两年后，母亲也走了。她的骨灰在地上等了两个小时，等到了风便随父亲去了。

青濑看到了许许多多的脸，听到了许许多多的声音。由佳里的脸离得最近，她的声音也是。

他感觉自己好像能直接进入梦乡。理由显而易见。

这算是彻底结束了吧？

20

吉野全家依然音讯全无，唯有时间无情流逝。

青濑再次赶赴信浓追分，其时樱花已近凋零。由于过年期间现场监工任务格外紧凑，再加上石卷和竹内相继感冒卧床不起，青濑能用于调查吉野的时间仅剩下晚上。

那把椅子上有没有“陶特井上印”？

如果淹没在广漠黑暗中的Y邸不是自己设计的，青濑怕是也没勇气靠近。来之前，他没跟冈嶋打招呼。也许是争取提名的事已进入最后的攻坚阶段，抑或是那晚的电话改变了他对青濑的态度，反正冈嶋最近只偶尔问问："吉野先生有消息没？"除此之外绝不插手。

青濑用上次带走的后门备用钥匙开门进屋。屋里的空气冰凉刺骨。他开了尽可能少的灯，爬楼梯上到二楼。椅子会不会已经不见了？颇具灵异色彩的想象掠过脑海。好在椅子仍在衣柜中，就是上次跟冈嶋一起放的地方。青濑把椅子拉出来，侧放在地上，再翻过来，手电筒凑近，里里外外仔细查看，却没有发现任何印的痕迹。可见它并非出自银座"米拉特斯"，更有可能是专为热海"旧日向邸"打造的椅子。等等，它依然可能是某个来路不明的人模仿陶特椅制作的赝品。青濑又细细打量了一番，产生的印象和第一次见它时并无二致。无论是动人的风采，还是细致的做工，都没有粗制滥造之感。

青濑下楼，回到玄关，试着从起点出发，沿着入侵者的脚印走一遍。和上次不同的是，青濑知晓了红脸男人的存在。站在新的角度，也许会有不同的发现。入侵者究竟是普通的小偷，还是抱着其他目的偷偷潜入的呢？

如坠烟海。无论目标是值钱的东西还是别的物品，他们做的就是"寻找被藏起来的东西"。他只能告诉自己，这不是门外汉能查清楚的事。

青濑朝起居室走去。电话直接放在地毯上，红色指示灯正在闪烁。他早已下决心听听里面的录音。虽然心中有愧，但他一遍遍对自己说，这么做也是为了吉野一家好，然后按下了播放键。录音共有五条，其中四条是青濑留下的"请联系我"。剩下那条没有录到说话声，却录到了几秒杂音，听起来像气息，又有点像风声。来电时间是“4月8日下午10点55分”，也就是五天前。因为对方设置了“隐藏来电”，所以查不到是谁打来的。青濑想，会不会是那个红脸男人？他边想边查看来电记录。每隔五六天，这部电话就会接到隐藏号码的来电，无论昼夜。最后一通是4月8日打来的。莫非只有打这一通的时候，对方没有立刻挂断，而是留下了无声的讯息？

青濑再次回放4月8日的录音，竖起耳朵细听。是气息？还是风声？某种东西仿佛顺着他的后背一点点往上爬。他能感觉到吉野。在某个遥远而清冷的地方，吉野陶太把手机贴在耳边的场景浮现在他眼前。他在往这里打电话，为了探听有没有人过来。

如果是这样，吉野所设想的来访者又会是谁呢？青濑？红脸男人？警察？还是“高个女人”？

慢着——

他差点把高个女人忘了。如果是吉野一直往Y邸打电话，那就意味着他还活着。事到如今，这一点至关重要。吉野是主动藏起来了。想要相信吉野一家平安的心情，苦苦支撑着“连夜潜逃”的想象。然而，这种想象有时也会动摇。撼动它的，正是那个红脸男人。不管双方是不是已经产生了交集，“红脸男人和吉野家在同一块棋盘上”，这点已毋庸置疑。

找吉野的办法还是有的。青濑看过一些案件的新闻，知道警方可以根据手机发射的微弱电波锁定持有人的位置，但是能用这招的仅限于警方。他每天都会纠结，却没勇气去警局，提出可能发生了什么案件；而且冈嶋不想惹出丑闻，总得顾忌一下他：结果报警的心思逐渐降温，每天都是这样的反复。

然而——

青濑垂眼望向电话机。

今晚会不会有电话打来？搞不好能听到吉野的声音。上一通电话是8日打来的，而今天是13日。根据之前的规律，今晚的确有可能接到电话。青濑看了看表，现在是九点四十七分。好。

他决定等等，却感到了几分尴尬，毕竟自己不打招呼就闯进了别人的房子。他关了灯，来回走。起居室的亮光只剩电话的红色指示灯。他将电话拉到自己手边，盘腿坐下。先是解除了自动录音，但思索片刻后，又恢复了之前的设置。他决定了。等电话响了，开始录音了，再拿起听筒。

接下来，便是与时间的无声搏斗。青濑缓缓呼气，一次又一次。自己在Y邸。在不该在的地方。偷偷溜进来，来回走动，等着一通天知道会不会来的电话。他不由得为机缘的不可思议而感叹。黑暗与静寂逐渐夺走了身心的感觉，小珠子一般大的红色指示灯越看越像鸟眼。那是形似鸭子，但稍小一些的黑颈鸊鷉。它有着能让人联想到血的鲜红眼睛。很久很久以前他在沼泽见过，但想不起来具体是哪里的沼泽了。他知道鸟的名字，所以应该是跟父亲一起见到的。当时他还很小，肯定很小很小。

屋里稍稍变亮了一些。月亮从东方升起了。月色中的Y邸一定很美。被月光照亮半身的Y邸浮现在脑海中。

“有没有建出让你觉得‘就是它了！’的房子呀？”

电话响了。

青濑的震惊发自内心。他猛地后仰上身，瞪大双眼，全身被剧烈的脉动所支配。

铃声响了两次，三次。响铃五次后，语音信箱的功能启动了。

“您所拨打的用户暂时无法接听，请在哔一声之后留言。”显示屏亮了：“隐藏来电号码。”青濑回过神来，把手伸向电话。五指碰到了听筒。时候未到。

“哔——”

对方一言不发。两秒，三秒。忍耐的极限来得更快。青濑一把抓起听筒，刚举到耳边便说：“是吉野先生吧？”

对方没有回答，却有微弱的响声传入耳中。是风声？没错。打电话的人身在户外。

“我是青濑！大家都没事吧？您在哪里？请告诉我您在——”

咔嗒一声，电话断了。

青濑半晌动弹不得，有种灵魂出窍的感觉。电话肯定是吉野打来的，绝对没错。他发现青濑身在Y邸，得知青濑正在寻找自己。可他什么都没说。也没有求助。线就这么断了，还是吉野亲手切断的。他也许在哭。也许此时此刻，吉野正因为想抓救命稻草而不得在哭。

“噶。嘎吱——”

青濑仰望天花板，那是“木鸣”的声音。新房都会作响。它会尝试微调，寻找最佳的平衡点。然而青濑却觉得声响并非房屋发出，而是来自陶特椅。它仿佛在说：我才是寻找吉野家的唯一路标。

21

青濑在苦等池园记者的联系。

池园说，下次去旧日向邸的时候会叫上青濑一起。只要查清Y邸的椅子是不是别邸专用家具，也许就能知道别邸和吉野，或者陶特和吉野有什么交集了。虽然脑海角落里也在怀疑：串起这条线是否真有助于查明吉野家的下落？无奈想象迟迟无法延伸到更远处。大阪客户要的图纸还没进展。对方要和Y邸一样的房子，然而这个要求对青濑的折磨远超预想。地理条件不同，怎么可能建得了完全一样的房子？不，他压根就不想建Y邸二号。心里的抵触与日俱增，绘图板前的抱臂苦思也一晚又一晚。

到了4月的第三周，青濑还是没等到池园的联络。他是忘了这个约定，还是只是随口说说？青濑凝视着记者的名片，却又觉得主动打电话有点尴尬。太积极调查难免会招来不必要的打探。更何况，池园早已对青濑提出了问题：

“为什么这些年一直躲着陶特呢？”

池园在洗心亭外走廊提出的问题依然卡在青濑胸口。池园为陶特心醉神迷，所以在他看来，“对陶特全无兴趣却成了建筑师”的青濑简直不可思议。“躲”字的语感并非单纯讽刺，更接近于愤慨。当时猛听到这句，青濑的确颇感到被人戳中要害的狼狈；可冷静下来一想，池园本不可能去猜青濑的心思；更何况初次见面，池园对他一无所知，就算青濑心里真有如此心思，池园也不可能猜中。

然而“躲”字一直挥之不去。青濑越想越觉得，也许自己真是因为某种缘故，才对这位和日本颇有渊源的建筑大师视而不见。无论在车上还是床上，在达摩寺看到的死亡面具总在眼前晃来晃去。某天晚上，他终于放弃挣扎，打开了冈嶋寄来的纸板箱。里头装了近十本研究陶特的专著，还有他本人的著作，以及旅居日本时写下的日记。

青濑很快意识到，追溯陶特的脚步绝非易事。第一次世界大战后最有代表性的表现主义建筑家，构想了高山建筑的空想家，大规模集合住宅的设计者，色彩的魔术师，杰出的画家与作家……思想与哲学交织的建筑理念太过耀眼，无从下手，就连站上理解的起点，怕是都要花点时间。他甚至有种冷冷的预感：就算好不容易理解了，事到如今，恐怕也不会有什么收获，只是让自己再一次痛感建筑家与建筑师的云泥之别。为了客户关系伤神的岁月就不用说了，在工棚间迁徙的幼时记忆仿佛都在褪色。自己曾苦恋建在高地的新房。当时绝想不到，少时恋上的房子竟是定居的象征。生物会在本能的驱使下寻求依靠。正因为有不可动摇的港湾，人才能去任何一个地方。

迁徙的经验是可以成为“建筑家的原点”的。所以青濑产生了错觉。他并没有什么建筑理念与理想，只是渴望造出自己想住的房子罢了。陶特那深不可测的存在感，让他真切体会到这一点。他明白的。经验只能在某个层次以下胜过才华与理念，而一旦超越这个层次，个人少得可怜的经验就只能拜倒在伟大才华编织出的理念与理想面前。

所以才一直躲着陶特吗？他惧怕灼伤，所以才没有生火。在努力跻身建筑界的时候，他就已经察觉到了这个秘密。

他与陶特早就有过交集。在研读专著的过程中，他发现了好几张似曾相识的作品照片。比如“玻璃展馆”，他中学时就在图书馆里见过，那是为德国制造联盟主办的科隆博览会设计的前卫展馆。博览会是1914年举办的，也就是说，陶特在34岁时设计了这一作品。他用钢筋混凝土和玻璃打造了格子状穹顶，菱形多面体形状直教人联想到巨大的水晶。放在九十年后的今天，这设计依然新颖，可14岁的青濑却并没有将它放在心上。他甚至无法回忆起第一次看到照片时的感受。美，还是不美？惊叹不已，还是不为所动？印象无限稀薄。在赤坂工作时，他也没有想起过"玻璃展馆"一次。明明每天都要和铁、玻璃、混凝土"三大神器"打交道，却没有和陶特碰撞出丝毫火花。

让青濑吃惊的是，他竟然忘了"田园集合住宅"。按书中的解说，通过与周围自然浑然一体、理念先进的集合住宅，"陶特将城里的住宅引到了郊外"。上高中时，他应该在文献里读到过。当时为了参加以"富有魅力的小型集合住宅"为主题的全国设计比赛，他做了不少功课。"田园集合住宅"完美契合大赛主题，又是陶特的代表作之一，他不可能没看过，却愣是想不起来。浮现在脑海中的，净是彻底改造鳗鱼窝工棚的青涩激情。

陶特一定在哀叹。为青濑没有触及自己，却贸然踏入建筑界的愚昧无知；也为他没有在工棚窗边、九太郎鸟笼后，那块供他使用的半米见方墙壁上张贴"田园集合住宅"的照片。陶特重新发现了桂离宫、白川乡的日本美，正是因为对日本的一往情深，才会在他这个无名建筑师面前显灵吧。他将椅子放在Y邸，让自己瞻仰他的死亡面具，然后招自己坐下。流转的空想催生出亲切感。就这样，青濑度过了一个个在沙发上、床上潜心研读陶特的夜晚。

青濑最感兴趣的，是三卷《陶特日记》。其中详细记录了陶特旅日期间去过的地方、结识的人、所想所感，还有日常生活的种种细节。正如池园在洗心亭极力主张的那样，陶特考察日本文化的敏锐度与深度，都令青濑心悦诚服。陶特的视点在微观与宏观间往来自如，每每写到建筑论与文化论，他的文字便激情迸发。然而青濑的关注点并不在此。他试图通过记述与字里行间的线索，探寻被迫晚年颠沛流离的陶特怀有怎样的心境。他发现自己每翻一页，都会下意识地搜寻艾丽卡的名字。作为一个普通人，这位驰名世界的建筑大师过着怎样的生活？走过了怎样的人生？又是在怎样的空间度过了怎样的时光？那是只属于陶特一人的精神世界，还是离了艾丽卡就无法存在的时间与空间呢？

日记对艾丽卡的描写十分平淡。两人明明像夫妻一样相依为命，甘愿将性命托付给对方，携手逃离德国，陶特却没有在文字中表现出一丝情动。“艾丽卡是我的护士，也是我的警卫。”青濑只得透过这种故弄玄虚的用词，遐想陶特对艾丽卡的敬意与信赖。青濑还没有完全接受冈嶋随口说的“同心梅”，但是在读完相当多的章节后，他察觉到文中频频出现以“我们”为主语的句子。那就是陶特的回答吗？我与艾丽卡同在，我们共享同样的时间与空间。除此之外，还需要解释什么呢？

叹息撕破嘴唇。

难道在洗心亭中，在他们暂住的那个狭小空间中，就从来没有过危机吗？

青濑当年并没有对由佳里绝望，也没有对自己绝望。让他绝望的是空间。是和由佳里携手共筑的空间土崩瓦解，导致了他的绝望。时髦的公寓房间，生生变成了苦寒之地的铁皮集装箱。一切的一切逐渐结冻。那里比三张榻榻米大小的工棚更狭小，比隆冬时节去打水的河边更寒冷，比没人跟自己说话的教室更缺氧。

如果当时搬回了两室一厅的廉价公寓。

如果当时提议建设Y邸那样的房子，作为一家人的“小窝”。

青濑合上了陶特的日记。

如果房子既能带来幸福，也能招来不幸，那就意味着建筑家既成得了神明，也当得了恶魔。洗心亭——那座朴素的居所也许是想告诉青濑，使人幸福或不幸的，终究是“人”。

陶特到头来还是没能回德国。他与艾丽卡一起离开日本，前往土耳其，在伊斯坦布尔建起了属于自己的房子，也在那栋房子里咽下了最后一口气。当时距离二战结束还有七年。他没能见到战后的德国，也没能与留在祖国的家人重聚。

22

星期一，青濑刚到事务所，竹内亢奋的侧脸便闯入视野。胡子拉碴的石卷在他身后，也是一脸激动。

“怎么了？”

青濑刚发话，竹内便爆出了一句莫名其妙的台词：“真是大食蚁兽哇！”

“所长！青濑哥来啦！”

冈嶋和真由美捧着马克杯从屏风后现身，双双笑开了花。

“我能说吗？可以的吧！”竹内环视在场所有人，没等回答便用高亢的嗓音喊道：“我们事务所拿到提名啦！”

青濑望向冈嶋："真的吗？"

"嗯，刚接到消息。"

S市计划建设"藤宫春子纪念馆"，冈嶋设计事务所成功获得参与竞标的资格。

青濑主动与冈嶋握手："太好了！"

"哎呀，一想到那些因为落选痛哭流涕的事务所，我都不好意思庆祝啦！"冈嶋的玩笑话中，透着几分感慨与决心。

"要参加竞标啦！竞标！好燃啊！"竹内没参加过大型竞标，开心得几乎手舞足蹈。

"拜托各位啦！对我们事务所来说，这可是一战成名的大好机会！一定要拿出个让世人眼前一亮的方案，打得东京的事务所满地找牙！"

听完冈嶋的慷慨陈词，真由美跟小学生似的举手道："我我我！我也来帮忙！"

"好嘞，让我们大干一场吧！这阵子大概回不了家啦！"

石卷也把指关节掰得嘎嗒嘎嗒直响，还把拳头按在竹内的肚子上左转右转，惨叫声和笑声在整层楼里回响。

青濑也能感觉到自己的体温在上升。在赤坂工作那几年，他也没有参与过文化设施的竞标。藤宫春子，这位住在巴黎，在街头卖明信片维生的孤高画家。在七十年的生涯画上句号之前，她所创作的作品没有被任何人看到。画家的历史刺激着青濑的大脑，究竟用怎样的"容器"去包纳她的人生与绘画才够格呢？

然而……

他偏偏说不出"一起加油吧"。冈嶋心里是怎么想的？他是不是不希望青濑参与这个项目？自从为了陶特在电话中爆发争执以来，两人就没有像样地聊过，以至于青濑此刻甚至挤不出一张合时宜的笑脸。

“青濑，我们出去聊一聊？”冈嶋仿佛看透了他的心思，主动说道。

两人走出事务所，朝昭和大道边的咖啡厅走去。半路上，冈嶋打了声招呼说：“你先过去等我吧。”随即拿着手机消失在没有人影的停车场。大概是打电话给县议员、S市干部之类的人道谢去了。这么看来，他是不想让石卷、竹内等人听到自己打电话。

青濑走进咖啡厅，找了张靠里的桌子。没过多久，冈嶋便带着灿烂的表情进来了。

“看来都挺顺利的嘛。”青濑说道。

冈嶋微微蹙眉，点头道：“费了我好大的力气啊，竞标还没开始就精疲力竭了。”

“喂喂喂，都到这个份儿上了，不彻底拿下可就白忙活了。”

“当然要赢了，拼上老命也要赢。”

憋足了劲的语气还是让青濑不由得联想到“将自己排除在外”的可能。

“有想法了吗？”

“还早呢。我准备先找画家的家属聊聊。”

“找家属？”

“得看过藤宫春子的作品后再细想。毕竟画才是主角嘛，不亲眼瞧瞧哪来的灵感呢，你说是不是？”

“是哦。”

“要赶在其他事务所之前去。我也跟市政府的人打过招呼了，让他们帮忙拉拢家属。”

“真有你的啊。”

“此时不拼更待何时啊，把能用的招都用上。”

你加油啊！——话都到嘴边了，却被青濑硬生生咽了回去。这不是一起构思方案的人该说的话。

“青濑啊——”

看来要切入正题了，青濑顿时紧张起来。就在这时，怀里的手机一阵振动。吉野陶太吗？最近每次接到电话，第一反应都是这个，但显示的号码有些陌生。

“青濑先生吗？我是前些天跟您在达摩寺见过的池园，J新闻的记者。”

“啊……我一直在等您的电话呢！”

真心话下意识脱口而出。

青濑站了起来。但环视四周后，他发现店里并没有其他客人，于是便在原地继续通话。池园的声音显得很兴奋。他说，抱歉拖了这么久，他准备5月10日和静冈的记者一起去旧日向邸，问青濑要不要一起。

“我去，请一定带上我！”

“没问题。那我们在哪里会合？东京？还是热海？”

青濑思索片刻后答：“热海见吧。”很多事没法跟池园说，一起坐车总归尴尬。

“好，到时候应该是上午会合。我跟静冈的记者商量好后再联系您。好期待呀，陶特椅……我都有点小激动了呢。”

一挂电话，冈嶋便开口道：“是那个记者？”

“你也听到了，我要去趟日向邸。”

“吉野还没联系你是吧？”

冈嶋压低了嗓门。虽说已经争取到了提名，但在竞标结束之前，他不希望Y邸的事情闹大。青濑可以理解他的担忧。

“放心，我不会让记者起疑的。”

“拜托了，这事要是炸了可就不好收场了。”冈嶋把吉野家的事比作炸弹，但随即补充道，“不过，吉野到底跑哪儿去了？”

“大概逃跑了吧。”

“为了躲那个红脸男人？”

“应该吧。”

“那高个女人呢？跟红脸男人没关系吗？会不会是仙人跳？”

瞧冈嶋的口气，大概忘了自己曾猜测“那两人是夫妻”。

“可能吧。我不知道这两人是什么来头，所以‘夫妻’和‘仙人跳’这两种可能都没法排除。”

“夫妻啊……我倒觉得仙人跳更容易跟失踪挂钩呢。”

青濑觉得冈嶋无比遥远。两人对这事的上心程度天差地别，根本没法扭转。

“这话没错。不过只有面馆店主提到过高个女人，当时和她在一起的究竟是不是吉野都是个问题。”

“房东呢？彻底没戏了？”

“托她儿子帮忙问了，但她越来越糊涂，什么都没问出来。搬家公司那边也没有收获。我把各大公司的电话都打了一遍，可别说新家地址了，连吉野有没有找过他们都不肯说。”

“我猜也是。”

“所以我只能查陶特椅了，眼下它是我唯一的线索。”

“前提是，那椅子是真品。”

“去了日向邸就知道了。我会找到你坐过的椅子。如果有缺失，那就意味着Y邸的可能是真品。”

“也是。”

话题又回到了陶特，但冈嶋并没有开始卖弄学识。他还揣着另一件事没说。

“然后呢？你要跟我谈什么？”青濑主动发问。如果是坏消息，长痛不如短痛。

冈嶋点点头，垂眼眨了眨，随即凝视着青濑道：“藤宫纪念馆的项目，助我一臂之力吧。”

这话着实出乎意料，青濑不由得露出纳闷的神情。

“你听我说！”冈嶋的语气中掺着几分怒气，“我也不甘心啊，但我知道自己几斤几两。跟东京的事务所正面交锋，我是没把握赢的。可是你上的话，说不定还有希望。”

“你太瞧得起我了……”

青濑岔开视线，冈嶋却探出身子，把脸凑了过来。

“我想把事务所做大！”

“我知道——”

“所以我必须拿下纪念馆。千载难逢的机会啊！我用了多少非常手段才争取到提名，说什么都要拿下来！”

“你说的这些我都知道——”

“速战速决，比方案。”

“我会配合的。”

“不是！”

“啊？”

冈嶋的脸都歪了。

“你归你设计，等你构思好了，再拿出来跟我的比一比。”

冈嶋突然道出了真实意图。

“是说不准备合作了吗？”

“最后会合作的。”

“先跟我的方案比？”

“没错。”

“如果你的方案特别好，就把我的毙了？”

“这也是……有可能的。”

冈嶋的话不是“出乎意料”，而是“远超预想”。先用冈嶋的方案做前提，要是感觉赢不了，就参考青濑的设计，取其精华——

“反正都算你的，是吧？”

青濑刻薄地说道。但冈嶋毫无怯色，两眼放光的青涩劲儿着实叫人吃惊。

“我想在世上留下点什么！一件就够了！”

“留点什么？我们还没到说这话的岁数吧？”

“你当然无所谓了。你已经留下了，所以才不着急。”

青濑瞪大双眼。“别跟我比啊！我那房子主人都失踪了，多可悲啊。”

“乖乖承认吧，那就是你戴上死亡面具的刹那，最后的意识飘向的地方。我没有那样的地方。”

“打住吧，玩笑而已。”

“明明是你先提的。”

“我道过歉了，你就当没发生过吧。”

“我也不单是为我。”冈嶋看着半空，“我还想给一创留下点东西。我想拍着胸脯跟孩子夸耀，说那是爸爸一手打造的啊！”

刹那间，湛蓝通透的蓝天出现在青濑眼前。他看见了宏伟壮丽的大坝，看见了贴着大坝顶端忙碌的父亲。

“青濑，求你了。这次就当个幕后英雄，好不好？”

“……”

“青濑——”

青濑抬手止住冈嶋。

“我干。我毕竟是冈嶋设计事务所的员工啊。”

23

月末的周六风和日丽。

青濑来到四谷的“角笛咖啡厅”。约定的时间是两点。可都过去五分钟了，日向子还没现身。他们本该在春假里见一次，奈何两人的时间总凑不上，一拖再拖，就拖到了今天。日向子已经顺利上了初二。虽说也通过好几次电话，可要是拖到5月，如何处理“4月的探视额度”就成了问题。所以青濑放弃了去环球影城、去兜风的计划，急急忙忙选了今天，好歹见一面。

青濑一早便开始担心，之前跟由佳里通电话时聊的那些事，会不会间接影响日向子？离婚以后，撇去女儿遭遇校园霸凌的那段时间，他从没跟由佳里谈过那么久，也从没像那样深入对方的内心。他不觉得由佳里会在那通电话后特意对日向子说什么，但日向子完全有可能觉察到蛛丝马迹。

青濑望向挂钟，两点十七分。他都能瞧出远处的老板和老板娘有些焦躁不安了。他喘着粗气掏出手机,呼叫日向子的小灵通。“女儿会不会不来了”的担忧早已变成“女儿会不会出事了”的焦虑。近年来，针对少女的恶性案件时有发生，青濑如何放心得下。

嘟嘟声在耳边响了两三次。这时，有人猛地推开店门。只见日向子一边伸手掏着挎包，一边走进店里。她揪出奏响《海螺小姐》的小灵通，按掉铃声，将红扑扑的脸蛋转向青濑：“对不起啊，我来晚了！”

“是妈妈打来的吧？挂了没事吗？”青濑问道。

日向子歪着脑袋：“不会吧，是爸爸的吧？你不是在给我打电话吗？”

日向子按了几个键，然后把小灵通举到青濑眼前。

“喏，是爸爸的号码呀！”

“可刚才的铃声是《海螺小姐》哎。”

日向子“哎呀”一声笑道：“那是群组铃声啦！你看！”

日向子切换了小灵通的界面。

在“我的群组：家人”下面，列着“爸爸”和“妈妈”的号码。

“对吧？所以爸爸的也是《海螺小姐》啦，懂了没？”

“懂了。”

青濑的眼睛还盯着“家人”二字。

“知道吗？妈妈接电话的时候，说的可是‘我是青濑’哦！”

“啊？”

“我是说——”

日向子抓住机会，甩出“妈妈”的话题。不过青濑并不惊讶。因为离婚的时候，由佳里曾明确表示：我会在工作场合继续用“青濑”这个姓氏。

“真没劲！”

见青濑反应平平，日向子噘起了嘴。不过她迅速换上笑脸，仿佛是从坏消息转到好消息的新闻主持人。

“爸爸，你没忘记上次答应我的事吧？”

“嗯？”

“爸爸设计的房子呀！不是说好了要给我看的嘛！”

“啊，我拿来了，好厚一摞呢。”

青濑弯下腰，把脚下的大号纸袋往旁边一拉。

“哇！快给我看看！”

青濑一次抓起几本杂志，分批放在桌上。才刚放下，白皙的手便伸了过来。他带来的几乎都是搭配广告的宣传杂志，以赤坂时代的作品为主。因为他觉得，日向子应该更容易被西点店、美发厅这种有大都会色彩的设计所吸引。

“好棒哦！”每每翻到贴着浮签的页面，日向子都是连声赞叹，“哇，是蛋糕店哎！这也是爸爸设计的吗？”

“对啊。”

“原来爸爸喜欢吃蛋糕啊？”

“不是很喜欢，但我构思之前去试吃过这家店准备卖的蛋糕，不然就没灵感啦。”

“这样啊。雪白雪白的，就跟童话故事里的房子一样。”

“那他们家的蛋糕肯定也是那种感觉的。”

“哎！好想吃吃看哦。”

美发厅、结婚礼堂、餐厅、精品店……日向子看到每张照片都要“哇”一下，发表她能想到的各种感言。她的兴奋看似天真无邪，但青濑能感觉到，女儿的用词遣句里透着老成的良苦用心。

在杂志只剩一册的时候，青濑从纸袋里掏出《平成住宅200例》，轻轻放在桌角。

“哇，这书跟百科全书似的！”日向子伸手拿起，翻开。

青濑屏息凝神。

朝北扬起的天蓝色屋顶。大放异彩的三根烟囱。被浅浅的北光包裹的白色起居室。将浅间山的美景尽收眼底的超大号窗户。

日向子一言不发，默默盯着照片，仿佛之前已把溢美之词通通说尽。

片刻后，她的小嘴唇漏出一声叹息。

“我喜欢这个。”

“是吗？”

“因为它是最棒的嘛！我最喜欢它了！”

“我也是。我也最中意它。”

“爸爸也是吗？”

“嗯，我也特别喜欢它，甚至觉得自己是为了建它才当了建筑师。虽然是别人委托我建的，但我很确定，我造出了自己想住的房子。”

青濑心想，原来这些话是可以说出口的啊。想到这儿，他只觉得心情仿佛都轻松了几分。

“爸爸之前没跟你说过。其实爸爸打出生起，就跟着你爷爷奶奶到处旅行，真的是在全国到处跑。稍住一阵子，就要搬去下一个地方，然后再住一阵子，接着再搬去另一个地方。所以爸爸一直都很向往能长久居住的房子。”

青濑突然吐露心迹，日向子却毫不惊讶，表情也没有变僵，只是淡淡地听着。奇妙的是，她竟完全没有发问。青濑聊起了大坝，聊起了他的父母。他用诙谐幽默的口吻描述工棚的生活，跟女儿讲述山川、森林和鸟儿的故事。他就这么漫无目的地讲着，讲着，却不知道为什么非要现在讲不可。也许他想讲的，是跟她妈妈走到离婚那一步之前的漫长故事的序章。

“爸爸，对不起！”日向子突然双手合十，几乎要夹住鼻尖，“我得走了！”

“走？”

“我不是在电话里说过吗，要去买新校服。”

入学时定做的校服已经不合身了。明明特意做了大尺寸，谁知才一年的工夫，就长高了足足十厘米。

“我现在排倒数第二。好烦哦，要是比小华都高了可怎么办？”日向子嘟囔着起身，随即像是想起了什么，鞠了一躬道，“对不起！这次我一定买身又肥又大的！”

“别啊，那多难看，就买合身的吧。”

“下次再讲给我听吧！爷爷奶奶的事，还有别的我都想听！”

“啊——嗯，下次有时间再慢慢讲。”

青濑也站了起来，但日向子用夸张的手势制止了他。“爸爸就坐着吧！你咖啡都没动过呢，慢慢喝！”

“没关系啦。”

“不行不行！而且我最近吧，有点不想爸爸送我到外面了。人家已经不是小孩子啦，会难为情的。”

青濑只得苦笑着答应：“那就恭敬不如从命啦。”

他用滑稽的动作拿起咖啡杯。日向子很是高兴，带着快活的气场走出咖啡馆。

青濑长舒一口气。今天的他不同以往。日向子的身影消失后，他的心绪没有躁动或萎靡。某种东西动起来了，八年未变的景色开始变化。因为他聊起了往事。是日向子让他说出口的。他的压力仿佛装满水的杯子，女儿把一句“我最喜欢它了”丢进杯子，水就溢了出来。

“啊，这是……”

背后有人说道。青濑回头望去，只见手臂夹着托盘的老板正端详着翻到Y邸那页的《200例》。

“这书怎么了？”青濑问道。

老板点了一下头，然后才回过神来：“嗯，我记得日向子之前看过这书。”

日向子……看过？

“她看过这书？在这里吗？”

“对。”

“什么时候的事啊？”

“呃……应该是上次吧，就是您迟到那次。”

日向子有《200例》。她家里有这本书。一定是由佳里买的。那天，日向子把书带来咖啡馆，看到青濑现身。可她只字未提，反而央求爸爸拿书来，说她想看书里的作品……

青濑有种上当的感觉，怒视半空。不过这种情绪只持续到老板撤下热可可杯为止。他凝望日向子坐过的位置，凝望13岁的心生出的棱镜。之所以问自己的工作，是因为看了《200例》啊。她想用“最喜欢”来赞美Y邸，于是构思了心意最能传达的场景，才让青濑把书拿来。青濑抿了口凉透的咖啡。这件事不需要左思右想，却值得细细品味。

过了一会儿，青濑起身离席。在他站起来的时候，怀里传出了“丁零”声，是他在达摩寺买的钥匙圈。他意识到，自己忘了把礼物交给女儿，不禁苦笑。不过，日向子也忘了一件事：她明明问过“我可以把书拿给妈妈看吗”，却没有带走《200例》。因为家里有本一模一样的啊。

屋外的阳光分外柔和。

“有没有建出让你觉得‘就是它了！’的房子呀？”

也许由佳里暗指的就是 Y 邸。

也许她所预想的回答是“YES”。

青濑快活地迈开步子。

没想到最后是日向子让他说出了答案。

在那个为“理想的爱巢”分歧的夜晚之后，他感觉第一次听到了时间的脚步声。

24

事务所中一派朝气蓬勃，仿佛在筹办庙会一般。

办公桌的配置做了大幅度调整，空出来的地方摆了两条长椅，用作“竞标专用桌”，刚从市政府建设部拿回来的资料都摊在上面。冈嶋和石卷一边做笔记，一边确认基本信息。

“感觉要求好多呀。”

“是啊。整体规格是双层钢筋建筑。展厅要三间，其中一间是一百到一百五十平方米。库房至少要两百个分区。门厅要尽量宽敞。还要设置办公室跟茶室，面向市民艺术家开放的画廊也不能少。”

“自由度其实很低啊。外观也就罢了，里面的发挥空间也不算大。”

“是啊。咦？预算呢？”

“说是回头再给。听负责人的口气，上限大概是每坪两百万左右。”

“唔，这样的话，就得有收有放了。该砸钱的地方狠狠砸，能节约的地方就使劲节约。”

这就是有大型事务所工作经验的优势。石卷的重要性显著上升。这种状态对青濑而言倒是非常理想。有石卷挡着，“身为二把手却屈居幕后参与项目”的不自然感就不那么明显了。

墙上贴满了藤宫春子的海报与相关剪报，都是真由美兴高采烈地贴上去的。海报出自去年在都内举办的追悼展，上面的藤宫春子大头照大概是她60岁上下时拍的。乍看和颜悦色，却能让所有观者直观地感受到善于洞察的眼力和强韧的胆量。墙上还贴着她的三幅作品，是用追悼展的宣传册扩印的：叼着烟蒂坐在路边的老者，斜戴猎帽的少年擦鞋匠，从二楼窗户探出身子晾衣服的中年妇女。画的明明是司空见惯的日常风景，观者却会觉得那是决定性的瞬间。这一定是因为，藤宫春子对他们的人生、对他们为什么要在此时此刻此地做那些事，有着无比深刻的理解。

竹内跟真由美好像也忙得不可开交。他们并排挤在被撵到办公室角落的桌边，用“1号机”和“2号机”全力搜集资料。竹内负责“国内”，真由美负责“海外”。他们的任务是根据冈嶋给出的关键词“新颖”“简朴”和“静寂”搜索符合描述的美术馆与纪念馆，将它们的照片通通打印出来。

“竹内，这个怎么样？”

“嗯？啊，很好哎。简约又新颖。真由姐，你品味不错啊！”

“又来了！拍我马屁也没用哦，我可没时间去买东西了。”

向来直觉敏锐的石卷貌似还没察觉到，但青濑觉得竹内肯定对真由美有好感。也许还没发展到“爱慕”的地步，仍处于“崇拜大姐头”的阶段，不过要是真由美跟冈嶋之间并无男女关系，而是冈嶋所谓的“同心梅”，那是不是可以认为竹内有机会插足呢？

“青濑哥，你看这个怎么样？”

有人问青濑的意见，于是他弯下腰，望向电脑屏幕。据说那是位于某座瑞士小城的私人美术馆。斜度极大的山形屋顶映入眼帘，屋顶两端拉得很长，几乎碰到地面。这设计有些眼熟。青濑不忍心打击他们的积极性，便说：“不错，打出来吧。”然而——

真的来得及吗？

竞标将在三个月后的7月末举行，他们必须在那之前完成基本设计——平面图、立面图、截面图，必须附上的说明书写起来也非常费时。无须倒推也知道，留给他们推敲核心创意的时间已经不多。如果继续慢条斯理地研究美术馆，怕是不可能赢过在这方面经验丰富的事务所。

“这地方真不错，好想去看看哦。”真由美陶醉地说。

“哇，好美的湖啊！”

“等竞标结束了，干脆去一趟好了，反正护照还能用。”

“还能用？”

“度蜜月的时候办的啦。好啦，这个话题到此为止。”

青濑想查一下“1号机”的邮件，但这两位一时半刻是不会让座的。

“青濑，你有空吗？”这时，冈嶋把他叫了过去。

“这家事务所的所长是你的老同事吧？”

不用看名字，青濑便猜到了冈嶋所指何人。

是在赤坂的事务所和他共事过的能势琢已。两人在工作方面互不相让，也曾为了由佳里争风吃醋。如今，能势已自立门户，成了“能势设计事务所”的大老板。关于能势的传闻，青濑总是左耳进右耳出，也不知道人家做过什么项目。但他唯一肯定的是，能势是个强者。他没有溃败，而是在“后泡沫时代”杀出了一条血路。能势事务所也拿到了纪念馆项目的提名。站在青濑的角度，这样的安排只能用造化弄人来形容。

“这人什么来头啊？”

“年纪跟我们一样大，实力出众，当年很擅长公共建筑。现在是什么情况我就不清楚了。”

“我知道！”一旁的石卷插嘴道，“他手底下有三十几个人，还挺高调的。在各地设计了很多服装店、品牌店什么的。吉祥寺的‘拉·阿隆索’就是他们最近刚搞的。”

“啊，那个啊。真是势头正劲哪。可这么轻浮的事务所干吗要碰纪念馆？”

“他们地方上的美术馆项目也拿了不少呢，还挖了个擅长搞美术馆的人过去。”

“是小胡子鸠山吗？”

“啊！就是他！”

“那这个御徒町的笹村事务所基本可以忽略不计了，鸠山在那儿待了好久呢。”

“对哦，还真是。太走运了！哎，不对。笹村变弱了多少，能势事务所就会变强多少啊。”

“然后——哦，还有德田佳久当家的‘α工作室’啊。”

“那可是强敌。”

“德田老兄是很出名，但我对他的代表作没什么印象哎。他有代表作吗？”

“呃……我也没印象。不过那家事务所的规模还挺大的，有五六十号人吧。肯定也有专门搞美术馆的团队，资金又雄厚。我听说泡沫破裂之后，他们家的金库里……”

两人聊得停不下来。

青濑跟真由美说要去寄居那边看看，便离开了事务所。他不是落荒而逃，而是本就计划好了要去那栋问题频发的公寓监工。

即便如此，当青濑把手伸到背后关上事务所大门时，世界还是为之一变。如果说竞标是属于冈嶋的，那么拂过脸颊的微风就必定属于青濑。

——所泽没有鸟吗？

青濑忽然冒出这个念头，一边走向停车场，一边仰望天空。他昨天也琢磨过这个问题，还打开公寓窗户，竖起耳朵听了一会儿。当人想找东西时，往往是找不到的。传入耳中的唯有汽车、室外机发出的人工声响。今天也没见到鸟儿。说起来，他上一次抬头找鸟是什么时候呢？

青濑驾驶雪铁龙离开停车场。

“所泽今天暖洋洋的，穿多了还会出汗呢，不过从明天开始，天气又要转凉啦。”

日向子有没有忘记皮皮和皮妹呢？

他在“角笛咖啡厅”讲起了往事，也跟日向子分享了九太郎和小黑的回忆，还把它们说“青濑稔——”的样子学给她看。事后，青濑不由得痛骂自己的粗心。然而当他在脑海中回放当时的画面时，他发现日向子听得十分投入，那神情别提多可爱了，简直可以打满分。无论日向子是什么反应，以前的他肯定只会懊恼。果然有某种东西动起来了。他正试图走出舒适区。他甚至产生了这样的念头：有朝一日，而且不用很久，他就可以跟日向子讲去公园放飞皮皮和皮妹的事，说它们十有八九活不下去，但说不定还活着。父女俩讨论这些不是罪过。如果听到小鸟叫自己“日向乖乖”、用小脸蛋蹭温热羽毛的儿时记忆，因为父母离婚成了禁忌，深埋心底，那他就有责任和女儿一起把它们挖出来。

“哎呀，不能想想办法吗！按规矩扔垃圾的街坊邻居肯定气坏啦！是不是啊，小美？”

吉野一家到底怎么样了？

人不会轻易死去。人很容易丢掉性命。如果这两句话都没错，那就相信自己愿意相信的吧。他在Y邸接到的电话里，听到的是风声。那风吹过吉野的脖子和后背，一掠而过。这光景逐渐烙印在他的眼底，仿佛他就在场，亲眼看到了一切。一家人平安就好。不用担心Y邸，也无须对青濑感到内疚。有了日向子赏赐的“最喜欢”，Y邸已经成了真正特别的房子，无可撼动。青濑已然钻出隧道。那是以全家失踪的冲击、怒火和自虐为钻头，胡乱挖掘的漆黑隧道。此时此刻，他只希望接到吉野的联系。一通电话就够。他不会刨根问底。只要一句“我们全家都好”，他就心满意足了。

“感谢大家热情的邮件和明信片。邻里问题的反映很热烈呀，那我们下周再继续吧！”

由佳里又是什么反应呢？

按日向子的脾气，她肯定会把青濑说的话，以及他对Y邸的念想原原本本复述一遍。搞不好由佳里听完会一头雾水。《200例》肯定是她买的，问题是她为什么想买呢？刚听咖啡馆老板说时，他认定由佳里是冲着自己的作品买的。可回家细一琢磨，他又为自己的自作多情脸红了。有两百种房子，就有两百种室内装潢。因为工作关系在书店注意到这本书的室内设计师绝不在少，更何况书里说不定有她负责的项目。即便激起她兴趣的是房屋本身，她冲着其他作品或建筑师而非Y邸买书的可能性依然占了99%。比如刚听说要正面交锋的能势设计事务所，《200例》也收录了那边年轻员工的作品。

“没错！不光对身体好，还特别好喝，所以才有那么多人坚持喝呀！”

要是能势知道了，肯定也会大吃一惊吧！

能势做梦也不会想到，自己竟被一个十多年未见的老同事当成了假想敌。当初日向子道出心中担忧，让青濑感到由佳里身边有男人出没时，最先浮现在他脑海中的正是能势琢己的脸。话虽这么说，其实他也想不出别的男人的长相和名字。毕竟由佳里离婚后人际关系怎样，青濑也无从得知。于是能势便成了永恒的假想敌，和由佳里一起被他尘封在内心深处。每每听说能势的风评，或是在杂志上看到他的照片，青濑都不禁想到当下的自己，接着畅想由佳里的未来。她有没有遇到合适的人呢？只要不是能势，谁都可以。只要是他不认识的人就行。如果那个人能和由佳里一起，在她魂牵梦绕的“木屋”中过上精彩纷呈、幸福快活的日子，青濑就能送上由衷的祝福。

寄居站逐渐进入视野。

除了JR八高线，东武东上线和秩父铁路也在这个站停靠，所以它算是个颇有规模的枢纽站。然而公所附近的这片区域，一眼望去便有些“暖阳小镇”风情，无缘喧嚣。青濑去了趟便利店，买了些慰劳工匠的东西。公寓的建设工地就在不远处。

“啊！您好您好！”

青濑刚把雪铁龙停在工地前面，戴着安全帽的金子建筑公司的小老板便一路小跑过来，满脸惶恐。

“哎呀，辛苦老师，一次次麻烦您真是太不好意思啦。早知这样，就该提前确认一下的。我也是做梦都没想到哇，地毯居然变成了红的！”

小老板提前打电话汇报过了，说供应商把青濑写在规格指定表上的“B（蓝色）”看成了“R（红色）”。

“该道歉的是我，下次一定写清楚。”

“哎呀，瞧您这话说的！明明是我这边的差错嘛。蓝色的马上就到，还请您多多包涵哈！”

青濑明明是半开玩笑，小老板的表情却丝毫没敢放松。肯定是因为青濑之前断然拒绝了换窗框。原来变化早在那时就已经开始了。

青濑望向即将竣工的公寓。

双眼微微一痛。客户提出的要求是“合小夫妻口味的时髦公寓”。青濑想在预算内尽量满足顾客的需求，于是创意被标准规格的材料束住了手脚，最后的成品不过是符合“最大公约数”的双层公寓。

“来的是什么样的红色啊？”青濑问道。

小老板眨巴着小眼睛：“什么……什么红色？”

“地毯啊，是偏橙色的红，还是偏暗的红？”

“啊！呃……是挺雅致的颜色。比起普通的红色，可能更接近波尔多红、勃艮第红之类的吧。”

青濑破颜一笑：“这两个都是B呢。哎，是B还是V啊？”

“啊？”

“我去看看。”

“哦，就在里头。”

青濑跟着高大的背影走进工地。

进去之前，他再一次仰望公寓。

如果面对“红色地毯”这一前提条件的人是陶特，他会对公寓外观做出怎样的调整呢？离奇的念头牵出好几个新奇的点子，将青濑的午后点缀得分外愉快。

25

“要四五十分钟吗？”

“导航说三十二分钟就能到。”

“你有没有听到什么奇怪的声音啊？”

“担心就开你的陆地巡洋舰出来啊。”

青濑带着冈嶋，驾驶雪铁龙前往S市。他们要去“藤宫春子纪念馆”的选址地进行实地考察。后视镜里照出紧随其后的日产Prairie，那是石卷的车。副驾上的竹内不知怎么，一个劲儿跟他搭话。在实地考察前，他俩要去公所跟图书馆查阅资料，所以便分了两辆车。不用说，留在事务所接电话的真由美相当不爽。

冈嶋把资料摆在膝头翻阅。据说他昨天去拜访了藤宫春子的家属，看到了一部分她亲笔创作的原画。精湛、阴暗、可怕——这便是冈嶋的感想。

“精湛跟阴暗我还能理解，可怕是什么意思啊？”

青濑保持着目视前方的姿势说道。冈嶋停手转头道：

“说白了就是：‘画里的人跟活的一样。’人物的眼睛里仿佛藏着千言万语，看着都教人害怕。”

青濑点点头。虽然他只见过用宣传册扩印的三张不清晰的画，却也产生了和冈嶋相似的感想。叼着烟蒂的老者好像把自身的所有来历都噙在眼中，同时又仿佛是在祝福画家藤宫春子的人生。少年擦鞋匠的眼睛被猎帽遮住了大半，你却能瞧出那冷眼看世界的心境，以及将要擦完鞋的那一刻表现出的对专业手腕的自负。晾衣中年妇女的眼神就更复杂了，你能感觉到她的手是自己动起来的，并不受大脑控制，心中怀着对手臂松弛赘肉的厌恶，就连“她无视了在屋里叫她的丈夫或父亲”这样的日常小插曲都能想象出来。

“全是人物画吗？”

“家属说绝大部分都是。我看到的作品画的也都是劳动人民啦，孩子啦……基本上，都是日子过得比较艰苦的市井小人物。烧砖的工人啦，清扫车的司机啦，在路边小口小口喝酒的老人啦。”

“一点巴黎味都没有啊。”

“毕竟巴黎很大嘛。家属说，她当年住的公寓在巴黎最靠北的十八区，而且还是那个区最偏的地方，还有些早就停业的小作坊什么的，反正是个又穷、治安又不好的地方。不过离传说中的红磨坊舞厅却是很近，周围还有蒙马特高地和上面的圣心教堂等旅游景点。当然最经典的埃菲尔铁塔、凯旋门、香榭丽舍大街可就远在天边了。不过也正因为她跟‘花都巴黎’无缘，才能画出那样的作品吧。”

冈嶋的轻松无虑让人无语。也许是青濑痛快答应退居幕后，让他放心不少；抑或是他想到了拿下竞标的妙计，“先在事务所内跟青濑比比”的计划已然失去了张力。

结果冈嶋还是一点都没变吗？如果表面的洗心革面不过是对付世人的战略，而本质却没有丝毫改变，那就太没意思了。目中无人，利用一切能用的东西，将自己包装成大腕，金钱关系跟男女关系都混乱不堪。他突然抛出的“同心梅”的确把青濑唬住了，可陶特和艾丽卡暂且不论，要是单看冈嶋和真由美的关系，青濑恐怕会站在石卷那边。

话虽如此，冈嶋唯有一点是值得相信的，那就是他倾注在独子一创身上的爱。“我还想给一创留下点东西。我想拍着胸脯跟孩子夸耀。”青濑能理解冈嶋吐露的心声，不需要什么大道理支撑。如果冈嶋真的重新做人了，那么青濑可以断定，这是今年春天刚上六年级的一创带来的福音。

“瞧瞧这个。”

等红灯时，冈嶋将一张抓拍的照片举到青濑面前。

一时间，青濑竟没看出照片里拍的是什么。

“藤宫春子的房间。很壮观吧？”

青濑瞠目结舌。

那是公寓中的一个房间。要是没人告诉，青濑肯定会觉得是昏暗的通道或走廊。在一个人能否穿过都成问题的狭小空间深处，有一扇齐腰高的窗户。窗边的轮廓好似画架模样。好端端的房间之所以看起来像过道，是因为除了走人的地方外，地上满满都是堆积如山的画布，好几摞都堆到天花板附近了。

“画可以这么堆吗？”青濑问了个细枝末节。因为真正想说的，已然被惊愕吞没。

“只能这么放了吧，毕竟有八百多幅呢。”

青濑用力踩下油门，只觉得绿灯瞬间模糊。八百幅画——他还从未将这个数字转化为视觉画面，投射在脑海中。

“她究竟画了多少年啊？”

“据说她不到30岁就去了法国，大概有个四十年吧。”

叹息划破双唇。

“这么多年，她都没把画给任何人看？”

“说明藤宫春子是真正的艺术家。因为她在与评价、金钱无缘的地方坚持创作啊。”

冈嶋那不懂装懂的样子，让青濑不禁苦笑。

“嗯？有什么好笑的？”

“按你的逻辑，建筑家里岂不是没有一个真正的艺术家？”

冈嶋也笑了。

“因为我们的作品没法藏在房间里啊。更何况，要是没有房主出钱，我们就什么都造不出来。”

“当然也有人在探讨，‘不希求认同的艺术家，称不称得上是艺术家’。”

“你是在说藤宫春子吗？”冈嶋的声音有些不爽。

“泛泛之谈而已。”

“她不属于讨论的范畴，”冈嶋断言道，“看过原画你就懂了，藤宫春子是真正的艺术家。”

“你这么着迷啊。”

“着迷？”冈嶋又笑了。但片刻后，他自言自语道：“不能把真正的艺术品放在平平无奇的箱子里受委屈。用和它相称的艺术围起来，才是对艺术的尊重。”

后方的Prairie打了右转的信号灯。后视镜里，竹内跟小朋友似的与他们挥手道别。

青濑装作没看见。方才对冈嶋是否真的洗心革面的怀疑，令他惭愧。

26

S市丘平町。

地如其名，纪念馆的选址地位于背靠平缓丘陵的灌木地带。据说那里有簇生的南天竹，但远远望去与乡间常见的广漠原野无异。地段倒还不错。稍微往南走两步，便是围绕自然湖开发的大型公园，周边还铺了专用的自行车道。除了土特产店，几乎看不到像样的商店。往西走是零星分布的民宅，再往前貌似是住宅小区的建筑工地，几台推土机正忙着平整土地，黑烟滚滚。用“S市郊外”来称呼这一带极为贴切，但是从市中心开车过来只需十五分钟，坐公交车也不过二十分钟，交通还算方便。

“青濑，别停，开过去！”

“啊？”

“有人捷足先登了。”

青濑一度放慢雪铁龙的车速，却没有停车，而是直接开过了选址地。路肩处停了一辆品川牌照的保时捷，附近站着两个人，一个是鼻子下面留小胡子的高个男人，另一个男人长了张圆脸，全身上下最惹眼的莫过于那副黄色边框的眼镜。两人一会儿看看手头的资料，一会儿看看选址地的草丛，不时交谈几句。

“小胡子的是鸠山。”

青濑在稍远处停车后，冈嶋整个人往后扭着说道。那位就是从笹村事务所挖来的美术馆专业户。最新情报显示，他如今已是能势事务所的三把手。

青濑也扭头望向后方。鸠山和同事的视察好像快结束了。他们一副从容不迫的样子，时而用夸张的动作远眺天空，时而掏出手帕掸去鞋子上的尘土。这般城里人的举手投足看着着实碍眼。

“没啥大不了的。”冈嶋把身子转回来道，“据说那个小胡子去德国考察时把胡子剃了，他也就那点能耐。”

青濑没答话。对鸠山人身攻击又有何用？竞争对手当前，冈嶋怕是有些热血上脑。其实青濑也一样。他调了调后视镜的角度。那两位还没走。

“想出点子了吗？”青濑不动声色地问道。

冈嶋用鼻子狠狠地出了一口气：“还没呢。等看完了各处展馆再想。”

“那样赢得了吗？”

“你的意思是我这样赢不了？”

“别那么冲嘛。单比美术馆设计的话，肯定是经验丰富的人更有利。”

“这次的题目是纪念馆啊。”

“都是摆放展品，逻辑一样的。”

“那怎么办？”

冈嶋反问道。他的眼神如此认真。青濑连忙搜寻合适的词句。这个节骨眼上绝不能轻率发言。

“得舍弃循规蹈矩的设计思路，是吧。”

好在冈嶋自己给出了回答，青濑松了口气。

“对，最好能突破以往的设计和定式。”

“那你的方案呢？”冈嶋立刻问道，语气中没有丝毫调侃。

“还没想好呢，一点灵感都没有。”青濑看着前方回答。

咂舌的声音传来。青濑吓了一跳，望向冈嶋。他的双眼正盯着后视镜。

青濑随之望去，只见那两位正在朝这边看。他们把脸凑在一起，好像说了几句，接着便慢悠悠地走了过来。

“他们要来了，所长。”

“没办法，打招呼吧。”

冈嶋故作强硬，推开了副驾的车门。

徐徐走来的鸠山面带浅笑。另一位黄框眼镜好像透过青铜色镜片打量了车头几眼，是在估算老款雪铁龙的价钱，还是要揶揄“所泽牌照”来找优越感？

“果然是您呀！”

鸠山开口第一句听起来很是奇怪。只见他掏出了同行偏爱的铝制名片盒。冈嶋也不甘示弱，打开浪凡名片夹。别看他成天把“鸠山”挂在嘴边，其实两人是初次见面。

“哎呀，所长亲自出马呀！还请您手下留情。本地事务所总归有先天优势，我们这些外地人可得铆足了劲儿，不然肯定是没戏啊！”

四人的手相互交叉，名片递来送去。接着，鸠山又转向青濑道：“咦？青濑先生是不是跟我们老板认识呀？”

青濑早就料到会有这一出了。他挂上装傻的表情，低头看了看鸠山的名片：“哦，贵所老板是能势先生啊？”

“看来两位真的认识？”

“嗯，我们以前在赤坂共事过。”

“啊——哎，您最近有个作品上了那什么……宫本，那书叫什么来着？”

“《平成住宅200例》吗？”

回答的并非黄框眼镜，而是冈嶋。青濑暗自咂舌。

“对对对，就是那本《200例》！老板把青濑先生的作品拿给大家看，嚷嚷说：‘你们也拿出几套让人眼前一亮的设计啊！告诉你们，这是我老朋友设计的！设计的好坏跟事务所大小没关系！’啊，抱歉抱歉，因为老板当时说得特别激动。”

青濑能感觉到冈嶋的笑容变僵了。

“顺便打听一下，不知贵所有几位员工呀？”

万万没想到，对方还要乘胜追击。冈嶋也知道他是明知故问，眼神顿时游离起来。

“目前是五个人。”

“五个？您是说这次的项目团队有五个人吗？”

“我们总共就五个人，所以这次要全员出动。”

“哎呀，那可真是——少数精锐到极点啊！”

青濑忍无可忍，插嘴道：“能势还挺精神的吗？”

“可不是嘛，精神得要命啊，所里的年轻人都比不上。跟那位没领证的太太分手后，他也消沉过一阵子，不过最近又开始隔三岔五跑去银座串酒馆啦。对了对了，前些天……”

鸠山说了一堆只能左耳进右耳出的话。他甚至懒得把脸转向冈嶋，一副已经无话可说的样子。

“我们也差不多该告辞了。我回去就告诉老板在这里见到了二位，他一定会高兴的。不过青濑先生要参战的话，我们的赢面就更小啦。哎呀，感觉整个人都紧张起来了，实地考察果然有收获呀！”

同行会面就此结束，全程几乎都只有鸠山一个人开口。

在保时捷驶远之前，冈嶋一直一言不发。等干燥的排气声都听不见了，他还是紧闭双唇，双目凝视选址地的草丛。前哨战一败涂地。冈嶋定是被鸠山戳中要害，尝到了“无名”的悲哀。青濑决定等他开口。可就在他把手伸进口袋的时候，冈嶋幽幽道：“还有胜算。家属站在我们这边。”

冈嶋迅速打开包，掏出半路上在车里拿给青濑看的照片。不对，底下还有一张。

“公寓的外墙。说是跟刚才那张相反，是从外面拍的藤宫春子住处。”

青濑不禁沉吟。

外墙用砖块堆砌，表面涂有灰泥，直教人联想到被战火、风雨摧残的废墟。发黑的灰泥剥落了大半。裸露在外的红褐色砖块也严重劣化，感觉随时都会分崩离析。墙上有一扇窗户，纵长地张开漆黑的嘴巴。不，应该用“无尽的黑暗”来形容。外人无法窥探的八百幅画长眠在室内。窗框的金属被铁锈蚕食殆尽，窗下牵出无数条红黑色印记，流至地面。

她曾经住在这里。曾经在这里作画。单看一张照片是不会懂的，只有结合室内与外观，藤宫春子的觉悟，或者说身为画家的严峻活法，才会在眼前展现。

“家属说了，希望由我来设计。”冈嶋遥望远方，“也许只是客套话吧。但我好歹是第一个去的，又是本地的事务所。不过人家明确说了，藤宫春子的妹妹明确说：‘希望由你来建，要是这样就好了。’”

冈嶋掌中的两张照片就是家属意愿的证明。

照片没有加印过，其他事务所的人不可能看到。至少冈嶋愿意如此相信。

青濑任视线逃往天空。

心中的指针摇摆不定。如果没在这里偶遇鸠山，冈嶋会不会把第二张照片拿给他看呢？

27

当晚，青濑深陷梦魇。

掀被坐起时已是凌晨三点。气喘吁吁，背上尽是冷汗。

他梦见了陶特。

陶特竟十分激动，脸涨得通红。不对，他的脸分明是红褐色的。眼镜起了雾，宽大的额头有热气飘摇升起。双脚青筋暴起，十根脚趾猛抓洗心亭的榻榻米。他起身弯腰，将几乎要头碰天花板的身子向前倾，伸出食指激烈挥动，用野兽般的嘶吼叱责着谁。青濑不知道是谁碰触了他的逆鳞。那人被纸门挡住了，看不分明。肯定不是艾丽卡。她身在洗心亭外盯着陶特。那张脸跟照片中的一样，读不出丝毫表情。

是德语？俄语？英语？还是日语？陶特的话与咆哮声混杂，听不清楚。唯一确定的是，陶特很愤怒。愤怒犹如火山喷发，发出的吼叫好似火山口喷射的渣石。他就这么毫不留情地、持续不断地、无休无止地责骂着纸门后的某个人。

好可怕的梦。即便青濑已经醒来，已经意识到那是一场梦，那种不肯释放五感的余音依然让他心惊胆寒。在毗邻自己的另一个世界，陶特的愤怒仍在继续，一如无间地狱，没有尽头。

青濑在床上发了好一会儿呆。他试图诠释这个梦，奈何梦的内容实在离奇，难以跟现实挂钩。今晚，他没有看陶特的书就关了灯。之所以跳过就寝前的仪式，是因为他想在黑暗中勾勒“藤宫春子纪念馆”的轮廓。可冈嶋总要跳出来碍事。争取到竞标提名后，冈嶋的言行反复无常，分去了青濑更多注意力。总之，他没有心情沉醉于陶特的高迈建筑论。三天后，他将前往“旧日向邸”。要是问梦见陶特的契机，他恐怕只能抛出这个答案。

可又不是盼着春游的小学生。

青濑离开卧室，撩起贴在身上的睡衣，走向浴室。如果梦见的是由佳里，倒还顺理成章。因为快睡着的时候，他想到了能势。他重新思考，觉得关于假想敌的情报还是越少越好。什么都不知道的话，就不至于变成真的敌人。能势夸奖了Y邸，跟没领证的对象分手，在银座挥金如土——对现在的青濑而言，这些信息都毫无意义。可一旦扯上由佳里，它们就有了意义。

青濑冲了个澡，闭目沉思。闭眼的时间比平时更久。

一切始于建筑界大佬的古稀寿宴会场。当身着晚礼服的由佳里从青濑眼前走过，青濑身边就站着能势。那一刻，两人同时动了心。正因为完全同时，才没有某一方主动退让的可能。现在回想，在两个男人同时发动的热烈追求下，由佳里也有些忘乎所以。据说能势每晚都给她打电话，而青濑也收到过“单独见面可能不太方便”的答复。本着吴越同舟的精神，他跟能势杀进了设计圈餐会。功夫不负有心人，他们成功打入了一个定期聚餐的年轻设计师圈。两人虽有君子协定，但能势每次跟由佳里交谈的时间都比青濑多一倍。“刚才能势先生跟我说……”每当听到由佳里这么说，青濑的体温都会迅速飙升。他感觉形势对自己非常不利。当年事务所老板经常开玩笑说，他俩跟“双胞胎”似的，可见两人在外貌上并没有太大的差距。虽然负责的领域不同，但无论是工作能力还是品味，青濑都不认为自己比能势逊色。可不同于青濑的是，能势开朗阳光，是那种积极向上的性格。年纪轻轻却博学多识，说话也很有技巧。建筑自不用论，商业设计、电影话剧、古典音乐乃至漫画、灵异等次文化，他都能如数家珍。最关键的是，他对由佳里一往情深。知道她喜欢织毛线，能势就买了一堆书回来做功课。前脚刚打听出她爱吃什么，后脚就不远万里买来豆大福奉上。形势不利恐怕不是错觉。他的确曾一度感觉到，由佳里心中的天平在朝能势倾斜。

所以他对由佳里讲了“迁徙”的往事，那是青濑仅剩的王牌。踏入社会后，他总觉得自己的成长史带来的只有自卑。但那个时候，他将过去变成了打倒能势的武器，变成了蛊惑由佳里的幻想。过去就是为此而存在的。他决定用那个与电影、话剧、古典乐无缘的时代，用那段与山川、森林、花鸟为伴的悠长旅程，换取眼前的一个女人。其实重要的场面都仿佛被迷雾笼罩了一般，记不清了。是由佳里问起他的出身，于是他便说了？还是他主动提起的？本该记得的，却总也想不起来。看来应该是后一种情况。由佳里跟日向子一样，没有插嘴问一个问题，专心听青濑讲漫长的故事。

风向变了。那之后没多久，青濑得偿所愿，和由佳里进行了第一次约会。由佳里发明了“鸟儿”这个词的新用法，例如：“你是鸟儿，所以你大概不会懂的。”“呵，原来鸟儿是这么想的啊。”这是一种羞涩的掩饰，暗示了由佳里希望眼前这人变得特别的心情，所以两人迅速靠近。现在青濑已经非常清楚。怀揣着“木屋”种子的由佳里是做了一场梦，她相信两人的世界是有交集的，于是飞身投入了青濑怀中。

然而能势还没有放弃。

由佳里不接电话，他就写信。演唱会、音乐剧的票，一买就是两张。大伙一起聚餐时，他削尖脑袋也要钻到由佳里旁的位置。他笑着把排了两小时的队才买到的蛋糕卷切开递给她，说：“你就爱这个，对吧？”他的脸上写满了反败为胜的自信。以一缕希望为撬棍，锁定乾坤。无论公事私事，这都是能势的行为准则。所以青濑为了斩断那最后一缕希望，急着把结婚提上日程。当时他和由佳里已经是常去对方住处的关系了，可由佳里时刻都想着设计，青濑不确定她脑子里有没有“结婚”二字。“我们结婚吧？”并肩洗碗的时候，青濑不看她的脸，直接抛出了这句话。由佳里的双手停住了。“啊？”“我说，我们结婚吧。”“这算求婚吗？”“算啊。”“我是人类哎，你不介意吗？”他这辈子从没如此开怀大笑过。由佳里却一屁股坐在地上哭了。那也是他第一次看到哭得如此开心的人类。

青濑走到阳台。

手里拿着一罐啤酒。已经过零点了所以没关系。将夜变为夜景的灯火早已不见。天空挂着几片薄云。是黎明将至，还是长夜漫漫？夜空仿佛被人一通乱擦的黑板，找不到任何线索。

“Congratulations[1]!”能势爽快地说道，主动与青濑握手。青濑用笑容回应，表情却差点因为能势格外用力的手僵住。他甚至不记得能势当时的表情了。是胜者的仁慈让他没有直视对方？还是像对由佳里讲“迁徙”故事时一样，因为伴随着愧疚，所以记忆被抹去了？能势的脸上应该写着：“我不知道自己是怎么输的。”他怕是做梦也想象不出情敌化身为“鸟儿”，按由佳里的愿望振翅飞翔的光景。“能势先生肯定永远都听不到小鸟的歌声吧。”正因为心中有愧，青濑才无法放下能势。正因为深知此人出色，青濑才一直记着他。得知青濑和由佳里离婚时，能势到底怎么想？由佳里离婚后有没有见过他？

青濑躺回床上，却无法入眠。

即使能制造更胜夜空的黑暗，它却没法变成能安心藏身的小窝。陶特在身边骂个不停的感觉不仅没有退去，反而带着更鲜明的

---

1. 英语，意思是“恭喜”。

细节卷土重来。这不可能是对自己忽视陶特的惩罚。但他越想越觉得，身在纸门背后的肯定是自己。莫非公寓中的这间屋子，就是永无止境的无间地狱？他只得独自一人，在这里熬过无限重复的无为之夜。因为他犯下了化身为鸟的罪孽，却又舍弃了难得的幸福。

“还好没建房子。”

青濑紧闭双眼。

陶特的激愤始终没有平息。他只能向艾丽卡求助。明明没人教过他，可他却知道，那是唯一可能对抗陶特怒火的方法。

28

5月10日——

虽说长假刚过，可东京站依然跟平时一样人潮汹涌。好几队修学旅行的学生如鱼群般在街上游走。青濑寻思着自己上一次去热海是什么时候，踏入了九点五十六分发车的“回声号”列车。他买了座位固定的票，不料车厢里空得惊人。透过座位的缝隙可以瞥见生意人跷起的二郎腿，姿势都比平日多了几分悠然。

青濑掏出包里的资料，在小桌板上摊开，有布鲁诺·陶特操刀设计的“旧日向邸”平面图，以及各种相关报道。竣工时间是昭和十一年（1936年），委托人是在美术、建筑方面造诣颇深的实业家日向利兵卫。话虽如此，但别邸本身其实已在数年前竣工，托付给陶特的只是“地下部分的改建工程”。对举世闻名的建筑大师来说的确大材小用，奈何大环境特殊，当时的日本政府无法优待从希特勒统治的德国亡命而来的陶特。旅日期间，陶特只经手过两项和建筑有关的工作。日向邸这边虽只是“改建”，却是唯一让陶特全权负责设计的项目。陶特在那里，打造了以“社交室”“西式客厅”“和室”为中心的地下世界。

翻阅资料的过程中，青濑的视线停在了“注意事项”几个字上。那是一本小册子，列举了参观考察时需要小心的地方。几天前，J新闻的池园记者用传真把它发了过来。“严禁烟火”“不得碰撞”“不得拖拉”“不得磨蹭”。一长串禁止标语映入眼帘，让青濑深刻意识到自己要去参观珍贵的文化遗产，心头的期许更添了几分。也许是因为每晚翻阅陶特，想象其思考多么深远，又在似梦非梦的世界里挨了人家一通训斥吧，青濑对陶特的兴趣与日俱增，膨胀到了需要仰视的地步。不仅如此，他惊讶地发现，自己甚至对陶特生出了亲切感。这趟访问本是为了查明Y邸的椅子从何而来，可期盼参观日向邸的心情也真真切切。而且他心中还藏着一份期盼：说不定拜见陶特作品，能激发出构思纪念馆的灵感。

列车准点到达热海。

青濑踏上站台，却没有迈开步子，而是环视四周，心想池园搞不好也坐了这趟车。但池园坐的貌似是后一班“回声号”，稍过片刻，他才在出站口现身。

“好久不见！前些天多谢您接受采访。”和蔼可亲的笑容，与达摩寺那日别无二致，“我碰巧坐了这趟车，时间正好，您是开车来的吗？”

“我坐的是您前面那班车，生怕来晚了您先走了。”

“哎呀，这样啊！瞧我糊涂的，早知道就该跟您一起从东京出发。”

青濑不想让池园瞧出自己是故意躲着他，挂上假笑点点头。

“那我们出发吧！”

“能走着去吗？”

“嗯，走个五六分钟就到了。觉得有点不那么难得了吧。”

两人横穿站前的马路，走进一条通往小山丘的岔道，道边土特产店与民宅鳞次栉比。走了一会儿，便是一条陡坡。

“这边的报社有一位姓笠原的记者，跟我挺熟的，我一会儿把他介绍给您。刚才他打了个电话来，说三十几分钟前T大的人刚进去，不过就是补一些实地测量的数据，应该不会嫌我们碍事。”池园边走边说。

爬到坡顶，视野豁然开朗，蔚蓝的大海就在眼前。那是相模湾。正前方轮廓模糊的小岛，应该就是初岛吧。

“这边走，”池园拐进一条下坡的石阶，“要是能查到椅子的线索就好啦。”

“嗯，是啊。”

青濑的头脑早已切换到游客模式，只能给出没有营养的回答。

走下石阶便是一条平缓的下坡。“就是那儿！”顺着池园的手指望去，别邸的玄关和铺在地上的石板映入眼帘，周围种了梅树与灌木。远远望去，也能看出开在白墙上的宽大木门年头已久。建筑本身是木结构，上下两层。虽然本属于家财万贯的实业家，却没有给人留下华奢的印象。

门口设有落地灯笼风格的户外灯。门牌上写的不是个人的姓氏，而是拥有这栋建筑的公司的名字。

“来吧，青濑先生，请进！我都打过招呼了。”

“打扰了。”青濑自言自语着穿过玄关的木门。气温似乎稍稍下降了些。铺着三合土的门口略显昏暗，五六双鞋在地上摆得整整齐齐。擦得铮亮的地板框风格庄重。透过脚底的感触，便知地板用的是好材料。

不过他真正想看的建筑遗产位于地下。严格说来应该算“半地下”。日向邸的初始结构就相当奇特：房屋建在平整过的山地上，但庭园却建在面朝大海的斜坡上，其下是用钢筋混凝土灌注的人造地面。而这朝海面凸出的人造地面下方，便是陶特扩建的空间。所以建筑条件非常特殊：靠海的一侧开放，靠山的一侧却是封闭的半地下。无论天花板、地板还是墙壁，构成半地下部分的混凝土结构都是现成的。因此，与其说陶特负责的是“扩建”，倒不如说他是负责“改建地下空间”还更准确。换言之，陶特造就的并非建筑，而是“空间”。——青濑就是带着这样的理解来到此地的。

“下去吧。”

“好。”

通往近七十年前打造的地下空间的楼梯，就在左手边不远处。青濑跟随神色略显紧张的池园踏上楼梯。楼梯很陡，大概二十来级。看似纤弱的踏板并未嘎吱作响，稳稳承受住成年人的体重，定是长久以来的悉心保养使然。

笔直伸向楼下的竹竿扶手是第一处引起青濑注意的设计。刚下到地下的小门厅，他便意识到扶手绝非设计者随意安置的。因为墙上镶嵌着一条条细竹，而通往隔壁房间的空间里也配置了竹子做的格栅。

再往前走，竹子继续扮演着向导的角色。沿着形似四分之一块蛋糕的楼梯，从门厅走向“社交室”。这段楼梯的扶手也是竹子做的，它是用四条受力弯曲的竹子拼接而成，巧妙地勾勒出蛋糕的曲线。

“社交室”的天花板上吊着大量灯泡，一路伸向隔壁的“西式客厅”。支撑灯泡大军、起到“横梁”作用的也是竹竿，每个灯泡的电线以编成锁链状的竹条装饰。“慎之又慎”四个字浮现在青濑脑中。

“陶特被竹子这种素材迷住了呀。”池园用讲解的口吻说道，“我跟您说过没有？陶特在高崎时，对日本的传统竹工艺品产生了兴趣。陶特自己也设计过竹子台灯。感觉他把竹子当成了日本美的象征，在这里探究起了竹子的特性和可能性。”

踏入这片地下空间的每个人应该都会这么想。同种素材的反复出现，让人感到是设计者陶特的策略。

也许是因为青濑没吭声，池园留下一句“您随意看看吧”，便走向了在里面和室站着交谈的男人们。

青濑呼了一口气，环视“社交室”。这房间至少有二十张榻榻米那么大。奶白色的墙壁抹了富有光泽的灰泥。资料显示，当时这里摆着乒乓桌、台球桌等，现在却是空空荡荡。他再次仰望吊在竹竿上的大量灯泡，五十个、一百个是肯定不止的。天花板左右各有一列灯，通向旁边的客厅。灯串并非笔直，而是稍有弯扭。仔细观察，便会发现灯泡的电线也是长短不一。肯定也是设计者故意所为。青濑许是彻底落入了陶特的圈套。那在灯泡上用的心思，让他不禁想起曾经跟父亲在某个村子参加夏日庙会的情景。

他朝隔壁的“西式客厅”走去。一进屋，便能看到左手边的成套沙发。面朝大海的开口部分是巨大的玻璃窗，正敞开着。这时，他的视线被吸到右边。那是朝墙壁延伸的五级台阶，与房间同宽，呈横摆的长方形。根据资料，这个部分叫“客厅上段”。迈上台阶时，他的心中涌起难言的兴奋，仿佛要登台汇报的小朋友。台上是一片不宽也不窄的神奇空间：接近胭脂色的丝织品贴满墙面，天花板上则镶嵌着天窗模样的照明器具。回头望去，便能隔着窗户看到相模湾的水平线。坐在下段的沙发上，部分景观会被树丛挡住，但此处将视线抬高，便能将景色尽收眼底。

站在建筑师的角度，不难想象以台阶打造“客厅上段”，是为了克服不利条件构思的解决方法。因为山有一定坡度，封闭的“山侧”与开放的“海侧”存在一米左右的高度差。要想构造浑然一体的室内空间，必须想办法把差距填平。于是，陶特别出心裁，大胆提出堪称“巨型定制家具”的台阶结构，解决了这一难题。不，他分明是反过来利用了空间的先天不足，将自己的巧思转化成了用海景款待众多宾客的“台阶椅”。

隔壁的“和室”也有台阶结构。大约三张榻榻米大的上段被称为“书斋”，也是能远眺相模湾全景的“特等座”。台阶刷成了接近茶色的红色，柱子、门楣等部分也是同样颜色。青濑心想：我见过这种颜色。然而一想起是在哪里见到的，他的脖子便僵住了。——是陶特的脸。那在梦中激愤的陶特的脸，刚好就是这种颜色。

“青濑先生。”

青濑吓得一哆嗦。回头一看，原来是池园，身边还多了位身材矮胖的中年男子。“敝姓笠原。”那人递上名片。此人正是池园半路上提起过的本地A报社学术文艺部记者。他长了一张看起来满腹牢骚、仿佛不悦成自然的面孔。

“怎么样，跟我们分享一下您的真实感想吧？”

笠原一上来就如此冒昧的提问，让青濑略感不爽。“沉醉”——这是他的真实感想。但既然对方不礼貌，他也没必要客气，冷冷回了句：“累了。”这倒不是假话，青濑确有筋疲力尽之感。

“陶特自称为现代元素与日本元素的并置，您对这一点怎么看呢？”

笠原继续追问，青濑却不禁语塞。他心中的确有万千称赞，却并不想立刻转化成语言讲出来，因为他不认为陶特想问自己的意见。他获得的信息反而是：“花点时间慢慢想吧。”

“陶特曾把这三个房间比喻为三位音乐家呢。”不知不觉中，池园也加入了对话，“第一间社交室是贝多芬，西式客厅是莫扎特，和室是巴赫。”

“打比方的不是三位音乐家，而是音乐的差异吧？”笠原一本正经道。

池园随口回答：“对对，我就是这个意思。”青濑本以为池园是在帮自己解围，但好像并不是这么回事。他怕是憋不住了，想赶紧聊聊陶特。笠原貌似也对不表态的青濑失去了兴趣，不光是头，连身子都转向了池园。

“不过阿池啊，你这么说还是有可能引起误会。毕竟陶特没把贝多芬的音乐风格引进社交室，也没有特意打造莫扎特风的客厅啊。”

“我之前在哪儿读到过，说陶特就是这么想的啊。”

“你信了啊？才不是呢！陶特只是说，他为每个房间赋予了不同的韵律。简单来说，就是韵律不同但同属音乐领域，像这样统一三个房间，这才是他想说的。所以才叫‘并置’啊。在我看来，‘并置’的另一种说法就是‘融合’。”

换作以前，青濑肯定会觉得自己在听天书。所幸书不是白看的，他可以大致听懂两人的对话。

“最后那句是不是有点武断啊？您总是那么认死理——”

“认死理？武断？哪里武断了！哇，气死我了！尝试将日本的古典样式现代化，这就是融合啊！陶特在这别邸做的不就是这件事吗？他在每个房间都做了尝试，三个房间合起来看也是一样。单瞧他对竹子的执着劲儿，就不能光用‘被素材的魅力折服’来解释啊！”

“嗯嗯，也就是说他打造的是‘新日式’对吧？整个地下空间的确都是这个风格。”

“对吧？陶特还说，他融进了禅的精神，想把这里打造成严肃而经典的空间。我觉得把音乐换成禅来想想也很有意思啊。”

“啊，我也好喜欢讲禅的那段啊。我总觉得，他已经超越了爱日本文化的层次，甚至能感到某种对日本人的感激之情呢！”

“要这么说，他想感谢的大概是把自己变成日本迷的桂离宫吧。不过我觉得他心里真的有感激，我也希望他是这么想的。”

青濑强忍着没笑出来。这个姓笠原的记者说话没轻没重，但人兴许还不错。

“我爱日本文化。”

青濑想起了洗心亭石碑上的那行字。得到陶特祝福的日本文化，这件事本身还是相当美好的。日本文化在战后遭到了遗忘，被极端西化与经济优先的大合唱吞没了。现如今，“日本文化”的价值观本身都快消失不见了。然而，曾被布鲁诺·陶特这位“伟大的外来者”盛赞的事实，在近七十年后的今天仍然为“重新发现日本美”提供了依据与自信。怎么忽视陶特呢？长年忽视陶特的青濑如此想道。一个置身建筑界，却毫无自觉地一次次破坏日本文化的人如此想道。

青濑抬起双目，凝视和室、西式客厅和社交室连通的空间。“接近茶色的红”终究只是巧合。因为这个既是“三个”又是“一体”的空间充满着晴朗的空气，根本与怒火无缘。它是陶特留给日本的纪念品。昭和十一年秋，陶特完成了别邸的改建，不到一个月后，便离开日本，受邀前往土耳其，度过了建筑家的最后时光。

两年后，艾丽卡将陶特的死亡面具送至少林山。莫非这在世时无法久留的地方，才是他的魂归之所？然而深爱日本文化的陶特，一定对当时的日本皱起眉头。

要知道，昭和十一年是二二六事件爆发的年份，日本正迅速走上军国主义道路。陶特是被自己祖国的军事独裁化打乱人生，不得不亡命异乡，想必无法平静面对这些。二二六事件当天的日记如此开头：“少林山的雪景唯有黑白两色。然而东京多了一种，变成了黑白红三色。”

接着是一段比较克制的记述，能看出试图冷眼旁观的心情，却在最后一语道破：“总之，战争正在‘非常时期’的面具下大步迈进。”土耳其政府的邀请让渴望建筑工作的陶特离开日本，可让他离开的理由仅此而已吗？他心中是否也有“从日本亡命他乡”的感想？当年的一切只能想象，可就算这是第二次流亡，当时土德关系也不算差。离日的时候，他肯定是怀着不幸会接二连三的担忧。时代让晚年陶特的心，一刻也不得安宁。

然而——

展现在眼前的空间并无恐惧与焦躁，更是丝毫不见愤怒的痕迹。唯有意志。他能感觉到“留下”的坚定意志。所以这个空间才“留存”了近七十年之久。

青濑想起了工作后第一次画建筑图纸时的心情。自己画下的一条条线将化作有形之物，在这座大都会的角角落落拔地而起，这让他心潮澎湃。从无到有孕育建筑的喜悦是无与伦比的。他压根没想过，那些建筑可能会有消失不见的一天。然而，它们真的消失了。不到十年的工夫，青濑设计的商业建筑不是被拆除，就是被改建，要么就墙面被刷成难以置信的颜色。青濑满脑子只有“创造”。他无法想象回望身后的自己。

“我感觉他在对我说，不打算留给后世的房子就不要建。”

在笠原接二连三的发问后，青濑如此回答。笠原和池园好像都很满意这个答案。

“笠原先生，热海要保护这里的事，有没有进展啊？”

青濑一问，笠原便用和刚才判若两人的快活语气回答：“有有有，放心吧。东京有位女慈善家准备捐一笔钱给市里，条件是要妥善保护这栋建筑，大致会按这套方案走。”

“太好了。”

“啊！话说青濑先生——”池园好像突然想起了什么，不过青濑已猜到了他的问题，“椅子查得怎么样啊？”

“一无所获。”青濑不假思索道。

椅子到处都是。刚出门厅的地方，社交室墙边，西式客厅上段，到处都摆着好几把椅子。可他不用凑近，就能一眼看出它们和Y邸的椅子不同。他不禁纳闷，冈嶋提供的“线索”算怎么回事？好在他本来也不奢望在这里解开所有谜题，所以倒也没特别失望。

“您的同事说，他在这里坐过一把类似的椅子是吧？”

“嗯，他是这么说的。”

“会不会在仓库里啊？”

“如果管理员在，我临走前找他问问看。”

“对哦，”笠原说道，“您是来调查椅子的是吧？有照片吗？能给我看一下吗？”

青濑点点头，从包里掏出椅子照片。

“呀！”一看到照片，笠原便轻声惊呼，“我见过这把椅子！没错！”

“真的吗？”池园顿时来了劲，一边问“在哪儿”一边环视四周。

“不在这儿，在上多贺的荞麦面馆。”

“啊！是您之前提起过的那套桌椅吗？”

“嗯，就是那个。好像啊。简直一模一样嘛！”

青濑却没有激动起来，想必自己也是略显困惑的表情。

毕竟刚去过中轻井泽的面馆，这会儿又冒出了另一个面馆。再说，笠原即便不是坏人，就冲这说变就变的脾气，此人的可信度依然无限接近于零。

29

相模湾反射着阳光，熠熠生辉。三人离开日向邸，打车前往上多贺，据说坐车过去大概十五分钟。

“实不相瞒，七年前已经有另一家报社写过这事了。”笠原挠着脑袋娓娓道来，“那面馆的房子原是日向利兵卫的财产，是他从别人那儿买来的别墅，原本在别处，昭和十年才移到了上多贺。当时他委托陶特负责监工……”

笠原的讲述十分具体，青濑越听越专注。

当时陶特接受了日向委托后，在移建地附近找了间民宅，和艾丽卡一起从高崎搬了过来。他在那间民宅里设计了自用的桌椅，让本地木匠打造成形。移建结束后，陶特搬回高崎，日向便接收了那套桌椅，放在别墅里。后来，别墅几经易手，但桌椅一直没搬走，由每一任房主继承下来。“就是说，当年移过来的别墅就是今天的面馆？”青濑总结道。

笠原连连点头：“对对，大概二十五年前开始，房子就归面馆所有了。七年前，面馆家还在上初中的女儿写了一篇文章叫《我的家与布鲁诺·陶特》，当作暑期报告交了上去，某报就把这事登了出来。”

“您见过那套桌椅吗？”

“见过啊，为了写后续报道，我去实地采访过。”

“其实笠原先生早就知道这事啦。”池园袒护道。

“差不多吧，毕竟陶特也在日记里提过在上多贺打造桌椅的事嘛。我心里一直惦记着，但又觉得不是什么值得马上写成报道的事。”

“那篇报道最吸引人的地方就是‘店主女儿的研究’呢。”

“我当时就想：‘哎呀，被人抢先了。’真是的，写的真是时候。”

在青濑没法插话的空当儿里，出租车已然驶入面馆的停车场。

面馆正在营业。好在认识店主的笠原简单表明了来意，谦和的店主便把一行人带去了里屋。据说那套桌椅平时都是收起来的，刚巧店主有位亲戚打电话来说想看看，于是桌椅就被搬了出来，摆在房间里。

“太走运啦！”

池园对青濑耳语道，青濑却没有闲心回应。事情跟冈嶋的说法差太远了。搞了半天，椅子竟不是日向邸的定制家具。但突然浮出水面的新线索格外真实，他甚至有种“万一”成真的预感。

店主将他们带到一间六张榻榻米大的和室。

青濑不禁倒吸一口气。结实的长方形桌子跃入视野，接着视线被桌子周围的六把椅子吸引了。他走上前去，将其中一把从桌边拉出来。无须拿出照片，他的双眼还准确地记得。眼前的椅子，无论形状还是老旧程度，都与Y邸的如出一辙。

“是这个吗？”

青濑只回了一声：“嗯。”

他将椅子斜放，上下打量，又把它翻过来细细查看内侧。没有“陶特井上印”。这也是理所当然，因为它并非商品，而是为陶特和艾丽卡日常使用打造的“孤品”。这时，青濑忽然回过神来。回头望去，只见店主面带忧色。

“啊，对不起。”青濑鞠躬道歉，谨慎地扶起椅子，“我可以坐坐看吗？”

“请吧。”这回答促使青濑弯腰坐下。没错，就是这感觉，亲切与怀念涌上心头。这感觉，跟Y邸的椅子分毫不差。闭上双眼，他甚至陷入了错觉，以为自己身在Y邸二楼，连那片铺满视野的蓝天都浮现在了眼前。

然而——

不对。青濑睁开眼，重新数了一遍椅子的数目。六把。桌子也刚好是能插进六把椅子的尺寸。换言之，椅子一把不缺。这就意味着……没错，Y邸的椅子并非出自这套桌椅，它是模仿此刻坐着的真品制作的赝品。

“说明那把椅子不是原版呢，虽然长得一模一样。”池园很是遗憾地说。

“不过阿池，这跟‘售卖的椅子被人仿冒’是两回事啊。陶特在住处短短用过一阵后，这套真品就一直在这儿，在宅子里待了近七十年，门都没出过啊。”

“那又怎么样？”

“你可真够迟钝的！这说明造赝品的人必须亲自到这儿来，仔细观察这椅子才行啊！”

“对哦！您的脑子转得可真快！不过……那岂不是要把这些年来过的人都调查一遍吗？整整七十年哎！照片里的椅子一看就有些年头了，五六十年前的事可怎么查啊？”

“搞不好就是七十年前的呢。”

青濑起身说道。听着二人说话，他忽然冒出了一个念头：也许椅子起初有七把。

“比如受陶特之托打造家具的木匠额外多打了一把给自己……啊，因为我觉得那把椅子不像赝品，实在是太像了。”

两人狠狠点头，同时说道：“木匠啊……”“木匠哦……”

“木匠本人肯定已经过世了，但要是能找到他的子孙……陶特日记里有没有提到木匠的名字啊？”

两人像在互相牵制似的，双双挂上一本正经的表情。最后池园先败下阵来：

“唔……好像没具体到名字哎。”

“没有。我记得……在讲别邸的部分，提到过一位叫‘佐佐木师傅’的木匠，但帮他打自用桌椅的是位无名木匠。”

“能找得到吗？”

话才出口，青濑便意识到祸从口出。他当然想借助报社的调查能力，却也感到让记者进一步深入多有不妥。

池园面露难色：“移建别墅的时候，陶特住的是这附近的民宅，所以他找的木匠应该也不会离得太远。问题是这都过去七十年了……老板，您有什么线索没有？”

他将话题抛向店主。店主歪着脑袋：“这……我也没听说过那么具体的……”

“也是。这种时候，只能请占地利的笠原先生发动一下人海战术了吧？”

笠原眉头紧锁，抱着肩膀，感觉随时要显一把男儿气概，或是逞一逞陶特专业户的威风。

“哪能这么麻烦笠原先生啊，真不是什么要紧事！就是我个人想见一位朋友，却发现联系不上他了。”

青濑连忙解释。笠原的身体顿时跟泄了气的皮球似的，但脸上的神色还保留着池园煽风点火的效果。

青濑想转移话题，便转向店主，为问而问道：

“对了，有没有一个叫吉野陶太的人来找过这把椅子啊？”

“哦，有啊。”

一时间，青濑没能反应过来。

有？

“是个男的，个子矮矮的对吧？”

“对。”青濑的声音都变得沙哑了。

“那人我记得很清楚呢。椅子的事不是上了本地报纸吗？大概过了两年吧，他就找上门来了，问我能不能让他看看那些椅子。”

青濑呆若木鸡。

“他说他的根在仙台。你说的应该就是那个人吧？”

“应、应该是的。”

“那天他可高兴了，跟你一样，一会儿来回摸一会儿坐上去感受感受。后来他还说他有这把椅子的设计图呢，把我吓了一跳。”

急转直下——这个成语如飞箭横贯青濑脑海。

30

在回程的新干线上，青濑别无选择，坐在了池园旁边。

他本想独处片刻。在上多贺的荞麦面馆获得的情报着实惊人。吉野陶太去过面馆，他说自己的根在仙台，还明言自己有陶特椅的设计图。整件事的细节突然变得丰满了，而且似乎正朝着明朗的方向发展。正因如此，脑子里有“全家失踪”四字的青濑和一无所知的池园很难再携手推理下去了。在站台等车的时候，第一波问题就来了。“青濑先生，您不知道吉野先生是仙台人吗？”“我听说他老家在长野。他说自己的‘根’在仙台，但他本人不一定生在仙台吧。”

吉野是仙台出生的吗？青濑不记得吉野提起过自己的出生地。一个住在东京的人，只要不主动说，都会被默认为“东京人”。池园每次开口，对吉野一无所知的青濑都不由得浑身紧张。然而青濑毕竟不是陶特的发烧友，面对和“吉野家失踪案”有着千丝万缕联系的陶特之谜，他需要池园洪水般的知识储备为他出谋划策。只要不踩雷，这位记者就是他最理想的“华生”，这一点毋庸置疑。

“好可惜啊。要是能打听到那位吉野先生为什么会有椅子的设计图就好了。”

青濑深深点头。店主也很遗憾，说他问过吉野，吉野却岔开了话题。

“这么算起来，吉野大概是五年前去的面馆。因为椅子的报道是七年前登上本地报纸的，而他是文章见报两年后去的。”

“两年后的话，我就懂了。那文章见报后，又过了大概一年半到两年吧，有本建筑杂志搞了个陶特特辑，也提到了上多贺的椅子。吉野先生可能是看了那个特辑才去的面馆，毕竟住在东京的人肯定看不到本地报纸呀。”

有道理。片刻后，青濑又想通了另一件事：在Y邸二楼发现椅子的时候，他觉得自己好像读到过关于陶特椅的文章。这么看来，他大概也不是读报，而是翻建筑杂志时瞥到的。

“不过仙台是条很有价值的线索啊！”池园带着兴致勃勃的表情望向青濑。

青濑知道他想说什么：“陶特在仙台待过对吧？”

“对，您连这都知道啊！那是陶特定居高崎洗心亭之前的事了。当时仙台有个旧商工省下属的工艺指导所，聘请了陶特过去。那个指导所是为了应对昭和初期的经济萧条创设的，估计是想大力发展手工业，振兴出口吧。陶特见证了指导所的草创期。对指导所而言，陶特的到来也是天大的幸事吧。”

“陶特在那儿做了什么？”

“也做过一些设计。但指导所聘他的主要动机是‘意识改革’，所以他好像写了一份厚厚的计划书提交上去，讲的大概是有益于创造具有国际竞争力的工艺品的思维方法吧。”

“他好像没在那儿待太久吧？”

池园歪着脑袋，盯着青濑的脸：“青濑先生，我怎么觉得您对陶特的了解突然变深了呢？”

“在您的感化下，我看了不少书。”

“‘感化’也太夸张啦！”池园欣喜地笑道，“布鲁诺·陶特果然是绕不过去的呀！”

“我也不是故意回避他……先不说这个了，后来呢？”

“后来陶特待了不到四个月就离开了仙台。指导所的全体人员都很赞成他的提议，可不知为什么，陶特总觉得他们没拿出实际行动，也没有要行动的意思。日子一天天过去，他越来越烦躁，就……”池园那表情，就好像自己挨了批评似的。

“不知道他在仙台造过椅子没。”青濑扯回正题。

池园立刻点头：“除了台灯的设计方案，他还试制过椅子、门把手什么的。”

“陶特设计过椅子？”

“应该是。就像在上多贺那时候那样，他画图，然后让所里的员工打造。”

“那他在仙台设计的椅子和面馆的椅子，有可能是同一份设计图吧？”

“唔……”池园沉吟道，“这就很难确认了。同样是设计，可椅子、工艺品的设计图不比建筑图纸，很多设计图是陶特先手绘出简单的草图，然后把尺寸写上就完事了。不过我能理解您的心情，整件事的确让人浮想联翩啊。比方说，陶特在仙台画出了椅子设计图，但所里员工没造出合他心意的，来上多贺的时候，他忽然想起这把椅了，就试着让手艺过硬的本地木匠打打看了……”

“假如是这种情况，那在仙台的工艺指导所应该有最早的设计图吧？”

青濑怀着些许期待如此问道，可池园摇了摇头。

“早些时候说不定还有可能，但我刚才说了很难确认，因为指导所在昭和四十几年改组成了工业技术试验所。说‘改组’是为了好听，其实就是关掉了。”

“资料没保留下来吗？”

“工业技术试验所现在已经变成了产业技术综合研究所的东

北中心。具体还是得问一问才知道，不过我听说，他们很少回顾陶特在的那段历史，当时的资料恐怕凶多吉少。”

如果真是那样，吉野又是如何搞到设计图的呢？

“当年跟指导所有关的人一直留着椅子的设计图，后来机缘巧合到了吉野先生手里——这应该是最合理的解释了吧。”

“要么就是，吉野的父亲或祖父在指导所工作过。”

听到这话，池园使劲点头：“嗯！就是说设计图原本就在他家里，这种猜测应该更合理些。哎呀，我之前不是跟您说过吗，偶尔是会有这种情况的。比如祖上代代都是做木匠的，突然有一天在自家储物间里翻出一份陶特的设计图什么的。吉野先生是做什么的啊？不是木匠、家具师傅之类的吧？”

青濑语塞片刻后道：“他是做进口杂货批发的，可能现在已经自立门户了吧。”

“那他的父亲、祖父呢？”

“不知道。他没跟我提起过家里人。”

“搞不好真是这么回事。家里有长辈跟指导所有关，不是父亲就是祖父。咦，什么事啊？”

池园掏出振动的手机，跟青濑招呼了一声：“不好意思，我去接个电话。”便去了车厢间的连廊。

青濑得了片刻的喘息。刹那间，列车行驶的响声和车厢的摇摆都变得真切了。

同床异梦。池园肯定在纳闷，吉野究竟是何许人也？跟青濑又是什么关系？

我还想问呢！

吉野陶太到底是什么人？跟我到底有什么关系？

吉野家上辈是做木匠或者家具师傅的？

没听说过，一点蛛丝马迹都没有。青濑只知道，他卖过进口家具给田端的出租屋房东。

他有上多贺的椅子的设计图？

难道Y邸的椅子是根据那张设计图造的？是谁造的？

肯定不是吉野。他不是木匠，也不是家具师傅。就算他是，如果椅子是他长大后打的，新旧程度必然异于原版。肯定是他父亲或祖父造的。那时间地点呢？时间应该和原版差不多，地点大概就是仙台的指导所吧。大概吉野的父亲或祖父当年在指导所工作，后来根据陶特给的设计图造了Y邸的椅子；也可能是陶特离开后，根据他留下的设计图造了椅子。总之椅子与设计图一直由吉野家保管，传到了吉野陶太手里。如果设计图不止一份，那就说得通了。陶特是个一丝不苟的人，笔头又勤快。也许他手头有本描了同款设计图的笔记，然后把笔记交给了上多贺的木匠……

青濑凝望着夕阳西下的车窗。

浮现在脑海中的吉野还是原先的长相，但他的笑容不见了。“我的根在仙台。”多可疑的说法，教人联想到一个靠蒙骗度日的男人的拙劣演技。明明已经下决心不再责备、怨恨吉野，只求全家露个面，让他知道大家平安。可吉野根本不长记性，总是欺骗青濑。无论回溯到哪个时间点，吉野都在撒谎。青濑觉得，Y邸是“金蝉脱壳”的“壳”。也许金蝉脱壳能让吉野得到某种青濑不知道的好处，他也成功了。而青濑只能对着人去楼空的“壳”，惊慌地环视四周。

"青濑先生。"

青濑睁开眼，池园的脸和他身后的列车员映入眼帘。青濑赶忙掏出怀里的车票，池园接过来，把自己的票叠上去，一并递给列车员。

"不好意思。"

"没事没事，您好像很累。"

"啊……只是陶特让我醉得不轻。"

"醉？"

"嗯，被日向邸狠狠灌了一壶。"

"日向邸做东灌酒，为陶特心醉神迷。好有味道的感言，我能拿去用吗？"

尽管用，尽管用。青濑边说边活动嘎嘎作响的脖子。

"呃……如果您不介意的话，我去帮您打听打听仙台那边的情况吧。"池园特别客气地问道，"当地的M报社正好有我的熟人，之前去仙台的时候，也结交了研究陶特的朋友。"

"呃。"青濑只吭了一声便沉默了。

"您是觉得不方便吗？"

"不不，恰恰相反，我刚才也跟笠原先生说了，是我不想给大家添麻烦。"

"怎么会是麻烦呢？"

"能不能麻烦您把那位研究陶特的朋友介绍给我认识啊？"

池园眼里闪过一丝失落，但也仅此而已："好，我去报社的资料里找找，回头发给您。"

"实在不好意思。"

“不过您要是准备去仙台的话，我还挺想一起去呢，只要时间合适。要是能查清那把椅子的由来，应该能写出一篇很有意思的报道。”

青濑只得模棱两可地点头。

窗外的天色已很昏暗。

日向邸并没有远离。陶特打造的半地下空间，似乎全然不介意陶特椅牵出的种种纠纷。

31

抵达所泽时，已是晚上八点多了。

青濑回了趟事务所，发现真由美还没走。办公桌旁是竹内蜷起的背影，照片和资料在竞标专用桌上堆成小山。

“辛苦啦。”

真由美格外精神。她说有种“要生二胎似的感觉”，把老大勇马丢给了外婆照顾。竹内脸上多出了浅浅的黑眼圈。青濑一问才知道，原来拿到提名后，他就一直发低烧，夜不能寐。

冈嶋和石卷前天就出门考察去了，今晚要在甲府过夜。负责“国内”的竹内挑了近百座美术馆与纪念馆，另外四人投票筛了一轮，最后冈嶋选了其中的十来座出来。为了不设计出循规蹈矩的纪念馆，我得多看看循规蹈矩的实例。临行前冈嶋对青濑如此耳语道，也不知是在逞强还是示弱。青濑建议他带上西川，因为竞标的成败取决于设计理念、临场陈述和效果图。若想让西川画出使评委眼前一亮的效果图，就得尽可能让他了解冈嶋的构思过程。

“可恶，我也好想去啊！”

竹内捶胸顿足的模样都隐约透着良好的家教。青濑拍拍他的肩膀：“别抱怨嘛，在这儿也能构思创意啊，多想几个好点子出来。津村也别闲着。”

真由美指着自己的鼻子：“我也可以参与吗？”

“你不是用电脑看了全世界的建筑吗？你要相信看遍了好的建筑、美的建筑的大脑，好好想想要打造什么样的纪念馆。只是零碎片段也没关系。想到了就用文字、图画表现出来，帮所长激发灵感吧。”

“这样啊！也是，稀奇古怪一点也没关系，点子肯定是越多越好！”

真由美顿时兴奋起来，竹内脸上却还是闷闷不乐。

“我也想啊，可是……”

他把手伸向摆在桌上的大部头，用指尖翻了翻。

《S市的历史》——那是冈嶋出发前给他布置的作业。为了抓住“本地人的心”，冈嶋吩咐他从书里找些有象征意义的历史事件做参考。他也给真由美下达了指示，让她去搜集能体现战后巴黎劳动阶级日常生活的资料。

“深挖S市的历史是个好主意，因为东京的事务所是不会有这种思路的。”

“我也觉得这个思路很好，所以今天一大早又跑图书馆去了，结果没查几页就被拽回现实——深谷的项目被河卡住了。”

“边界问题？”

河边的项目遭遇边界问题是常有的事。市政府的下水道科等部门总会跑来找碴儿，让你明确项目用地与河流边界。

“不是。昨天国交省的人过来巡逻，说棚子在河区内，不合规定。”

国土交通省？棚子？

“因为挨着一级河流，所以归中央管……啊，我说的‘棚子’不是房屋，是花农的温室大棚。人住的地方肯定是在河区外，但大棚偏偏在河区内。我也是大意了，没考虑这点。对方可横了，让客户立刻拆除，把人家吓得啊。所以我今天去国交省的在外办事处谈判了。”

竹内的热心肠也不是一天两天了。据说他的理想是：“让全日本穷人住上低成本住宅。”也许就是因为这，他的工作态度和“助人为乐”“造福社会”有些相通之处。

“谈妥了吗？”

“我磨破了嘴皮子，说我们会按规定提交申请的，好不容易才搞定。可您知道他们要求提交的资料有多荒唐吗？得写一份《拆除计划书》哎！您写过吗？”

“没。是大棚的拆除计划吗？”

“是啊！计划的前提是：‘上游观测站的水位一旦超过某个标准，就要出动人马拆除大棚。’风险自负，还得具体到准备派几个人、花多少时间、用什么器材呢。我把您的名字也写上了。关键时刻，您就帮忙开下‘永勃’[1]吧。”

1. 日本挖掘机品牌。

青濑笑了。

“听说我也被拉去充人头了。”真由美笑着递来咖啡。

“真由姐力大如牛，我是把你当两个人算的。”

“哇，竹内你好毒啊！”

真由美每每发出这样的娇嗔，竹内都会露出腼腆的神情。

如此温馨的光景，却衬托出了事态的刻不容缓。宝贵的半天耗在了无谓的大棚拆除计划上。竹内本就处于超负荷的状态，现在忙着准备竞标，还跟青濑分担了石卷的好几个项目的督建工作。真由美也没能幸免：巴黎老地图占据了整个电脑屏幕，桌上摊着账簿和好几摞没处理的票据，还有好几份写到一半的室内装潢方案。

只有五个人的事务所参与大型竞标，必然会变成这样。“少数精锐到极点啊！”鸠山那傲慢的表情在眼底挥之不去。竞标专用桌的角落，低调地摆着真由美亲手制作的倒计时台历，上方写着豪壮的标题：“冈嶋设计事务所90日战争！”下方则是鲜红的数字“79”。胜负姑且不论，工作强度如此之高，撑得了79天吗？“90日战争！”下有一行可爱的小字：“勇马对不起。♡”青濑都没有心情笑眯眯地看那几个字了。

“您那边有什么收获吗？”竹内的笑容仍在。

“收获？”

“咦？您今天不是去了布鲁诺·陶特的日向邸吗？”

“啊……嗯。”

“怎么样？有没有找到设计纪念馆的灵感？”大概是冈嶋告诉他们，青濑也为了竞标出门考察去了，“不过说实话，我对陶特其实没太大兴趣。我总觉得，他在日本待了没几年，就说什么重新发现了日本美，感觉挺傲慢的。”

池园、笠原要是听见了，怕是会气到七窍生烟。别说他们了，青濑听了都有些不舒服。

“可陶特当年要是没来日本呢？仔细一琢磨，还挺可怕的。”

青濑试着做出微弱的反击，竹内却用夸张的语气惊呼道：“可怕？哎！这可是最高级的赞美啊！您的意思是，如果陶特没来日本，日本的建筑史就大不一样了？”

“你敢说不会改变吗？”

“这，呃，一点都不变，倒也不可能。”

“七十年前，陶特改变了日本人看待事物的方式，也许只是一点点，但这改变是毋庸置疑的。”

“哇，这话感觉一点都不像从您嘴里说出来的。”

“怎么不像？”

“太热血了。”刚说完，竹内就扑哧一声笑了出来，“我常跟真由姐说，青濑哥总是酷酷的，就跟漫画《骷髅13》似的。”

“我可没说过！”真由美连忙插嘴。

“怎么没说过？你还说他像高仓健呢！”

“你小子张口就来啊，我根本不认识什么高仓健、《骷髅13》的演员，那些话都是你说出来的好不好！”

青濑跟竹内面面相觑，哈哈大笑。

这时，办公桌上的电话响了。

鼓着腮帮子的真由美认定是冈嶋打来的，顿时心情大好，三步并作两步冲向办公桌，拿起听筒。谁知片刻后，她却歪起脑袋，面无表情。

如果是冈嶋打来的，青濑倒想跟他说两句话，于是也来到了桌边。真由美跟对方说了句“请稍等”，便捂着话筒望向青濑：“是报社的人。”

青濑心想：一定是池园，他一回社里就查到了仙台的陶特研究者的联系方式。

“我来吧。”说着，青濑一把抢过真由美手中的听筒。

“啊，可是……”

青濑很快便明白了真由美犹豫的原因。

“冈嶋昭彦先生吗？”

对面的声音闷闷的，透着些许阴暗，与池园截然不同。

“所长出差去了，请问您是哪位？”

“他什么时候回来？”

“这——”青濑望向白板，按计划冈嶋该是明后天回来，“我直接让所长联系您吧，可否告知您的姓名和号码？”

回应他的是令人不快的沉默。而且他很快就知道了对方沉默的原因。

“你不是冈嶋先生吧？”

青濑把听筒从耳边拿开。他居然怀疑我是冈嶋？对方的疑心直接转为他的疑心。

“不是啊，您哪位？”

“我是《东洋新闻》的繁田，请告诉我，冈嶋先生什么时候回来？”

《东洋新闻》可是国内数一数二的大型报社。

“我不确定，您找他有什么事？”

“能把他的手机号告诉我吗？”

“不行，您就说有什么事吧。”

“你要是冈嶋先生，我自然会说。”

目中无人的语气让青濑怒上心头。“我可以联系到他，但您要是不说清楚为什么事，我这边也不好传达。”

这一回的沉默是出于思考。对方可能在和别人商量。电话那头传来各种噪声，许是报社办公室的杂音。

“我想采访他。”突然，对面再次发话。

“采访什么？”

“具体我会和他本人谈的，内容比较敏感。”

简直鸡同鸭讲。青濑顿感烦躁，可对方既不报全名，也不表明身份。事务所毕竟是敞开大门做生意的，总不能硬拦着不让人家见所长。

“我会告诉所长您打过电话的，是《东洋新闻》的……”

“繁田。”

“请问您是哪个部门的？”之所以脱口而出，也是因为跟池园、笠原待了一整天。

“社会部。”对方用骄横的语气回答。

青濑有种不祥的预感。“社会部？我们所长是牵扯到什么案子了吗？”

“我会跟他本人谈的。”对方毫不客气地关上对话大门。

“好的，还有什么要转达的吗？”

“告诉他，我非常想见他一面。明天我会再打电话的。”

“我会转达的。”青濑放听筒的动作都比平时粗暴了些。

“青濑哥。”

他回头望去，映入眼帘的是两张忧心忡忡的脸。

竹内用沙哑的声音问：“‘案子’是怎么回事？”

“我也莫名其妙呢。”青濑不走心地说着，随即拨通冈嶋的手机，转身背对他们。响铃几声后，无限乐观的声音窜进耳中。

“哟，青濑啊，已经回去啦？日向邸那边怎么样啊？”看来冈嶋喝了不少。

“这个等你回来再说吧。跟西川先生会合了吗？”

“昨天就会合了呀，你找他有事？”

“不是，刚才有个《东洋新闻》的记者打电话找你，姓繁田，说有事要问你。”

青濑用尽可能轻描淡写的语气说道，却能清楚地感觉到冈嶋倒吸了一口冷气。

“有记者找我？”

“嗯，他说他会再打的。据说他是社会部的，你有什么头绪没有？”

“没有啊。”

看来是“有”。青濑大致猜出了问题所在，但考虑到身后两位，他换了个话题。

“你那边怎么样？”

“啊？”

“展馆啊，逛出点收获没有？”

“啊，嗯。可以参考参考吧……那个记者没说他找我有什么事吗？”

“他说他见了你，会直接跟你谈的。对了冈嶋，陶特椅不在日向邸，在上多贺的荞麦面馆，而且总共有六把。你是不是记错了啊？”

“上多贺？大概是我记错了吧，毕竟当时去了很多跟陶特有关的地方。”冈嶋已经心不在焉了。

“那你什么时候回来？”

“明天……就回，先回来一下。”

“知道了，少喝点。替我跟西川先生带个好。”

青濑刚挂电话，候在一旁的真由美便开始窥探他的神色。

“所长怎么说？”她两边的眉毛都快连起来了。

既是同心梅，又何须再问？身在甲府的冈嶋必定也能感受到真由美的忧虑。

32

“我用了多少非常手段才争取到提名。”

冈嶋的话青濑记忆犹新，附带还有听到的瞬间掠过鼻尖的火药味。十有八九是竞标。记者一定是打探到了什么。冈嶋到底用了什么非常手段？

青濑把啤酒罐放在地上，关了电视，躺在沙发上。明天谜底便会揭晓。等冈嶋回来了，就去问个清楚，把握事态，如有必要，还得构思对策。除此以外，别无他法。此时此刻，什么都做不了。

他闭上双眼，集中意念，日向邸的空间却没有浮现在脑海或是眼前。然而，他有被环抱的感觉，受那个空间邀约、款待的余韵还在。也许正是因为无法“外观”，感觉才更强烈。他并非“参观”了日向邸，而是“体验”了它。青濑超越了七十年的时空，化身为造访别邸的一位客人。

该不该去仙台呢？

准备竞标需要人手，前景更是风云险恶。这个节骨眼上，岂能说走就走？再说，就算查到了吉野陶太的“根”，到头来也不过是知道更多谎言罢了。况且，过分依赖池园等陶特专业户记者，也令他顾忌重重。池园、笠原的风格有点像博物馆研究员，看似与“案件”无缘，可“全家失踪”一旦暴露，即便是他们，也可能说变就变。毕竟刚在事务所接到“繁田”的电话，他的戒心比平时更强。虽说记者也有多种多样，可谁能保证他们本质上有所不同呢？所长全身心投入的竞标已经节外生枝了，要是Y邸的事再闹大，冈嶋设计事务所就成了一盘散沙。

仙台的事可以缓一缓，毕竟本就不是什么要特意出远门调查的要紧事。而且，吉野也不希望有人找他。青濑给Y邸和他的手机打了无数次电话，可是全无反应。他不想任何人知道自己在哪儿。为了躲红脸男人，吉野主动隐藏了行踪，切断了与外界的一切联系。

然而——

孩子们呢？青濑时常想起他们。吉野有两个念初中的女儿，还有个小学一年级的儿子。他们在信浓追分见过两次：一次是破土仪式，一次是交房。大女儿个子已经超过父母，有些少年老成，面对青濑时总是用羞涩的笑筑起防线；小女儿有些冷淡，问她两句也只会给出“很期待”“很喜欢”这种标准答案。可即便如此，这对姐妹看起来还是很幸福。她们总是黏在一起，你抓我我挠你，时而嬉笑，时而噘嘴，有时还会偷看青濑几眼，咬咬耳朵。小儿子则在破土仪式当天一直躲在香里江身后，一双满是怀疑的眸子盯着青濑，直到交房那天都没敞开心扉。他甚至没好好看过自己的房间，回到车里便低头玩起了游戏机。青濑怀疑：这家人是不是貌合神离？是不是“高个女人”把吉野夫妇逼得离婚或分居？也许父母和两个女儿完美演绎了“刚拿到新房的幸福一家人”，只有小儿子戳破了一个破碎家庭的真相。房东说田端的出租屋只有吉野一个人住，也许“建Y邸”寄托了他让家人的心重新聚起来的希求？青濑没有把握。无论截取哪一部分，都不够确凿。直到现在，青濑还是不能肯定也无法否定。他唯一确定的是：吉野全家的“苦衷”，绝不是一个红脸男人就能说清。

吉野夫妇也就罢了。“失踪”这一超常举动是问题的起点和燃点，却也是他们二人历经波折后主动的选择。可三个孩子只能接受结果。路的尽头等着他们的又是什么？莫非一家五口躲到了某个不为人知的小镇？还是吉野独自逃跑，香里江和孩子们投靠了别人？抑或是吉野夫妇一起走了，孩子们被寄养在了某处？无论哪一种场景，孩子们脸上都没有笑容。他们要怎么上学？生活费够不够？要是都在香里江的娘家就好了——青濑只得寄希望于外祖父母的庇护。可问题是，就算孩子们真在外祖父母家，又有谁能保证红脸男人不会威胁到他们？三根手指打着石膏的魔爪，究竟能伸到多远？

青濑猛地起身。偏偏这时候——他对自己生出几分厌恶。然而创意之门总是在他思考无关的事时敞开。那是少年擦鞋匠的眼睛; 还有画架,上面是人物画; 画架对面,是台阶结构的“客厅上段”; 画架不止一个，而是七八个，不对，是许多许多；画架一字排开，每一个画架上都是精湛、阴暗又可怕的人物画；上一级台阶，便会发现刚才那排后面还有一排; 再上一级,更靠后的一排也现身了; 往上爬个三级，四级，乃至十级，这时，数百个画架上的数百幅画与画中的无名人物齐声发出生命的呐喊，一如在日向邸中尽收眼底的相模湾。没错，藤宫春子的世界里，没有被赋予权威的名画。这件档次高，那件档次低，最顶级的独占一间展厅——藤宫春子的世界里没有这种规矩。每一幅都是无名，却也都是同样出色。所以要“并置”。把藤宫春子的人生，当成一幅画展示给观者。每上一级台阶，都能听到她的呢喃，目击到她的日日夜夜。观者能切身感觉到殉画而死的她和她笔下的男女老少在灵魂层面的会聚。不，还没结束。没错，客厅上段的下面还有“下段”，台阶的中央还嵌入了另一条通往地下的台阶。要让观者坐上 Y 邸二楼的陶特椅。往下走一级，两级，画慢慢消失，一如浅见山。蓝天出现在视线尽头。远处的墙面上是巨大的长方形窗,窗外唯有天空。可以飞去任何地方，也能与任何地方连接。即便是藤宫春子燃尽生命的巴黎的天空也——

电话在响。青濑用双拳砸了膝盖两三次才站起身来，好容易走向电话，忘记解除的语音信箱已经启动了。

“是我，冈嶋。我明天下午要跟那个记者见面，你能一起来吗？”消沉的声音传来。青濑本想拿起听筒，但想了想还是作罢。

“求你了。”

片刻的沉默后，电话挂断了。

显示“有留言”的红灯开始闪烁。

“千载难逢的机会啊！我用了多少非常手段才争取到提名，说什么都要拿下来！”

即便如此，蓝天并没有消失。他就像激愤的陶特那样，激烈地摆动手指，朝着灵感的方向飞驰而去。

33

第二天早上，天空也没有鸟的身影。

青濑没吃早饭就出门了。他开着雪铁龙前往市公所，提交了一份建筑确认申请，然后便向丸井百货后侧的餐厅走去。

冈嶋已经到了，正坐在靠里的位置抱着膀子。他的表情显然比平时更僵硬，即便在亮度很低的灯下也能看得清清楚楚。

不过他看到青濑后打招呼的声音倒是普通得很：“哟！”

“他俩呢？”青濑拉出他对面的椅子。

“撂在甲府了，我在电车连廊打了一路电话。”

一开口就是引人发问的口气。青濑要了份一千日元的午市套餐。就在他犹豫的时候，冈嶋开口道：“记者一点到。”

“哪里见？这里吗？”

“对。”

青濑抬腕看表。十二点刚过。

“刚才真由美联系我说记者又给事务所打电话了，我就一个电话打到了通信部，直接让他到这儿来。”

“通信部？”

“《东洋新闻》的S通信部。他昨天电话里没说吗？”

“是姓繁田的记者吧？”

“是啊。”

“他跟我说是社会部的。”

冈嶋面露厌恶，嗤之以鼻：“虚张声势吧，听说繁田就是那种记者。”

青濑嗅到了冈嶋不再消沉的一个理由：昨晚开始他就到处打电话，摸清了敌人底细，所以才说得出“就是那种记者”。

青濑把手肘撑在桌上，脸凑近冈嶋。离记者出场还有一小时不到，留给他们的时间不多。

“听着不像善茬儿啊，他为什么找你麻烦？”

冈嶋没有作答，而是死死盯着青濑的眼睛：“你不会跳槽吧？”

青濑蒙了：“我？跳槽？为什么啊？”

“不会就好。”

冈嶋岔开视线，青濑却紧追不舍：“你说清楚，是有人跟你说我想走？”

“不是。”

“那你为什么这么想？”

“行了行了。”冈嶋双手止住青濑，“我从头说，你别急。前一阵子，大概有一年多了吧，有个商业征信所的人找我打听你。”

青濑简直不敢相信自己的耳朵：“商业征信所？”

“就是侦探，反正有这么个人来找过我。”

“找你？”

“说是有人要给你说媒。”

青濑惊得整个人后仰：“什么时候的事啊？”

“我不是说了吗，一年多前吧。”

“说清楚点，仔细想想具体是什么时候！”

“是去年的……2月。那阵子不是下了场大雪吗？当时街上的雪还没化。”

“然后呢？那个侦探……”

“看来没人给你说媒吧。”

“没啊！”

冈嶋不假思索地点头：“我也觉得压根没这回事，肯定是他想调查别的找的借口。我也反过来试探过他，但没问出真实意图。正因为没问出来，我才怀疑你是不是准备跳槽，搞不好是新东家来做背调。”

“你傻不傻？如果我真要跳槽，侦探会找你这个所长吗？肯定不会啊！要是不小心暴露了，我这私下做小动作的人要怎么待下去啊？”

“也是，雁过不留痕是侦探的行规。”

“你扯这干什么？记者都要来了，你提侦探干吗？”

“青濑啊。”冈嶋再次凝视青濑的双眼，“我可以相信你吗？”

青濑顿感后背一凉。冈嶋的双眼近在咫尺，眼神乍看寻常，却绝不寻常。不会吧？可就是这么回事。冈嶋想问的并不是：“你想跳槽吗？”而是：“把情报泄露给《东洋新闻》的是不是你？”

“我一直很感激你，从没想过要辞职。”青濑说了他必须说的话。

“好。抱歉。”

冈嶋貌似收回了疑心。可另一种疑心却在青濑心中油然而起：侦探是谁请的？为什么要调查我？

套餐用一个餐盘盛着端上了桌，服务员的长发差点碰到了盘子里的意面。

“侦探都问了什么啊？”青濑决定打听到吃完之前，之后再问竞标的事也不迟。

“什么都问。你是哪里人啦，哪所大学毕业的啦，还有家庭情况、工作态度什么的。”

青濑感觉到自己的眼神高度紧张。“你都说了？”

“就随便答了一下吧。”

“怎么个随便法？”

“还能怎么说啊？”冈嶋停下拿叉子的手，“我说，你小时候因为父母工作全国各地跑，大学没毕业，前阵子离婚了，有个女儿，工作上是天才型选手。就这样。”

“由佳里和日向子的事也说了？”

“拜托，”冈嶋“啪”的一声把叉子放在盘子上，“那侦探也去找过由佳里的，我说不说都一样。”

什么？青濑立时慌了神。

“你、你怎么知道？”

“什么我怎么知道？”

“你怎么知道侦探找过由佳里？”

“她打了电话啊，说有个侦探找她打听你，问你是不是要再婚了。”

“冈嶋，”青濑也放下了叉子，“你跟由佳里经常联系吗？”

“那之后就没有了。”

“之前呢？”

“联系过，也就偶尔吧。”

这家伙——

“一年两三次而已。没什么好奇怪的吧，你们没离婚的时候，咱们不是经常喝酒聚餐嘛。”

“什么时候开始的？”

“六七年前，在东京的展会碰巧遇见了。”

那时，他们刚离婚没多久。

“为什么瞒着我？”

“不是瞒你，只是不好开口。”

无论青濑问什么，冈嶋的声音都没有抑扬顿挫，不带色彩。

“你们聊过我吗？”

“还没问够啊。”

“看来是聊过。”

“我跟她都认识你，聊到也很正常。”

“我来事务所以后也是？”

“也就是她问：‘他怎么样？’我随口答：‘挺好的。’这样而已。”

脑内受到了震撼。

“他怎么样？”

青濑将身子缓缓靠在椅背上。

三年前，没有正经工作的青濑突然接到了冈嶋的电话，搞不好那个电话……

两人的意面都没吃完。青濑的食欲早已不知所终；冈嶋则沙拉和酸奶碰都没碰，连抽了好几根早就戒了的烟。

“什么时候开始抽了？”

“昨天。”

“边境之光”，没见过的牌子。

“很淡的，才一毫克。”

“不是淡不淡的问题。”

“就是淡不淡的问题。”

青濑看看手表：十二点四十五分。

只能把心思换到另一个频道上了。

“那个叫繁田的记者，说没说为什么要采访你？”

“说是见面再谈。”

“跟纪念馆有关？”

“既然点名找我，那就应该是吧。”

青濑点点头。如果是冲着“全家失踪”来的，应该会找Y邸的作者。

“要我留下吗？”

“嗯，拜托了。”

冈嶋的回答不咸不淡。虽说如此，但他并不是因为害怕才叫青濑过来的。

“我已经洗清嫌疑了？”

“可能是真由美。”冈嶋幽幽道。他的神色看似寻常，但整个人的状态终究不太对。

“她听了肯定要哭的。”

“那可不一定。”

“你们不是同心梅吗？”

“她很软弱的，跟我一样。”

青濑又看了看表。

“那记者不好对付？”

青濑重开刚才的话头，冈嶋立时咬牙切齿，狠狠咋舌。

“有伙人想让筱塚市长下台，繁田就是他们的爪牙。”

青濑心中一凛：“还扯上官场了？”

“有个叫胜俣的县议员，背后靠山是草道。市长是猪口派的，所以他们一心想在下次大选前把市长拉下来。”

草道和猪口都是名气不小的老资格议员，但青濑一时无法在脑中画出他们的关系图。

“繁田跟他们是什么关系？”

“草道当过国家公安委员长，而繁田两年前还在东京总部跑警察厅的线呢，所以他俩早就认识。据说繁田工作上犯了个不得了的大错，被贬到了这里的通信部。所以他想借这个机会卖草道个人情，让他跟报社领导美言几句，好早点回东京去。纪念馆是市政府重点项目，于是就被他盯上了。对那群人来说，这可是攻击市长的好材料。”

冈嶋滔滔不绝地讲着幕后隐情，可青濑怎么看怎么觉得不对劲。当然，冈嶋肯定也是从别人那里听来的。正所谓“内行看门道”，想必他背后也有类似他刚才贬低过的那种“靠山”。繁田的信息也是通过靠山获得的，对方还下达了应对危机的指示。可能就有人问过冈嶋："你们事务所里牢靠吗？"

大概八九不离十。冈嶋设计事务所属于"市长派"，所以冈嶋看起来神情自若，丝毫不像惧怕记者。

然而——

"为什么记者会盯上我们？"

"容易下手吧。"

"卷入了官场斗争？就这么简单？"

"对，只是殃及。"

"你没做什么亏心事吧？"

青濑顺势问道。冈嶋凝视半空。时针已指向一点。

"冈嶋——"

"没。"

既然如此断言，青濑只得做好后盾。生死与共——青濑下定了决心。

"这也算竞标的一部分，必须拿下。"

冈嶋没有作答。他的视线已然越过青濑的肩膀，落在被人推开、发出响声的店门上。

34

对面也是两个人。

青濑一眼便知谁是繁田。肯定是那个三十五六岁的矮胖男人。眼里戒心十足，脸上却像带着浅笑。另一个男人非常年轻，乍一看还以为是大学生。可能是因为紧张吧，他脸颊微红，走路的动作也十分僵硬。

冈嶋把对折的杂志举到面前，这大概是电话里约的接头暗号。两人看到冈嶋，朝这边走来。

青濑坐到冈嶋旁边，那两人则绕到对面，头也不点一下便直接递上名片——

《东洋新闻》埼玉总局 S 通信部 记者 繁田满

《东洋新闻》埼玉总局 记者 深野慎也

冈嶋态度勉强地从怀里掏出名片夹。

“您就是冈嶋先生吗？”

繁田看了看冈嶋的脸，又看了看手中的名片，然后望向青濑。

“敝姓青濑，昨天是我在事务所接了您的电话。”

“啊，原来是这样，真是多有冒犯。”

青濑没有递名片。听过冈嶋透露的内情，他此刻对繁田的印象无限接近秃鹫和鬣狗。

繁田叫来服务员，点了两杯咖啡，又补了一句：“请另外开一张小票。”

“麻烦您长话短说吧。”冈嶋抱着胳膊说道。

“这个嘛，能不能长话短说还是个问题……”

繁田装模作样地从包里掏出笔记本，小年轻深野也有样学样。

“他是负责埼玉县警本部的。”

繁田对深野做了古怪的介绍。深野看了看冈嶋，又看了看青濑。那竭力虚张声势的模样甚至有几分滑稽。

冈嶋瞪了繁田一眼："快开始吧，别看我们这样，业务可是很忙的。"

"藤宫纪念馆的事吗？"繁田奸笑着反问。

"那个当然也要忙，毕竟对我们来说是个大项目。"

"听说您为了争取提名下了血本啊。"

"什么血本？能否说得明白点？"

冈嶋语气强势地问道。繁田从笔记本夹缝中掏出一张纸，双目扫视纸上的文字，但不让对面的人看到。

"您跟S市的门仓建设部长一起吃过好几顿饭吧？呃……割烹品月……中华乐园……韩国饭店……需要我具体到日期吗？"

"那又怎样？"冈嶋面不改色地反问道。

繁田笑了："这可不太好。门仓部长可是手握选择合作方的实权，您请他吃吃喝喝，最后成功拿到了提名。这不就意味着有权钱交易吗？"

"不要血口喷人啊。餐费都是AA的，我可没行贿。"

看繁田的表情丝毫都不相信。"可是啊，在竞标的事提上日程后，您跟门仓部长还是频频聚餐。部长可是要担任竞标评审的，您就不避避嫌吗？"

"碰巧而已。我从没在酒桌上提起过竞标的事。我跟门仓先生只是私交。"

"哦？怎样的私交？"

"有必要告诉您吗？"

"透漏一点让我们参考一下嘛，如果说得通，我们也会乖乖撤退。”

冈嶋点了根烟，狠狠吐出一口，才开口道：“我初高中那几年一直是足球队的，门仓先生也是。因为这层关系，我们早就有往来了。S市有意招一支J2球队促进经济发展，所以我们经常边喝酒边畅想未来。”

青濑大气都不敢出一下，这些事他听都没听过。

“原来是这样，难怪你们还跟筱塚市长一起去看了足球赛呢。”

“啊？”

“是一起去过国立吧？”

这个问题引出了一段令人焦心的沉默。眼看着冈嶋差点要摇头了，最后还是点了头。

“对……去过。本来提出招J2球队的就是市长嘛。所以为了给以后做准备，就决定去现场体验一次。”

“可你们看的不是J2，而是J1的开幕赛。”

“不能看J1吗？以后总归要争取进J1啊。”

“看比赛当然没问题，可票是谁买的呢？”繁田步步紧逼。

“是我买的。但我告诉你们，票钱是AA的，事后他们都给我钱了。”

“车费也是吗？”

“当然。”

“聚餐的时候好像不是哦。”

“啊？什么意思？”

“就是您跟门仓部长的聚餐，回程的车费也是您出的吧？”

“没有，我不记得有这么回事。”

冈嶋话音刚落，繁田的手便动了。

“实不相瞒，今天并不是我第一次看到您的名片呢。”

他用敦实粗短的手指抽出夹在笔记本中的复印纸，摊在桌上。纸上分明是扩印过的冈嶋的名片。

“这张名片是S市某出租车公司的司机手里的。他说您吩咐他把门仓部长送到市内的住处，费用找名片上的事务所要。”

青濑用眼角余光偷瞄冈嶋的脸。只见他满脸通红，想必是意料外的窘境。那个出租车司机恐怕是市长政敌手下的人。

“我不记得了。”冈嶋狡辩道。

“这可怎么办。您说不记得，但名片就在这儿。您要怎么解释呢？”繁田用彬彬有礼的口吻继续猛攻，“既然回程的车费是您出的，认为餐费也是您出的不过分吧？看J1比赛那次，市长和部长的门票以及往返车费也是您出的吧？”

“不。”

“可是——”

“这纯粹是你的推测吧？”

青濑插嘴道。与其说是发动反击，不如说他的心境更近似搀扶着刚挨了一串拳头的拳击手的助手。

繁田一副回过神来的样子，望向青濑：“的确是推测，但并非‘纯粹推测’。您也很清楚这一点吧？”

“所长说得很清楚了，你们可以了吧？”

“呃……”

“青濑。”

“您也是五人之一咯。”

“什么？”

“您不觉得奇怪吗？”

“奇怪什么？”

“一家上上下下只有五个人，除了公厕、警亭就没有什么像样成绩的设计事务所，是怎么挤进这种大型竞标的呢？”

“我们没义务回答如此无礼的问题。我们还要去见客户呢，二位请回吧。”

繁田并未纠缠，点头道：“那就先这样。贵所的态度我们已经明白了，我们会继续调查。这应该不是最后一次见面，下次还请多多关照。”

繁田草草收尾，对一旁的深野使了个眼色。

深野同等地看向冈嶋和青濑，道：“此事也引起了县警搜查二科的高度关注。”

两位记者告辞后，青濑终于能听到周围几桌人的说话声了，仿佛有人解除了静音模式。

“哈！还‘高度关注’呢，肯定是繁田教他说的。”冈嶋朗声一笑，不以为然。然而，某种邪恶之相与冷汗一起死死贴在他的脸上，以至于看起来实在不像是笑。“果然跟我打听到的一样，纸老虎一个。你也瞧出来了吧？”

青濑只“嗯”了一声。又是贪污受贿，又是官场斗争。因为平时不太看这类报道，所以老实说，他很难估量刚结束的采访会对事务所造成多大威胁。繁田列举的冈嶋的暗中活动令青濑颇为震惊，也让他大有被背叛的感觉；但想想赤坂时代，这也不过就是跑销售的人见面聊的那种应酬之一。繁田有确凿证据的，就只有车费的事。青濑实在不觉得仅凭这点证据就会立刻见报，警方就会出动。可是——

他不能理解冈嶋为什么还兴致这么高。明明从头到尾都在敷衍，也没有像样的反击，更没能使出一记有效粉碎繁田推论的拳头。可他竟一副危机过去了的姿态，满不在乎地说："哼，底牌都亮出来了。"他真觉得能这么小胜告终？还是为熬过难关、没被出局庆祝？抑或是，他认定"靠山"可以一手遮天，这种程度的追查根本不痛不痒？

青濑有种自己在助纣为虐的感觉，心头有种把繁田的问题重问一遍的冲动。

"还不走？我还得去好多地方谈事情呢，先走了。"冈嶋抓起小票，起身离席，"青濑，多谢啦，多亏了你才这么顺利。"

听到这，青濑顿时火冒三丈："等等！"

"干吗？"

"别对我撒谎。也别对一创撒谎。"

35

冈嶋就此音讯全无，到了晚上也没在事务所现身。

竹内和真由美抓住青濑问个不停。石卷跟西川也很担心，特意从甲府打了电话回来。青濑本不想多说，让他们"问所长去"，奈何大家不放过他，只好说所长跟记者有点误会，但没什么事，不用担心。见青濑含糊其词，大家都意识到跟竞标有关。人们顿时安静了下来，大抵各自在脑海中想象早已隐约察觉到的冈嶋的“非常手段”是什么。

青濑回到公寓时已经十点多了，等电梯的时候碰到了推着手推车的老婆婆。这么晚了，车上还挂着便利店购物袋，一看就知道是独居老人。

“晚上好。”青濑打了声招呼。换作平时他只会点头示意，但今夜的婆婆看起来格外弱小。

“找不到创口贴了，明明有的。”婆婆咕哝着，仿佛在为自己辩解。

“您受伤了吗？”

“擦破了点皮。上了年纪啊，难免的。你可别说出去哦。”

“啊？”

“别告诉中介哦。上了年纪还一个人住，万一闹出点麻烦，中介就不肯续约了。”

“哪有什么麻烦。”

“我说我儿子也住这儿，但好像已经露馅了。”

电梯门开了。青濑让婆婆先上，问道：“您住十楼吧？”婆婆微微一笑。

“我是把房子卖了搬过来的。”

“这样啊。”

“收拾院子啦，修屋顶啦，太累人了。”

“我懂。”

“杂草这个东西，怎么拔都长个没完。我心想，通通割掉总行了吧？就用割草机把杂草和草皮都割了。结果没几年，院子里就只剩杂草了。”

“杂草比较顽强嘛。”

“草坪太经不起折腾了。我是很反对的，可老头子偏偏在夏天整了草坪。”

“嗯。”

“还是这里好，有这个就行了。”婆婆捏起挂在脖子上的钥匙给青濑看。

到了十楼，门开了。青濑说了声“晚安”，但婆婆一言不发，推着车走了。

抵达十二楼的家之前，他一直想着那位婆婆。开灯的瞬间依然可怕，没法习惯。看到早上出门时的静止画面，总感觉不是当下的生活，而是过去的某个场景。

青濑在厨房开了一罐啤酒。嘴都凑上去了，却忽然兴起，打开橱柜，取出了个江户切子玻璃杯。好久没用了，都忘了还有这个。那是在赤坂的事务所实习时，一咬牙花大价钱买的。

坐进客厅的沙发，啤酒倒入杯中。儿时的梦想，是像别人家孩子那样用玻璃杯冲果汁粉喝。后来梦想实现了，却忘了这实现，只是如今这般内心毫无波澜地端着玻璃杯。这个空间也与日向邸一样有三个房间，只可惜这个空间有的只是“空”，丝毫不能触动五感的指针。可即便如此，还是能住。也能被人住。人甚至可以爱上这个空间。就算陶特今夜再次现身于卧室的黑暗中，他也只能责骂疏远这片空间的青濑，却不能将矛头指向那位宛如佩戴十字架一般把房间钥匙挂在脖子上的婆婆。

白天接受的采访竟没在心中占据太大位置，就被赶去了角落，这让青濑本人也颇感惊讶。是相信了冈嶋的“靠山”神通广大，还是认定那是冈嶋的个人问题丢开不管了？这两种念头感觉都是真的。因为他知道，心头的刺插在别处。

——找侦探调查自己的究竟是谁？

自打听完冈嶋的话，青濑不知扪心自问了多少回。是谁？为了什么？他想搜寻答案，却全无头绪，只有空白答卷在脑海中堆积成山。

侦探去找过由佳里，想用再婚的谎言套他的隐私。真难以置信。那侦探一定疯了。他问了由佳里什么？性格？消费习惯？酒量？喜好？不仅听说前夫要再婚，还要把旧事翻出来说，由佳里心里怎么想？还得担心日向子知道了会不会情绪波动吧？她不能直接找青濑求证，所以打电话给冈嶋打探再婚的事是真是假。冈嶋怎么回答的呢？他应该会说“我觉得没有”，但肯定没有断然否定。所以由佳里并没有完全排除青濑再婚的可能性。从去年2月侦探现身到现在，她是不是为了“做好心理准备”，一直把这事放在心底？一股冲动涌起。现在也不迟，打电话给由佳里，亲口告诉她再婚的事根本是子虚乌有——

死盯着的电话响了。

他迈着昂扬的步子走过去拿起听筒，然而电话那头的声音和他想到的哪张脸都对不上。

“我是津村，请问所长联系过您吗？”

真由美的声音格外紧张。青濑望向时钟：快十一点了。

“没啊。你在哪儿？家里吗？”

“还在事务所。”

"竹内呢？"

"出去吃饭了。"

"你也回去吧，所长不都说别担心了吗？"

"可我打了他手机好几次都不接，也不在家。"

太阳穴一阵抽动。"你打到他家去了？"

"嗯，太太说他还没回来。"

"别打了，反而会让人家担心的。"

"她好像也不是很担心。"冷冰冰的声音穿过内耳。

"不担心也很正常，冈嶋平时回家就晚。反正你别担心了，冈嶋只是在跟相关的人谈事情。"

"相关的人？跟竞标相关？"

青濑停顿片刻后回答："对。《东洋新闻》不是来找麻烦了吗，所以他得讨论对策。"

"跟谁讨论呢？"

"具体我也不清楚，反正有人帮他。"

"就告诉我吧，到底是什么麻烦？"

"我都说了，自己去问所长，我不能乱说——"

"这不是找不到人吗！"

青濑握紧听筒。"早点回去吧，勇马还等你呢。"

"他都睡了。"

"你可是当妈的，别嚷了赶紧回去！一分钟以内锁门走人！"

青濑狠狠挂了电话。他一屁股盘腿坐下，过了好一阵子，心跳才恢复平稳。他打了冈嶋的手机，却跳到了语音信箱，破口骂了句："混账！"生活被冈嶋搅得天翻地覆。一桩桩一件件都在扰乱他的心绪。

冈嶋坦白他跟由佳里保持着联系。那是在他们离婚后。三年前冈嶋打的电话是这么说的："别糟蹋自己。你要是愿意，就来我这儿吧。"所以他知道青濑处境窘迫。他早听了风闻，说青濑用制图技术换钱买醉，自甘堕落。可风是自然飘进他耳朵里的，还是有人故意吹的呢？

由佳里身边的人都知道，她是那种不忍心见死不救的人。即便刚吵完架，只要发现对方受伤大过自己，她就会无条件送上宽慰。在公园、超市见到哭鼻子的小朋友，她总要冲上前去，蹲下来细细地问。每每发生严重灾害，无论是国内还是海外，她必定要当天捐款。由佳里很喜欢结婚前青濑讲的救助长尾雀的往事，她时常回忆起来，问他："你说，'敏夫哥哥'把长尾雀送回森林了没呀？"

也许是由佳里开口求了冈嶋："能不能帮青濑一把？"

那之后她依然挂念着加入冈嶋事务所的青濑。"他怎么样？"这话已然不是从冈嶋口中说出的。当它在青濑耳边回放，就变成了由佳里略带担忧的声音。潜心打造Y邸的事，说不定也早就从冈嶋口中听说了，所以才买了《200例》，还在青濑打电话时问：

"有没有建出让你觉得'就是它了！'的房子呀？"

一切始于最初。

早在被冈嶋聘用之前，青濑东山再起的大戏就已经开始了。他只觉得耳垂发烫。既难为情，又不甘心，还——

啊！

雷电闪过脑海。

他好像窥见了什么。某些东西重叠在一起。只言片语给出了暗示。

最初……就开始了？

不是冈嶋的事。也跟由佳里无关。他的思维跳跃到了另一个地方。肯定跟吉野有关。没错，那是解开全家失踪之谜的——

电话在响。眼前的电话响了好一阵了。他拿起听筒。完全是下意识动作。

“这么晚打扰您真是不好意思，我是J新闻的池园。我刚听说了一条大新闻，实在按捺不住，就火速联系您了！”对面的声音快活得令人晕眩，“青濑先生，您听了可别吓到哦！我在仙台找到了一个和吉野家很熟的人！”

“啊？什么？找到了？”

“嗯！不过他熟的应该是您朋友的父亲或祖父。我给仙台周边研究陶特的几个朋友打了电话，就抛出‘吉野、工匠、椅子设计图’这三点，没想到还真让我给找着了！那人叫山下草男。您猜他七十年前在哪儿工作？”

青濑的脑子终于转起来了。可池园不等他回答便说：“就是仙台那个工艺指导所！陶特在仙台的时候，他就在他手下工作！而且这位山下先生还说他认识姓吉野的木匠，还说记得很清楚呢！啊，不过我还没跟本人聊过。据说他年事已高，打电话有点困难。”

“可——”

“当然，此吉野非彼吉野的可能性也是有的，毕竟不是什么稀罕姓氏，”池园抢先说出了青濑的疑问，“但我觉得肯定没错。绝对没错！仙台值得一去。只要去了，就能直接跟山下先生聊聊了。”

“可我近期去不了。”

青濑直接抛出结论。他得先给池园降降温。事态的确有了重大进展，可青濑心中的天平并没有倾斜。竞标、繁田和未知的沉重砝码还压在另一边的盘子上。

“啊？……最近很忙吗？”

立竿见影，池园的音调顿时低了八度。

于是青濑也恢复了平静。

“嗯，最近出了点事，工作排得特别紧。我真的很想去，但吉野的事毕竟不那么紧急。”

“可是青濑先生，要说不紧急吧，说句不吉利的，山下先生肯定有90多岁了。以前我想采访前桥空袭的亲历者，就是拖着拖着人没了。”

“这我都懂。”

“要不我去一趟仙台吧？”

“池园先生，”事已至此，有些话不得不说，“老实说，我现在有点后悔了。在达摩寺，我是不小心把吉野的事告诉了您，但我其实并不想像个侦探似的绞尽脑汁找他。我只是不知道他搬到哪儿去了而已。”

可以感觉到对面的池园泄了口气。

“对不起，我也不是想过把侦探瘾。只是陶特椅这事真的太吸引人了……在找吉野先生这事上，我以为也许能从陶特这方面帮上点忙。如果给您造成了困扰，我道歉。”

“瞧您说的！您帮了那么多忙，我真的很感谢您。只是吉野的下落和椅子的来历都查得不顺利，事情拖久了我就开始胡思乱想。也许吉野并不希望被我找到，所以才没告诉我他搬到哪儿去了吧……”青濑撒了好几个谎，但最后这句几乎是他的真心话。

“我明白您的意思了。”青濑仿佛能看见池园深深点头的模样，“这事就先缓缓吧，但山下先生和联络人的联系方式我会先用邮件发给您的。”

“太感谢了。”

“您要是改主意了，请联系我，我还挺想跟您再出趟远门呢。还有，”池园也在最后时刻表露了真心，“椅子的事，您可千万别透露给其他媒体呀。等时机成熟了，我还是想把这个故事写出来的。”

“哈。”挂了电话后，青濑笑了一声。池园首次表现出来的小心思，反而给他带去了几分慰藉。

嗓子干得冒火。青濑回到客厅，拿起桌上的酒杯往嘴边送，谁知到嘴边的只有呈握杯姿势的手指。江户切子连带着杯中液体砸在脚趾前方，碎了一地。他愣了好一会儿才反应过来要去拿抹布，不由得苦笑母亲当年是明智的。就在这时……

——啊！

这一回他轻声叫了出来。

这一回的闪电照亮了一切。

这一回的思维跳跃找到了着陆点。

他明白了。明白了“始于最初”的含义，也明白了“最初就开始了”的含义。

围绕建Y邸展开的故事，还有青濑不了解的前传。精心的谋划“始于最初”。青濑明明没想再婚或跳槽，却有人找侦探调查他。那是去年2月。一个月后，吉野夫妇现身事务所。那个时候，一切“就开始了”。

“您拿主意就行。青濑先生，请您建一栋自己想住的房子吧！”

吉野的委托不可思议，却是青濑求之不得的，所以他放弃了解读咒语，甚至召唤出魔法世界，抽离了现实。

然而——

吉野夫妇不然。他们委托青濑，是有现实的理由。谜团重重的全家失踪，在他们调查青濑、选中青濑，委托青濑设计房子时“就开始了”。

脚趾一阵刺痛。

得先收拾好这边。

青濑跪在地上，手伸向玻璃碎片。他用锁链拴住随时要失控的心，把江户切子的花纹扒拉到一处。

36

两天后，青濑乘东北新干线前往仙台。

他没跟池园打招呼，也没跟同事交代去向，只说晚上就回来。冈嶋始终没在事务所露面，昨天傍晚倒是联系过一次，但是据当时接电话的石卷称，面对众人的追问，冈嶋全程含糊其词，回避重点，打电话的目的也只是问：“繁田又打电话来没有？”

即便如此，青濑还是坐上了“疾风号”。“吉野家五口下落不明”已不单单是一介客户的问题，事态逼得他不得不思考起“青濑起因论”。吉野找侦探调查过自己。虽没有确凿证据，可他对此几乎毫不怀疑。他的大脑一度因零碎的信息和接二连三的谜题乱作一团，所幸“始于最初”和“最初就开始了”两个关键句提供了合理框架。

从新得的视角回看，便会发现吉野夫妇委托青濑的动机本就牵强。他们宣称对上尾的房子一见钟情。青濑当时就在心里嘀咕。毕竟上尾的住房用地狭小，地形特殊，最终成品带着诸多不得已之处。普通人绝不可能单凭这栋房子就决心把三千万巨款托付给一个无名建筑师。换句话说，他们根本不“普通”。

当然也可以这么想：吉野夫妇只是想把房子建好，所以派人调查青濑是不是个值得信赖的建筑师。房子的确是大件中的大件。为了建出合心意的房子，的确有人会花一两年走访各地的设计事务所。然而，“雇侦探调查建筑师”还是太荒唐了。更何况吉野参观过上尾的房子，见过房主，所以“为了查出设计者姓名与位置而找侦探”这种小概率事件也可以排除。那么只能得出一个推论：早在见到上尾的房子之前，吉野就已经调查了青濑。他通过侦探的报告得知了上尾的房子，于是决定以它为理由，拜访青濑，委托建房。

青濑一无所知地接受了委托。可称不上怀疑或不安的挂怀，终于在Y邸竣工后以“全家失踪”这一出人意料的形式变成了现实。如果出租屋的房东所言不假，那么委托设计的时候吉野夫妇就已经分居或离婚了。可在青濑眼中，他们却是一对关系融洽的夫妇。也就是说，整件事从开始就存在欺骗。所以他才一直认为，揭露真相的关键一定也隐藏在开始。只是，他一直坚信怪事是吉野一家的苦衷导致的结果，却万没想到与自己有着千丝万缕的联系。

其实自己也站在怪事的起点，也在其中发挥着作用。一想到这儿，未知的恐惧便汹涌而来。问题是什么作用呢？吉野在他策划的舞台剧中，为青濑安排了怎样的角色呢？

不知道。

很难认为吉野心存恶意。不论有怎样的内情，在项目推进过程中，吉野并没有任何欺诈性言行，也没对青濑和事务所的社会地位产生过任何威胁。吉野的确委托青濑设计了房子，设计费、建筑费也全额付清了。从头到尾，青濑和事务所都只有获利没有损害。虽然最后吉野全家失踪教人心烦，可要不是浦和的准客户去Y邸参观后发邮件说“好像没人住”，问题根本不会暴露，搞不好他至今都没发现有问题。

青濑望向车窗，田园风光在窗外流淌。田野如此广阔，移动的速度又是如此缓慢，他几乎忘了自己正在新干线的车厢中。

昨晚他细细梳理过去，一路回溯到赤坂时代、学生时代、迁徙时代，试图在记忆中搜寻姓氏“吉野”，却是徒劳无功。也许是忘记了，也可能当年就没有察觉。然而不管交集出现在哪个时代，既然不存在恶意，吉野为什么不直接现身道明一切呢？莫非恶意确实存在，青濑即将大难临头不成？

“请您建一栋自己想住的房子吧！”

这话里找不到一点恶意的碎片。只是有时候听起来像无比宏大的讽刺。

车厢内响起广播，仙台站快到了。

为躲避红脸男人销声匿迹，这套简单粗暴的推论还没被排除。是钱财？还是“高个女人”？失踪的直接原因也许是偶然且后发的，但偶然背后一定存在肉眼看不见的真实原因。

必须找到吉野。不查明真实原因，这个谜就会缠着他一辈子。吉野为什么要找他设计房子？为什么非他不可？

37

中午十二点刚过。

青濑抵达了仙台站。他本以为这里会跟新干线其他地方车站一样冷清，结果被巨大的车站与热闹的人流吓了一跳。不过行人完全没有匆忙奔波的感觉。与东京相比，这边的季节仿佛倒退了一个月。

出了东口，走向出租车上客点。池园邮件里讲的，就是电话中提过的老人山下草男。昭和初期，山下老伯曾在旧商工省设在仙台的工艺指导所工作。那时陶特受指导所邀请，在仙台旅居了三个半月。据说山下老伯认识陶特，还受过他的指点。昨天青濑联系了山下老伯在政府工作的孙子，对方说老伯已年过90，多少有些耳背，但脑子非常清楚，并一口答应了面谈的请求。

上客点没人。在车外吞云吐雾的司机挂上殷勤的笑容，打开后座的自动门。青濑钻进车里，低头看向笔记本上的字迹。

“榴冈公园离这儿近吗？”

“要不了十分钟，坐仙石线也只要一站。走吗？”

“嗯，走吧。”

对方指定的见面地点是榴冈公园旁的初中门口。

据说校园某处立着工艺指导所的纪念碑，山下老伯许是想在那附近回忆往事。

“公园旁边是不是有所中学？”

“对，宫城野中学，要停那儿吗？”

“麻烦停那儿吧。那儿是不是工艺指导所遗址啊？”

“工艺指导所？啊，原来那个吧。现在那边通了一条特别宽的马路，周围也建了公寓，去了也看不出什么名堂了。”

“我听说那边有个纪念碑。”

“哦，那倒是没听说。”

许是司机对自己的无知略感惭愧。到目的地结完账后，他也跟着青濑下车，向路人打听起纪念碑的位置。

青濑望向榴冈公园。长出嫩叶的樱花树周围传来鸟鸣：嚯哔呖呖、哔哔啰、哔哔啰、哔哔啰——

是黄眉姬鹟吧？正想着，司机招呼他过去。

“您看，据说是这个！”

套着手套的食指插进初中的铁丝网。一个不起眼的背阴处，立着一块三米来高的自然石。青濑凑过去，隔着铁丝网打量了一番：带点蓝色的石碑上，镶嵌着“工艺发祥”字样的牌子，字迹苍劲。下方是一块稍大的金属板，上面写着纪念碑设立缘由。

“那个——”

青濑以为说话的是司机，回头望去，却见一位矮个中年男性，身后是一位比他更矮小的老者，还拄着白木拐杖。一定是山下草男和孙子——只是“孙子”也年近不惑了。两人的突然出现令青濑颇感惊讶。定睛一看，原来路肩上早就停了一辆单厢车。

“您就是青濑先生吧？”

“是我。”

“我是山下的孙子，其实是上门女婿啦。”

青濑昨天跟他通过电话，知道他姓小泽。递来的名片上写着“N村总务组长”，只是青濑孤陋寡闻，没听说过那个村子。听小泽的语气，“我是上门女婿”貌似是他的口头禅，没有一点低三下四的味道。

“辛苦您大老远过来。”

“哪里哪里，我才不好意思，突然提出见面。”

寒暄过后，青濑对出租车司机扬了扬手，后者正要一脸满足地坐回车里。

关键人物山下老伯没有跟青濑打招呼，他只是靠着铁丝网，凝视着纪念碑上的金属板。

“聘请德国建筑家布鲁诺·陶特……开展功能试验……研究标准原型等工作……率先实践了……近代射击运动……堪称近代工艺及设计研究的发祥地……”

老伯貌似念完了，突然回过头来，用一双陷入深深皱纹的眼睛看着青濑。

“陶特老师啊，在工作上特别严格，每天都认真地巡视工坊，顶着这么张脸。”老伯夸张地皱起眉头给他看。

青濑没有辜负老伯的期待，笑了出来。感慨与困惑涌上心头。与陶特共享时光的人就在眼前，怀揣着七十年前的兴奋现身此地。他肯定有许多话想说。大概得先听一阵子，才能抛出“吉野”的话题了。

“艾丽卡夫人也是个好人啊。是个好秘书。可惜只在这儿待了三个多月，真希望他俩能多待一阵子啊。”

老伯轻轻踏步，同时调整身体，面朝宽阔的马路，全力张开了双臂。

“这儿原来是个气派的指导所。特别大，因为本来是个陆军基地。你看，那儿原来是综合楼和副楼，那儿是车间，还有仓库、宿舍和门房呢。”

青濑决定耐心听一会儿。

“我们所员都很尊敬陶特老师，都想拼命吸收他教的东西。”

小泽对青濑耳语说，爷爷当年其实不是正式所员，只是个小杂工。

但青濑装作没听见。

“陶特老师临走前啊，说了句特别好的话：‘杰出的工匠打造的精美工艺品，不逊于任何艺术品。’你听听，多好啊！他还说啊，品质这东西，哪个国家的都一样。可无论是住宅、家具还是衣服，一说引进欧美货，人们就不加批判，直教人纳闷日本人那出色的感性到哪儿去了。只要是欧美流行的，就使劲儿追捧。无论欧洲还是美国，都造了一大堆比日本低劣的玩意儿，可相当多都涌进了日本。可日本呢，只要有洋味儿，甭管是啥都举双手欢迎。”

早在七十年前，陶特就发表了这样的言论吗？青濑十分惊讶。

“他还说啊，要想不造劣货，必须做到四点：正确选择材料、正确组合材料、正确处理材料、充足的经费。这四点要是做不到，就很难避免劣货。”

正所谓耳濡目染……不，也许是后来看过翻译成日语的文献资料，看得滚瓜烂熟，所以认定记忆中陶特说的就是日语。

“可是啊，光这四点还不够。陶特老师说，没有催生高价值的土壤就没法培育高品质。他说，他见过太多继承了优秀传统的作坊后代，一心想打造完全不同以往的作品，结果舍弃了悠久的传统，陷入了极其危险的邪道。听到这儿，吉野大概迷糊了吧，我也差不多……”

啊？！青濑心头一惊。老伯却没有停顿，闭上双眼，背书似的继续道：

“想打造新奇事物的欲望，本身就是跟品质相矛盾的。出色的技术形成了不容中断的长锁链，品质存在于锁链之中，只能接受形状、装饰这种极其细小而且是表面的变化。话虽如此，无论日本还是欧洲，伟大的技术都绝不能只靠原封不动地继承前人。日本能在世界各民族中占据特殊地位……”

声音戛然而止。老人的嘴还在微动，表情却仿佛进入了冥想状态。

“请问……”

青濑正要发问，一旁的小泽却插嘴道：“青濑先生。”透过紧锁的眉头，可以隐约看出他想打断青濑的意图。

“怎么了？”

“我想先跟您确认一件事。您之前没为这事往我们单位打过电话吧？”

青濑推测不出他的真实意图，不禁歪起了脑袋。

“哎呀，您毕竟是山崎先生和大仓先生介绍来的，听他们说您在通过记者找人，所以我绝不是在怀疑您。”

小泽接连报出了好几个陌生名字，看来池园是通过陶特爱好者小圈子找出了山下草男。

“没有，我没打过电话。实不相瞒，我之前都没听说过N村。”说完后青濑才意识到自己压根没动脑子，“您的意思是，除了我还有其他人打电话打听吉野？”

“是啊，当时接电话的是我同事。对面报出了吉野陶太的名字，说他打听到我们这儿是吉野先生的老家，缠着我同事问知不知道他的下落。”

一定是那个红脸男人。他不光去过田端的出租屋，还把魔爪伸到了这儿。

“这样啊。”

青濑佯装平静。也不知无法道明实情的焦躁和愧疚有没有表现在脸上。

38

青濑在车上继续听老伯回忆往事。

一直站在路边总归尴尬，于是小泽提议，开车往北三十分钟就是吉野家的墓地，要不要去那里看看。

“吉野啊，我记得很清楚呢。”刚在后排坐定，山下老伯便用无比怀念的口吻说道。青濑赶紧翻开了笔记本。老伯脑子的确清楚，但这仅限于他按自己的节奏说话时，要是回答问题，清不清楚就不好说了。

“吉野先生是木匠对吧？”

“对对，子承父业。不过他是邻村的，具体我也不清楚。我儿子倒是搬去N村了，但他是成家后才去的。”

“哦……”

“陶特老师好像很喜欢太白山。他喜欢那三角形的轮廓，经常对着山画速写呢。”

“吉野先生也在指导所工作过吗？”

“他不够格。真可怜啊，明明那么好学。”

“不够格……是什么意思啊？”

“哎呀，他想当讲习生来着，但他只有15岁啊。”

“是这样的，”开车的小泽说道，“当时指导所好像会接收年轻工匠当讲习生，每年搞个两三次，每次三个月左右。”

“对对对，”老伯继续道，“他没资格当讲习生，就直接冲来指导所谈判，想得到陶特老师的指点。因为陶特老师当年常去各处村子走动，吉野听说指导所来了位很厉害的德国老师，就想把自己打的椅子拿过来给老师瞧一瞧。”

“椅子？”

“连上了吧？”小泽微笑着道，“不过吉野先生到底有没有见到陶特就不清楚了，爷爷的记忆也有点模糊了。”

“我可记得呢！陶特老师看了吉野的椅子，所以他才那么说嘛。就是他见过太多继承了优秀传统的作坊后代，一心想打造完全不同于以往的作品，结果舍弃了悠久的传统，陷入了极其危险的邪道。”

小泽笑了笑：“天知道是不是这么回事。不过听说您在找的吉野先生有陶特椅的设计图，我就觉得八九不离十了。肯定是陶特画了设计图给那位少年，让他试着按那张图打打看。”

青濑深深点头。15岁的少年就是吉野陶太的“根”，这一点应该不会错。

“您知道那位少年叫什么吗？”

青濑问的是小泽，老伯却用高亢的声音回答：“伊佐久。他还有个姐姐，出去当纺织女工了。当年都是这样的。”

车即将驶入一条平缓的上坡，民宅稀稀拉拉，也许这里已经是N村了。

“既然墓地还在，那老房子是不是也在啊？”

“早就没啦！”老伯脱口而出，“偷了米，妻离子散！唉，吉野真是可怜。”

“啊？谁偷米？”

“据说是伊佐久的父亲偷了邻居家的米。”后视镜中小泽脸色一沉，“他是个手艺很好的工匠，可惜嗜酒如命。妻离子散也是真的。毕竟那个时代，偷米贼会被全村孤立的。”

“害得吉野也被同村的孩子欺负。大伙儿瞎起哄，说他‘臭’。哎呀，因为‘伊佐久（isaku）’倒过来念就是‘臭（kusai）’了嘛。”

“伊佐久的父亲好像逃到别处去了。他母亲有肺病，住在深山的疗养院里，不到一年也走了。后来就没人知道他去了哪里。”

青濑合上笔记本。

这段往事听得他很是郁闷。父亲失踪，母亲亡故。吉野伊佐久独自离开了村子，当讲习生的梦想也断了。他究竟去了哪里？山下老伯说他姐姐离家当了纺织女工。是投奔姐姐了吗？那里远吗？两人团聚了吗？

青濑也离开了大坝的工棚。高三的夏天，他投奔了已经独立的二姐，逃离了迁徙生活，全心备战高考。他认定自己站在人生的十字路口，挣脱了舍不得他的父亲。如今想来，对比吉野伊佐久，自己的离巢多么幸福祥和啊。

吉野伊佐久当年15岁。如果还活着，如今也80岁了。吉野陶太40岁。如果是“儿子”，父子俩年纪未免差得太大；可要是“孙子”，伊佐久和他的儿子就都是20岁左右便有了下一代，否则岁数对不上。考虑到时代背景和伊佐久尝到的艰辛，他应该是很晚结婚，很晚才有了陶太。无论如何，长辈犯错造成的家庭破裂，不仅殃及吉野伊佐久，更对吉野陶太的人生投下了阴影。妻离子散。全家失踪。一想到这两者也许是连锁反应，青濑便觉得难以忍受。

他转向山下老伯：“吉野伊佐久先生的姐姐，当时在哪里打工呢？”

“啊，这倒是没听说。只知道他姐姐很漂亮，就是个子特别矮。吉野也矮，长得又显小，看起来都不像15岁的人，所以才没当成讲习生吧。”

“村里的姑娘们，是不是都去某个纺织业比较发达的地方打工的呀？”

“不是哎。N村跟我们村的姑娘打工都是去商家当女佣，基本没人做纺织女工，所以我才记得，毕竟少嘛。吉野真可怜，都怪他爹偷了米。不过他不是打了把椅子吗？虽然没得到陶特老师的认可，但既然给了他设计图，说明他还是有天赋吧。搞不好他在别处成了家具师傅呢。从学徒做起，学成了就出师了。”

青濑也觉得可能是这样。

他希望是这样。甚至觉得这就是事实。Y邸的椅子无论设计还是年份都和原版一模一样。如果陶特画了设计图给他，那他拿到图纸后没多久就完成了那把椅子。年纪轻轻就有打造如此杰作的本事，无论走到哪里都不愁饭吃。然而——

找人的时候，“无论走到哪里”就成了拦路虎。锁定具体位置难于上青天。

青濑发出了无声的叹息。

光是了解到吉野伊佐久的身世，这一趟就没白来。因为青濑可以想象，在他儿子陶太的心中，在起点上，定有一颗无法轻易打破的“核”。只是他和青濑的交集依然成谜。听了山下的叙述之后，青濑反而觉得要是在起点寻求交集，那么只能是“迁徙”。也许吉野也随父亲伊佐久经历了漫长的颠沛流离。伊佐久去世后，吉野产生了定居的念头。他不知从哪儿听说了青濑的身世，派侦探调查了一番，然后委托其“建一栋自己想住的房子”。且慢！——此前搜集到的所有信息齐声抗议，然而这无疑是他所能想到的最善良的推理。这与吉野抽烟斗时的笑容，以及仰望Y邸时感慨万千的表情都不矛盾。青濑不由得想起吉野第一次来事务所时那一本正经的模样。他当时的确对青濑说过：您应该会懂我想建什么样的房子。

“青濑先生是第一次来仙台吗？”为了调节气氛，小泽问道。

“嗯。”

“跟东北没什么缘分呀？”

“没有哎。就是小时候在山形待过一阵子。”

“哦，山形啊。山形的哪里？”

“藏王。家父的工作与建设大坝有关，所以……”

“建大坝啊。那您也跟着他到处跑吗？”

“是啊，全国都跑遍了。”

“哇，羡慕死我啦。我从出生到现在，活动半径都不超过三公里。当了上门女婿后，活动范围就更小啦。”

青濑也被小泽逗乐了。人各有好。有向往旅行的人，也有憧憬定居的人。有人盼着有朝一日能扎根于大地，也有人告别大地，将人生的最后时光托付给高层。

“马上就到了。”小泽说完不到三十秒车就停了。这是个只有蓝天绿树的地方，远处能看到一些零星的民宅屋顶。

吉野家的墓孤零零地位于洼地的角落，地上满是形似苔藓的杂草。前方就是一片公墓。偷米之罪这么重吗？

坟头没有刻着姓氏的墓碑，土里只埋了半截比泡菜石大一圈的普通石头。远远望去，只觉得没人打理。然而走近一看，青濑却瞠目结舌。

墓石前分明供着花。

花不新鲜，已干枯到看不出是什么花了。

是谁？

疑问产生的刹那，青濑全身汗毛直竖。

是吉野。他来过这儿。

青濑呆若木鸡。

他感到微风拂过脸颊。同时，一阵列车进站般的烈风扫荡平原，吹动草木，唤醒了耳朵对风鸣的记忆。

青濑掏出名片和笔，思索片刻后，只在名片上写了一行字："请联系我。"小泽回了趟车里，取来透明单片夹。他将名片和地上簇生的四叶草叶片塞进单片夹，摆在墓前，四角用石块压好。

然后，合掌闭眼。

他明白了。陶特椅之所以放在Y邸二楼大窗前，是吉野想请父亲伊佐久在那里坐下，抑或是他把椅子当成了骨灰盒。他想让父亲看看那片天空，带着与陶特的回忆，回到荒村之上的这片晴空。

阵阵呜咽从背后传来。

"太好了，吉野，真好啊……"

39

青濑当天便赶回所泽。

山下老伯想留他过夜，但他婉拒了。因为冈嶋联系他说今晚无论如何都要见一面，让他到家后回电。冈嶋的声音很急迫。青濑想，一定是《东洋新闻》的繁田发动了第二波攻击。莫非这次冈嶋觉得处于下风了?

到家后，青濑如约拨了冈嶋的手机，却被转去了语音信箱。他连冈嶋那份啤酒都买回来了，便拆掉半打的包装，放进冰箱。过了十五分钟，他又打了一次，可还是语音信箱。他留了一句"我回来了"，语气带了点怒意。

因为起了个大早，青濑在回程的新干线上打了会儿瞌睡。"善良的推理"浮现后，他对吉野的情绪就没了棱角。虽然没查出吉野离开仙台后的轨迹，但也许是因为看到了供奉在坟前的花吧，他竟感觉吉野就在附近。甚至觉得真的不远，很快都能见到。初次见面那天，他在事务所接过了吉野递来的车票，跟着吉野踏上同一个站台，坐上同一趟列车——那是隐藏着目的地的神秘列车。虽然不知道车会驶向何方，但肯定有目的地。要不了多久就会到站。届时，列车自会停下，车门自会开启，一切谜底自会揭晓。不——

已经揭晓了。我已经知道真相了。

青濑惊慌失措。

揭晓了？知道了？我为什么会这么想？

因为我明白。因为我知道。真相就在身边，就隔着一扇纸门。只要拉开纸门就行了。就这么简单。可为什么不拉呢？

门铃响起时，已过了午夜零点。青濑的大脑全速运转多时，却没个结果就关了机。他诅咒着不顾主人失控暴走的大脑的背叛，吃了治头痛的药，整个人无力地瘫在沙发上。

“是我，开门。”

青濑开启公寓门禁，顺便打开自家门锁等着。片刻后，冈嶋进来了。一看便知喝了不少。只见他踉踉跄跄走进客厅，一屁股坐在地上，盘起双腿，狠狠呼出一口气。

“没事吧？”

“嗯。”

“喝点水吗？”

“拿酒来。”

“只有啤酒。”

“拿来。”

青濑不过走开了三十来秒，回到客厅时，眼前竟是和刚才判若两人的冈嶋：五官挤到了一处，牙关咬紧，攥紧的双拳在膝头颤抖。

青濑把啤酒罐递给他：“出什么事了？”

冈嶋没接，于是他把酒放在了桌上。

“繁田又出招了？”

“完了。”

“喂喂，别这样，说清楚点 。”

冈嶋仰天道：“今天的《东洋新闻》会写。”

青濑顾不上惊讶，只觉得难以置信。

“别胡说，那点证据能写出什么。”

“就是能啊，变戏法似的。”冈嶋垂头丧气，几乎着地，“繁田给市议会打了小报告，说动了革新派议员。反对市长的保守派议员也跟他们合作了。搞不好今天就会成立百条委员会，专门追查政企暗中勾结。”

什么？

“那……他是想自己煽风点火，把事闹大，然后写出来？”

“据说是繁田的惯用伎俩。”

怒火油然而生。光凭那点疑点，警方是不会出动的。就算查了，一时半刻也不会有结果。所以他在议会点了火。事情一旦闹大，警方就不得不查了。真是如意算盘。

“繁田再找过你没有？”

“没。”

“没？他不是说还会面谈吗？没谈就写报道？”

“不是他一个人的主意，草道也通过胜俣推了一把。”

原来如此。县议员胜俣。众议员草道。有一股势力要把市长拉下马。可冈嶋的“靠山”呢？来青濑家前，他肯定见过那群人。没法搞掉百条委吗？难道水面下的交锋已经输了？那样的话，可能已经讨论过文章见报后怎么对付了。虽然不愿想象，但肯定会为了统一口径——

“意思是‘住院’。”冈嶋幽幽道。

“住院？”

“……”

“你吗？”

“……嗯。”

“谁说的？”

“……”

青濑晃着冈嶋的肩膀：“这话是谁说的？”

市长？部长？还是县议员？众议员？

冈嶋湿润的眼睛一闪。“在被百条委传唤之前住院，以生病为由退出竞标。就这么定了。”

定了？青濑语塞。有人做了决定，是舍弃冈嶋的决定。也许他们，比繁田更加狠毒。

沮丧在片刻后袭来。竞标完了。藤宫春子纪念馆成了一场虚梦。冈嶋设计事务所与冈嶋昭彦怀着坚定信念想要留在世界上的建筑，就此灰飞烟灭。

“青濑。”

“干吗？”

“事务所拜托你了。别让它垮了。”

话音刚落，冈嶋伸手捂嘴，弯下腰来。

青濑扶他去厕所吐了，摩挲着后背。原来他瘦了那么多，手掌清楚地感觉到背脊的凹凸不平。

回到客厅后，冈嶋破罐子破摔似的开了一罐啤酒。

“别喝了。”

“别管我。天一亮《东洋新闻》就发出来了。我这条命就剩几个小时了。”

“一张纸而已，要不了命。”

“要得了。我完蛋了。”

“冈嶋——”

“仙台查出什么没有？”

青濑不觉得他是因为“想知道”才问的。

“回头再说吧，比起这个——”

“仙台什么情况？”

青濑默默叹了口气。“吉野陶太的根在仙台，这是唯一收获。”

“日向邸怎么样？”

“什么怎么样？”

“邂逅陶特了吗？”

青濑想，要是他想聊这些，就陪他聊聊吧。他在害怕。他想用别的事把报纸送到各家前的时间填满。

“算是吧。毕竟我把跟你借的书都看了。不然的话，我跟陶特大概还是平行线吧。”

“你觉得陶特为什么称赞桂离宫？”

话题瞬间跳跃到了别处。青濑赶紧跟上他的脚步。

“因为喜欢吧，还能有别的理由吗？”

“昭和初期崛起的现代主义促使陶特说出了那番话，这方面也不能完全否定——教我的教授这么说过。”

“就是样式斗争吗？”

“没错。当时日本的现代主义者试图扛起桂离宫的大旗，攻破希腊风、哥特风的坚壁。所以他们盯上了陶特。为了得到举世闻名的建筑大师的认可，带着陶特去了桂离宫。这也说得通吧？”

“没那么简单吧？而且我不觉得陶特会把他认为‘不好’的东西硬说成‘好’的。”

“那是当然。归根结底，现代主义讲的是实用性和功能性，再进一步就是功能美。但陶特本是表现主义建筑家，而不是现代主义者。虽然他来日本的时候或许已有了类似的观念，又有点把现代主义跟日本建筑的简约美联系在了一起，但他至少不是站在纯现代主义者的角度鉴赏桂离宫的。即便这样，陶特还是明确称赞了桂离宫，说它美得催人落泪。”

“嗯，他在参观那天的日记里写了。说美得催人落泪，赏心悦目。”

“总之，不管日本的现代主义者怎么打算的，陶特都是重新发现桂离宫的人，这点确定无疑。那个复杂怪奇的家伙，竟用了最简约的词‘美’来评价桂离宫。或许他是在嘲笑样式斗争吧。好看的事物有绝对价值。不，也许陶特想表达的是，美才是唯一的绝对价值。”

“也不一定吧，陶特也反复强调实用性和功能性很重要啊。”

“不，陶特的杰出就在于相信自己的审美，而且终其一生没有丝毫动摇——不过这都无所谓了。”

青濑惊悚地望向冈嶋的眼睛。

无所谓？

他倒吸一口冷气，全身战栗。眼前是一双万念俱灰、漠不关心的眼睛，看起来就像是开在心头的血窟窿。

“怎么可能无所谓。”青濑说道。他不想用冈嶋那句话为他们的谈话收尾。

片刻后，冈嶋开口道：“管它是陶特、柯布西耶还是赖特，都无所谓。只要能沉醉就行。我只是在找能心醉的东西。邂逅改变不了什么。就算误以为改变了，冲个澡也就流没了。我只能走我自己的路。同桌会画画，我就羡慕地偷着模仿，这种本性一辈子都改不了。”

冈嶋站了起来。

“我先走了。得去看眼一创的睡脸。”

这话释然，表情却仍是哀伤。

“别住院啊，”青濑忍不住道，“百条委传唤就去呗。做过的就认，没有的断然否定，就行了。”

“……”

“冈嶋，还没完呢，下回再竞标吧。”

冈嶋把头一扭，藏起脸，轻轻一笑：“真没想到，会被一直当逃兵的你说。”

40

天空泛起鱼肚白。

青濑在附近的便利店买了《东洋新闻》的早报。也许是冈嶋杞人忧天——可最后一缕希望在翻开报纸的刹那烟消云散。巨大的版面，标题都配了三行：

市长与设计公司暗中勾结？

藤宫春子纪念馆·为竞标提名大开方便之门？

S 市议会或于今日成立百条委

文章内容与发起指控的市议员的主张高度一致，可以说事态完全在按照《东洋新闻》的繁田与反市长派写的剧本发展。

文章虽然隐去了事务所和冈嶋的名字，却连冈嶋和记者的问答都登出来了。

记者：选提名合作方那段时间，您跟 S 市的门仓建设部长一起吃过好几顿饭吧？

O 某：那又怎样？

记者：您不怕引人误会吗？

O 某：餐费都是 AA 的，我可没行贿。

记者：可回程车费是设计事务所付的。

O 某：……不记得了。

记者：您还跟筱塚市长、门仓部长一起去东京看了足球赛。

O某：这与竞标无关。我们三个都是球迷，只是私人活动而已。

记者：门票和往返车费也是事务所出的吧？

O某：不，是AA的。

青濑觉得浑身发烫。

繁田与冈嶋的确有过类似对话，但有点细微差异。虽然说不清差在哪儿，但总觉得是为了让读者产生“奸商”的印象搞了点动作。

为了乘胜追击，文章最后还附了市议员的发言：

“当然也要叫O某来百条委问话。”

“事务所拜托你了。别让它垮了。”

冈嶋的话还在耳边真切地回响。这样的文章一旦见报，事务所定会受到业界的猛烈抨击，很有可能经营不下去。青濑一边收拾东西，一边做好思想准备。

来到事务所一看，还不到八点，三名员工就到齐了。桌上一份报纸，正摊到《东洋新闻》埼玉版那页。石卷和真由美在打电话。竹内慌了神，一脸求救的表情走向青濑。

“报社的电话响个不停。”

看到《东洋新闻》的报道，其他报社立刻打来了电话。且不论文章是否可信，“成立百条委”终究是不容忽视。

石卷用力撂下听筒，涨红了脸的真由美也是一样。

“你们怎么说的？”青濑看看两人的表情。

“我说，所长病休了，我们什么都不知道。”真由美语气严肃，仿佛还在接电话，“今天一早，他打电话到我家，说马上要去医院。”

青濑点点头。果然还是住院啊。

“要不要紧啊……”

真由美愁眉苦脸地望向青濑。这场骚动，好像让她完全忘了青濑在电话里叱责过自己的事。

“没事啦，不是什么重病。”

“岂有此理！乱写一通！”竹内一拳砸向桌上的《东洋新闻》。

“真是太过分了！”真由美也附和道。

石卷却盯着半空。片刻后，他苦着脸转向青濑：“真的是乱写的吗？”

“这还用问吗！”真由美尖声喊道。

“我问的是青濑哥。”

石卷低沉的嗓音让屋里所有人都闭了嘴。真由美和竹内也双双望向青濑。

“所长是被牵连的。”青濑回答时，没有看任何人的眼。

石卷眉头紧锁：“被牵连？什么意思？”

“有伙人想让筱塚市长下台，所长被他们利用了。”

“牵扯到官场了？”

“没错。”

“可是……”石卷低头望向报纸，“不是说‘无风不起浪’吗？

先不管什么官场的，所长到底有没有请市长、部长吃吃喝喝，争取竞标提名？”

“所长不是那种人！”真由美在情绪驱使下插嘴道。

“那我问你，报上说，回程车费走的是事务所的账，那是假的吗？”

“我怎么知道？大家报销的车费多了去了。”

“你怎么不知道？那是S市的部长，肯定是回S市的哪里，查一下记录不就知道了吗？刚才的记者就是这么问我的。”

“我也被问过，所以我查了。有好几张出租车公司的请款单，应该是所长打的车。”

石卷整个人往后仰。

“果然有啊！”

“那是所长打的车啊！”

“S市内往返？”

“是有这样的。”

“那肯定不是所长啊！”

“你们俩别吵了。可能是所长在S市内用的车，再说S市的部长也不一定就住市内啊！”竹内插话道。他不是为所长开脱，却是想袒护真由美。

然而真由美仍一副无须掩护的表情：“肯定是所长！”

“你凭什么这么肯定？再说了，我们明明不用打车券，出租车公司却发来了请款单，不奇怪吗？如果是所长，肯定会直接付钱，把小票拿回来给你报销吧？”

“两个多月前，S市的打车费就改成事后统一结算了，说是太多了。”

“所长说的？”

“是啊。”

真由美昂首挺胸，不料却加重了冈嶋处心积虑安排饭局的嫌疑。石卷摸了摸下巴上的胡须，望向青濑。

“青濑哥怎么想？说出来给大伙听听吧。”

语气里有几分责难，也许他认定青濑也是共犯。

“那阵子，冈嶋的确很拼。”

“这我明白。毕竟争取到了这种一般拿不到的大项目，我也认可所长真的很努力。可事务所出车钱实在不妥啊。我想知道真相。这上写的那些真的发生过吗？”

“可能吧。”青濑叹气说道，“但他不承认的话，我们也只能做好后盾了。”

这话没有让石卷和真由美点头。真由美本想说点什么，奈何背后的电话响了，只能一甩头转身去接。

“您好，冈嶋设计事务所。啊，多谢您平日的照顾。啊？嗯，是我们，但内容都是瞎编的，是报社乱写的。完全不用担心，按原计划施工就好。”

一旁偷听的石卷凑近青濑：“会怎么样啊？”

“什么怎么样？”

“事务所啊。出了这种事，还开得下去吗？”

此刻的他不是一名建筑师，而是一个要养活老婆和四个孩子的男人。

“有客户的电话吗？”

“还没有，暂时。”石卷强调了“暂时”。

报上写的是“所泽市内O设计事务所”。虽然冈嶋设计事务所参加藤宫春子纪念馆竞标一事并没有对外公布，但消息传开恐怕只是时间问题。

“竞标怎么办啊？”竹内问道，神情突然变得焦虑。

青濑狠狠吐了口气。既然有人问，那只能说了。真由美接完电话，正朝这边看。

“退出吧。”

“天哪！”竹内发出近乎惨叫的声音。接着事务所中一切声音都消失了。石卷转动椅子，仰望墙上的海报。真由美凝望竞标专用桌。“冈嶋设计事务所90日战争！”的倒计时台历，才翻到“75”。

电话又响了，静止的空气重新流动起来。真由美伸手拿起听筒。石卷站起身，走向垂头丧气的竹内，摩挲他的肩膀，然后走到青濑跟前，耳语道：“退出竞标不就等于默认了吗？事务所会更难的啊。”

“退出的理由是所长要养病。”

“谁信啊！都会认为是干了坏事才退出的，到时候可就没活干了。”

“那你就另谋高就呗。”青濑没好气地回了一嘴。

石卷噘起嘴：“那不是你吗？”

“什么意思？”

“你之前就准备跳槽吧？”

是冈嶋说的吗？还是说征信所的侦探也接触过石卷？

“我不走。”

“当然，我也不会走。”

“冈嶋嘱咐过我，不能让事务所垮了。”

“可所长自己都——”

“石卷！”青濑怒目圆睁，“你忘了吗！要不是被冈嶋捡回来，你这会儿还瞧着老丈人的脸色在肥料工厂做文员呢！我也是快烂死在大街上了被捡回来的。你想想！我们这种差点淹死在泡沫池子里的丧家犬，是谁让我们重新捡起建筑师名片的？我跟你，必须跟所长到死！你给我豁出来！”

石卷垂着头沉默不语。竹内呆呆地张着嘴。真由美紧握听筒，咬着嘴唇，盯着青濑。

41

下午，石卷和竹内分别去工地督建，青濑留在事务所。虽然报社和供应商的电话告一段落，但他不忍心留真由美一个人看家。等到两点，冈嶋还是音讯全无，于是青濑拨了他的手机。如果在医院，手机应该是关机，不料听筒那头传来了“嘟嘟”声。片刻后，对面接了电话。

“是我，青濑。”

“您好，我是冈嶋的妻子。”

竟是太太八荣子。他之所以没打冈嶋家的座机，就是因为跟八荣子不熟。他去冈嶋家的次数本就屈指可数，而且就算去了，她也是上完茶就退到里屋，从没跟青濑像样地聊过。

“冈嶋怎么样了？”

“刚办好住院手续。”

“这样啊。”

也许是觉得青濑接受得太快，八荣子的语气都变了。

“医生给他做了检查，说胃和十二指肠有很严重的溃疡，还出血了，再不治疗就危险了。”

青濑大吃一惊。竟然不是装病。莫非强烈的压力只短短数日就撕破了他的胃壁和肠道不成？不，为了拿下提名，他肯定已经透支很久了。昨晚那张不甘心的脸浮现在眼前，手掌摸到脊椎的凹凸触感也变得更鲜明了。

“是哪家医院？”

“第二医院。我想一时半刻可能出不了院。医生说他一直在出血，血红蛋白数值还不到标准的一半。虽然不至于输血，但还是得想办法边补血边治溃疡。”

八荣子说得咬牙切齿，听得青濑不由得内疚。他甚至觉得八荣子的弦外之音是，“别来探病。”她没提起那篇报道，也没问及事务所的运营，就这么挂了电话。

“是太太接的吗？”

回头望去，只见真由美眼中闪着诡异的光。青濑之前也怀疑过，也许八荣子对事务所和员工漠不关心是受了真由美的影响。

“办好住院了，好像查出了很严重的溃疡。”

话音刚落，真由美顿时面色惨白。

“天哪！”

“嗯，可能要住上一阵子了。再有人来问，你就这么回吧。”

"太太担心他吗？"

青濑心想，你又想挨骂吗？妻子怎么可能不担心丈夫？青濑本想反问，却有种被拽进了真由美内心阴暗部分的感觉。

"你想说她不担心吗？为什么？"

"那个人不可信。她做了一个女人最不该做的事。"真由美用和话语同样尖锐的眼神瞪着青濑。

一个女人最不该做的事？莫非她撞见过八荣子搞婚外恋？真由美亲口说过，她之所以离婚，就是因为前夫三番五次出轨。她是因为这所以才尖刻？不，青濑还是觉得，"同心梅"是冈嶋编的说辞，驱动真由美的就是单纯的嫉妒。

"这跟你没关系吧？"

如果有关系就说出来，有种就承认跟所长有男女关系。

"当然有了！我跟您还有石卷老师是一样的。要不是被所长收留，天知道我跟勇马的日子要怎么过。所以只要是为了所长，我什么都可以做，什么都愿意做。"

青濑被震慑住了。就在这时，有人敲门，却没人进来。真由美于是喊了声："请进！"

"打扰了。"一个半老的男人弯着腰走进屋里。

"您有什么事吗？"青濑上前接待。

来客深鞠一躬，问道："请问冈嶋所长……"

"他身子不太舒服，今天住院了。"

"这样啊……"来客显得非常沮丧，"我来得真不是时候……实不相瞒，我是藤宫春子的外甥，前些天跟冈嶋先生见过面。他的品行给我留下了深刻的印象，所以一看到今天的早报，我就急得坐也不是站也不是，直接上门打扰了。”

青濑赶忙请他去沙发落座。

他自我介绍叫柳谷孝司，是藤宫春子妹妹的儿子。

“我和母亲都希望纪念馆能由冈嶋先生设计。所以看到今早的报道，我们都特别遗憾，担心极了。”

“啊，那篇文章挺主观的，我不认为写的都是实情。”

“文章是假的？”

“倒不能这么说，可也不能说是真的。”

“那还是有可能设计纪念馆的吧？”

“呃，这个……毕竟冈嶋都住院了……”青濑含糊其词。

“要是能设计就好了。”柳谷喃喃自语道。他从外套口袋里掏出一个信封，伸进手指，拈出一张旧明信片。那是凯旋门周围的素描画，背面有几行斜着的潦草字迹，没有邮票和收件人，一看就知道不是寄出的邮件。

“家母也很担心，嘱咐我把这个带给冈嶋先生，让他当作护身符。”

青濑轻声念出模糊的铅笔字。

填

不够就填

填了又填还不够

就一个劲儿地填

“这是？”

“是遗物中发现的，应该是姨妈在街头卖的成品明信片。”

青濑点点头。

“只有这张写了日语。冈嶋先生看了之后非常感动。‘不够就填’——他说这才是艺术。”

只是讨好客户？还是肺腑之言？

“冈嶋先生还说，姨妈的作品几乎没卖过，一定是因为她是为某个特别的人画的。因为这句话，我们才强烈希望由冈嶋先生设计纪念馆。实话说，我和母亲也是这么想的。”

“此话怎讲？”

“您知道‘无言馆’吗？”

“听说过。”

那是长野上田市的美术馆，里面展出了阵亡美术生的遗作。冈嶋他们也把它纳入了这次的考察清单。

“姨妈去世两年前回过一次国，说是实在想去‘无言馆’看一看。”

青濑用沉默示意对方说下去。

“实不相瞒，我外婆生前说过，姨妈因为表哥的死受了很大打击。那位表哥住得离姨妈很近，是个文静的美术生。后来战局恶化，表哥应征入伍，被派去南方战场，谁知船半路上就被美军击沉了。姨妈似乎对那位表哥怀有淡淡的恋慕。虽然当时才十五六岁，但外婆说，表哥出征前经常教她画画。”

“‘无言馆’有那位表哥的画吗？”

“没有。空袭里烧光了，一张都没剩。所以姨妈才想去‘无言馆’看看吧。我想她是把那些英年早逝的美术生当成了表哥，去观赏画作吧。”

为表哥作画。淡淡的恋慕与年轻人的不幸离世，为这个世界留下了八百多幅画作。

青濑的视线扫过明信片上的文字。

不够就填——填了又填还不够，就一个劲儿地填——

冈嶋读懂了。因为他知道，为某人创作，留下作品，这股念头比烈火更炙热。

“替我问候冈嶋先生，请他一定要设计姨妈的纪念馆啊。”柳谷反复说了好几遍，还留下了一大摞藤宫春子的资料，这才离开事务所。怕是要让他们失望了。青濑在门口深深鞠躬，目送离去。

但他没时间沉浸于感伤。因为真由美已经把藤宫春子的明信片塞进包里，说是要去探病。她的双眸闪着泪光。也许是柳谷带来的悲情故事，触动了真由美的某个情绪开关。

“他才刚住进去，缓缓再说吧。”青濑婉转地劝道。

真由美却吊起噙着泪的双眼：“所以才要去啊！还得置办些东西呢。”

“你要我说几遍，太太会安排的。”

本想浇一盆冷水，不料竟是火上浇油。

“她才没资格当太太！胃都开洞了她都不管！”

“那是冈嶋自己作的啊。”

“您根本不明白！”

“是你不明白！”

见她背包要走，青濑下意识抓她胳膊，却瞬间被甩掉了手。

“你先冷静点。”

“您让我怎么冷静？所长现在是什么心情啊！”

“所以才不能添乱，你去了只是碍事。”

“碍事？”

“对。”

“您知道什么？您什么都不知道！”

“你说什么？”

真由美的脸扭曲得丑陋起来。

“一创是别人的种！那个女人仗着所长忍气吞声，就没事人似的做着她的所长太太！”

视野静止了。唯有真由美夺门而出的动作，仿佛卡顿的胶片，一帧一帧地跳动。

青濑动弹不得。情绪还没跟上。

——怎么可能。

过了好一阵子才吐出这句话，但此外什么都说不出。

42

冈嶋设计事务所的混乱与日俱增。

建筑公司与承包商的电话就没断过，客户打来的电话也是接二连三。竹内为30多岁的教师夫妇设计的生态住宅被取消了，连想复刻版Y邸的大阪客户都打电话来问:“咋回事啊?”也不知从哪儿听到的风声。图纸还没画好，又闹出这么大事，只能一个劲儿道歉了。

“所长什么时候出院啊?”

会客区沙发上坐着个50来岁的男人。他姓八木沼，一看就不是好惹的主。他先打了个电话说：“有事问你们。”之后不到十分钟就杀了过来。他说自己就是提议设置百条委的S市议员，接着威慑力十足地把废品回收公司社长的名片按在青濑胸口，径自坐在了沙发上。

“可能得住上一阵子，毕竟胃跟十二指肠都有问题。”

青濑话音刚落，八木沼眼里便浮现怀疑之色，毫不掩饰。他怀疑是装病。

“不都住一个多星期了吗？总有个估计吧？比如一星期啊，十来天啊。”

“不太清楚，好像还需要补血。”

八木沼挑衅地把浅黑的脸一挺，下巴上一条斜切的旧伤，由不得不看。

“你们有数的吧？我得赶紧确定百条委传唤的日期啊。”

“我们会寄送诊断书给您。”

“有那么严重吗?”

“就是严重才住院啊。”

青濑的语气难掩烦躁，但其实他也不清楚冈嶋的病情。上周他跑了两趟医院。第一次冈嶋刚好在做检查，所以他放下慰问品就走了。第二天再去时，竟在医院走廊发现了鬼鬼祟祟的繁田。冈嶋刚逃回病房，情绪激动；太太八荣子则一脸谁都是敌人的样子陪在一边：结果到最后也没能好好谈谈。

“抱歉茶都没给您倒。您看我们这情况，还是请回吧。”

真由美与竹内正忙着接电话。八木沼瞥了他们一眼，“切”了一声，站起身来。“告诉你们所长，他逃不掉的，甭管他啥时候出院，我一定会把他弄到议会去。”

恫吓。大脑做出应激反应。

“事情不一定会按你们的剧本来。”

“你们？”八木沼的屁股回到沙发，双腿大开着威吓青濑，“哟，这话什么意思？剧本是什么东西？”

青濑咽下黏腻的口水：“官场斗争可能是你们的工作，但请不要把我们这种小公司卷进来。”

“哈！好个贼喊捉贼。别说得这么好听，明明是靠请客吃饭才拿到的提名吧。”

“我不知道有没有这回事。”

“当然有，你们所长干的，你们几个肯定也是一丘之貉。”

八木沼脸色一变，青濑还以为要挨打了，可对方只是用膝盖推了推桌子。“出院时间定了告诉我！”他撂下这句话，摇摇晃晃出了事务所。

青濑刚好和接完电话的真由美四目相交。

“跟个大猩猩似的。”

青濑调侃道。真由美却只“嗯”了一声，就把手伸向了再次响起的电话。

从执意去探病那天起，她就明显话少了。肯定在医院跟八荣子发生了什么。

糟糕的想象浮现在脑海，但他没心情旧事重提。

“我去见个客户。”

屋外已是昏暗。骗真由美外出这笔账，不知该算在谁头上。

43

青濑开着雪铁龙赶往第二医院。

倒不是因为八木沼的逼问，而是本就打算今天去看冈嶋。作为代理所长，他有必要切实把握冈嶋的病情，况且今后的安排也得商量。最要紧的是，他想见冈嶋。真由美爆出的秘密是青濑无从得知也无法否认的，可即便如此，他还是想见见冈嶋，聊一聊，聊什么都行。

事务所看似杀气腾腾，其实笼罩着虚无感。竞标泡汤了，目标没有了，只有骚动与烦躁一如战败善后，陪跑比赛，留了下来。然而不可思议的是，情绪没有堵在胸口，而是一刻不停地外流。这几天里，几星期里，自己到底表露了多少年的真情啊。他想跟人交往了。从不食烟火的幻想中醒来，挣脱了看破红尘的束缚。因为建了Y邸。因为Y邸重新回到了心中。所以才会祈求，希望Y邸诞生于这个世界的理由，是善，是爱。

“请您建一栋自己想住的房子吧！”

青濑松开油门。前方信号灯由黄变红，再往前就是第二医院的白色大楼。

大脑却试图让他看到另一幅光景：青濑一人站在海浪边，真相的波浪在他的脚踝处波来波去，反反复复。

已经揭晓了。我知道真相了。青濑对此已不再怀疑。材料齐全了，线索连上了，纸门要开了，接下来——

怀里手机振了。

车已开进医院大门。他往左打方向盘，停在了停车场入口前。手机还在振。

"您好，我是青濑。"

"多谢您关照啦！"是金子建筑公司的小老板，"跟您说个好消息！我们按您的吩咐，把落水管和户外灯的支柱刷成了跟地毯配套的酒红色。哎哦，效果太好啦，说它是白金台那种时髦公寓都有人信。房主也高兴坏了！"

"那就好啊。"

"您一定要找个时间过来看看！照片拍不出那个感觉！"

"唔，最近实在是分身乏术……您看报纸了吗？"

"啊，看了看了。肯定是为了选举什么的故意找碴儿嘛。干我们这行的，天天上头有人施压，支持这个啦，出人啦，烦死了。您甭管那些个乱七八糟的，放手做就是啦。工作还是认人嘛，您去哪儿我就去哪儿。"

鼻子里只觉一酸。

我才是，请您继续关照。青濑顺应着小老板的期待，坚守着飒爽建筑师的形象。

44

傍晚的会客时间是到六点为止。还有一个小时。

内科病房四层五号房。房门一字排开的走廊像学生宿舍一样寒酸。门口名牌拆下来了。青濑看了看四周后才敲门，见没人吭声，便说："我是青濑。"耳朵凑近门板，终于听到微弱的回应，是男人的声音。

病房中不见八荣子的身影。屋子小得憋屈。冈嶋躺在床上按了电动床的开关，想坐起来。床边两个点滴架，此刻什么都没挂。

青濑抽了一口冷气。随着马达声抬起上身的冈嶋，一张脸憔悴得与先前判若两人。他的脸颊消瘦，皮肤干得没有一丝油光，双眼下深深的黑眼圈，乍一看还以为是瘀青。

"油水刮光了。"青濑不痛不痒地说。

冈嶋虚弱地笑道："没有中国菜和烤肉的点滴嘛。"

青濑本想回以一笑，脸却僵住了。他低头藏起脸，坐在床边的圆凳上。

"等出院了就能放开吃了。哎，不用非得坐起来。"

"事务所怎么样？"

"没怎么样，别担心。"

"投诉呢？取消订单呢？"

"电话是挺多的。加油的电话也有。取消的就一份。"

"别的报纸也大肆报道了？"

"也没有，全是些静观其变的文章。"

"石卷跟竹内怎么样？"

“竹内跟津村管电话，石卷忙着跑各个工地。那家伙，总算拿出真本事了。”

进屋的时候就看到了，床头柜上是凯旋门的明信片。真由美果然来过了。

“青濑，别愁眉苦脸的。医生说了，我这病没看起来那么重。我只是睡不着。一直睡不着，就成这样了。不过倒也帮了忙。”

“嗯？”

“《东洋》的繁田刚来了。”

“来这儿？”

“嗯，给他找到了，门也不敲就进，一手还拿着相机呢，可一看我这脸就吓住了。赶巧八荣子回来了，扯开嗓子就喊，他就撒腿溜了。这回怎么写？啥都写不出来吧。活该！”

“别住院啊。”

——当初说过的话，刺得青濑心头生疼。

“你好好闭关，好利索了再说。外面的事交给我，什么都不用担心。”

“不好意思啊，也是没别的办法。”

冈嶋叹了口气，好像想到什么，掀开被子，转身把腿搁在床边，要穿拖鞋。

“怎么了？上厕所？”

“抽根烟。”

冈嶋把手伸到枕头下面，掏出一盒“边境之光”和一只廉价打火机。

“你啊——”

不等青濑劝阻，一身蓝色睡衣的冈嶋便下了床，走向窗口。

“这里，有点像藤宫春子的住处吧？”

冈嶋岔开话题，拉开齐腰高的滑动窗，两手一撑，身子抬起，半截屁股搁上窗框。头发随风飘舞着。一个病人这么干，看起来实在危险。

“赶紧下来，这可是四楼。”

冈嶋不以为然，点了根烟。

“护士该骂你了。”

“那就小心点。”

冈嶋用旁人都能看出来的样子深深吸了口烟，然后扭头噘嘴，把烟吐向窗外。

“行了。”

“你这溃疡是好不了了。”

“青濑。”

“干吗？”

“陶特说过吧，桂离宫美得催人落泪。”

青濑凝视着烟雾中冈嶋的侧脸。无所谓了——他不是已经画上句号了吗？

“陶特肯定知道。他知道人间最美是什么。也许有形，也许是观念上的，反正知道那称得上‘绝对美’的在哪儿，所以自己也想创造美。这就是填补自己的心。填了又填还不够，就一个劲儿填，无休无止地填。”

青濑望向床头柜上的明信片，冈嶋也一样。

“柳谷先生来过事务所了？”

“嗯。”

如今再转达家属的期待未免残酷，所以青濑没说。

“在柳谷家看到原画的时候，我全身都在抖。那脏兮兮的衣服……和路上垃圾浑然一体的脸上的皱纹……夹着烟蒂的骨瘦嶙峋的手指……可每一幅都美极了。什么技法，什么写实，什么表达的内涵，这些想法通通飞到了九霄云外，只有被美吞没。不过轻飘飘说个‘美’字未免廉价，我又有点想快你一步的心，所以就没说。”

“精湛、阴暗、可怕——还有美，是吗？”

冈嶋捏住嘴边变短的烟，蜷起身子，在窗框下的外墙上擦灭。一两颗微小的火星被风卷走，湮入黑暗。

“毕竟藤宫春子心里有不可撼动的美的模本啊。你听说了吧？一段称不上恋情的恋情。跟白日梦一样的青春回忆。因为表哥死了，所以他的美成了永恒。几十年来，她就一门心思在画美的作品。可即便如此，还是无法触及心中的绝美，一直画到死。你能想象吗？不能想象啊！你能赢她吗？根本赢不了啊！”

冈嶋的脸上多了绯红。

“虽然赢不了，但我想试着创造。我想设计出配让她的画久居的美的建筑。有那么一瞬间，我感觉跟她心灵相通了。”

“嗯。”

“但我没资格当她的护卫。”冈嶋垂下头，然后抬头凝望青濑，“繁田说得没错，部长的打车费是我出的，我也请过他一顿饭。但我对天发誓，J联盟开幕战门票和车费真是AA的。我当时头疼的是，部长和市长都是狂热球迷，但我没路子挤进去。我高中时候的确踢过足球，但一直在坐冷板凳，而且中途就退队了。所以我招待了市长的校友跟班，还有能搞定门票的类似黄牛的家伙。我想对方不是官员，就放松了点，结果行事高调的后果就是如今这般田地。牵连了大家，竞标也黄了，我真的过意不去。”

“别说了。”

青濑早就猜到了。不，青濑原本想的还要更甚。

“回床上吧，先把身体养好。”

这时房门开了，眼前是八荣子惊讶的脸。青濑本能起身，没想到八荣子竟很客气。“你们慢慢聊。”话音刚落，门就关上了。

“没事吧？”

“没事。”

冈嶋关了窗，回到床上。“烟露馅了吧？”他微微一笑，盘起腿，挪了挪身子，正对青濑。

“你有事要说吧？”

“嗯？都报告了啊，你的状态我也大致了解了。”

“可你脸上写着‘有事要说’呢。”

从进病房起，青濑就没想过一创。如果冈嶋没看走眼，那就是由佳里的事。但他不想今天问。他想等骚动平息了再说。

“说吧，不然我还得猜。一猜又是一整夜。”

“……”

“征信所的事吧？再婚那个。我也是脑子进水了，说漏了嘴。”

青濑放弃挣扎，叹了口气。那就问吧。

“是由佳里求你雇我的吗？”

冈嶋“啊！”了一声，双手赶忙举到面前使劲摆。

“不不不！误会了！是我要雇你的，我是想把事务所做大做强啊。”

“我入职前你就跟由佳里有联系吧？”

“不是说了嘛，一年就两三次。”

“然后聊到了我有多颓废。按由佳里的性子，不会坐视不管的。”

“担心是有的啦，可是她自己雇你也就算了，怎么可能请别人雇你？”

青濑没点头。

“我就是那时候说了不能一辈子偏安关东。我知道你的实力，所以雇了你。明白了？”

“但比预想的还不能用。”

“啊？什么？”

“我啊。被破裂的泡沫拔掉了獠牙，成了个听话的建筑师。”

——真没想到，会被一直当逃兵的你说。

“喂，自我挖苦可不好听。你不是建了Y邸嘛。”

心里坦诚地认了。接着心就被捎到了别处，俯视着青濑和吉野陶太伫立的始发站站台。

“怎么了青濑？喂——”

“我能再问个事吗？”

“啊？哦，问呗。”

“还是征信所那事。侦探找由佳里打听我，说我要再婚。由佳里吓了一跳，给你打了电话。”

“是啊。”

“你怎么说的？”

“我说：‘我觉得没有。’我也没法说死啊，你又不怎么提私生活。”

青濑点点头。

“后来她还联系过你吗?‘那件事怎么样了’什么的?”

“没有哎，就那一次。”

“就算没这事，你们不是也会一年通个两三次电话吗?”

“这么一说，都过去一年多了，一次电话都没打过。”

“明白了。”

他是真的明白了。感慨的浪潮在心头翻滚。

“我觉得肯定惦记的，只是不好意思老打电话。”

“可能吧。”

“没什么法子吗?”

青濑通过冈嶋的眼神而非字面理解了他的意思。

“没什么法子，都现在了。”

自己的声音在头盖里回响。

“这年头，每两分钟就有一对分手。那每二十分钟、两小时就有一对破镜重圆，也没什么奇怪的。”

也许冈嶋说的不是玩笑话。

青濑小小地下了决心，起身道：“我改天再来。”

“再坐会儿嘛!”

巨大的嗓门令青濑吃了一惊。他的脸上尽是祈求，仰望的角度让黑眼圈更加显眼。青濑早就察觉到他情绪不太稳定。强势与怯弱在脸上交替出现，言行也没有清晰的脉络。

青濑坐回椅子上，决定陪他到会客时间结束。

冈嶋浮现出安心的微笑，长舒一口气。

“嘿嘿，跟你这么坐着，感觉想起了学生时代。”

“我只读了一半，所以怀念也只有一半。”

“我那时候很讨厌吧？”

青濑苦笑道：“可能吧。什么时候改邪归正的？”

“哈哈，看来现在算个好人了。”

“比繁田好。”

“好黑啊你！虽然你就是这样。”

“我那么黑吗？”

“黑箱的黑啦。天知道里头藏了什么，会蹦出来什么。Y邸就是个好例子。”

“你是在夸我吗？”

“谁知道呢。你跟陶特一样，浑身是谜。”

“干吗，捧杀我吗？”

“青濑啊，问你个问题。”

“什么？”

“对你来说，最美的是什么？”

波长又变了。“突然这么问，我也……”正想这么答，不知从何处来的答案抛进了脑海。唯一绝对的美——

“北光。”

“哦……北面的光啊。看来Y邸不是技法的产物啊。”

“岁数到了吧。在赤坂那会儿，我总觉得外表好看就是美。”

“我懂。”

“你呢？”

“嗯？”

“最美的是什么？”

许是没想到会被反问吧，冈嶋一脸沉思地频频眨眼。直到空白长到青濑开始不安，他才说：“勇马的笑容吧。”

听错了吧？难道勇马是冈嶋的——

“傻子，说着玩的！玩笑啦！”冈嶋指着青濑笑道，“瞧你那脸色。没啦没啦，我可没那本事。”

过了好久青濑才反应过来。接着舞台暗转，此刻眼前的冈嶋仿佛一丝不挂。

“我原来想跟你说清楚的。”冈嶋的笑容渐渐退去，“以前我偶尔会去真由美家坐坐，那儿待着舒服，勇马跟我也亲。但我发誓没发生过啥，就是兄妹情。”

“作孽啊。”青濑道。真由美失去理智的模样还历历在目。

“我承认，是利用了她对我的好。我们太懂对方了，我真的相信同心梅。说是‘异性间的友谊’就怪难为情的，但说成同心梅就还行。毕竟男人有些话绝不能跟男人说，坏就坏在这儿。知道一创的事后——真由美跟你说了吧？”

青濑默默点头。

“知道一创身世那个晚上，我喝得烂醉，一股脑儿都告诉真由美了。这事做得是不地道，活活分了一半憎恨给她。”冈嶋眨了眨眼，“我跟八荣子本就处得不好。当然，我们也有过美好、快乐的时候，但八荣子最看重的还是她卖的保险。而我一副建筑家的架势连着赶酒局，两人就这样没了交集。也是有点互相看不上吧。我不把卖保险当回事，八荣子嫌我挣得少。直到五年前，我知道了一创的事。我有个医生朋友，说在研究精子数量。于是我治完尿道炎后，抱着凑热闹的心态做了个检查，然后就明白了。我当时快疯了。不是因为能力，是因为一创。但我什么都没跟八荣子说。我给了她一巴掌，也没说为什么打她。也没问她。我也想过杀了她，却没想过离婚。知道为什么吗？”

青濑等他继续说。

“太丢人了啊。脖子上挂着一级建筑师的招牌，像个艺术家似的招摇过市，结果被老婆戴了绿帽子，一直蒙在鼓里，勤勤恳恳养着野男人的种。我宁可死也不想被同行知道。我就是这种人。就是这种人啊。”

紧咬的嘴唇颤抖着。

“一创……是个好孩子，又聪明，又善良。我是真的疼他。可一看到他的睡脸，我就想，他怎么不是我的孩子呢？直到昨天还是啊，这也太残忍了！整个世界一片漆黑。我只能诅咒自己的不幸。有好几个晚上，我甚至想干脆一把火把房子烧了，把一创、八荣子跟我自己都烧成灰烬。可是啊……”

冈嶋的表情忽然软了下来。

“一创真可爱啊。明知道不是自己的孩子，还是觉得他可爱。我也在脑子里骂过他‘混蛋’‘野种’，可感情完全不受控制，就是觉得真可爱，真可爱。不是血缘，是一起度过的时光，那才是只属于我跟一创的东西。他说长大了想当建筑家。在作文里写：‘我长大了，想成为爸爸那样的建筑家。’”

冈嶋凝视点着头的青濑。

“我本来很讨厌自己，极其讨厌我这种势利狡猾、消极怯懦的人。可我还是爱一创，明知道不是自己的孩子，还是忍不住疼他，心想原来我还有这一面啊！想到这儿眼泪就止不住，感觉好像重新投了次胎似的。我要为这孩子活下去，要给他留下点东西。打那以后，我就开始脚踏实地地工作了，雇你也是同样的原因。我想把事务所做大做强，交到一创手里。我跟八荣子还是老样子，也没原谅她，但能生活在同一屋檐下了。她大概也有苦衷，比起什么都没问的我，什么都没说的她也许更难。就这么熬了过来，然后成了常态。”

冈嶋身体一松，手指擦了擦眼角，略有些难为情，双手轻轻合十道：“发言结束，感谢聆听。”

“还没结束呢，以后也多讲讲吧。”青濑忍住哭腔用力说道。

走廊热闹起来了，好像开始发晚饭了。

青濑站起身。这回，冈嶋仰望的脸上带着残留的笑容：“下次你来讲吧。”

冈嶋做出握手的姿势。

青濑却有点不好意思，轻轻拍拍他的手：“我改天再来。”然后转身离去。

45

青濑没去事务所，直接回了公寓。

他只开了玄关灯，其他都没开，就躺在了沙发上。

晚饭没吃，更没兴致开啤酒，头也很疼。他比平时多吃了一粒药，用唾液咽下。

手里是电话子机。先握紧，后放松，随情绪的波澜调整力度。

冈嶋的余像浮在眼前。

许是今天听了太多太多，感慨凝缩了，连同情与共鸣都被掸去，化作了结晶。那就是冈嶋的人生——

“下一次你来讲吧。”

正有此意。他正想了解本该了解的自己的事。下定决心后，两小时过去了。

青濑坐起来，手指按了按左右太阳穴，疼痛稍有缓解。抬眼看钟，八点二十五分。时间不多了。再拖下去，今天就打不成了。

他按下子机按钮。

用这个电话打，那边响的也是《海螺小姐》吗？

“喂？”

“是我。”

青濑立刻盖过女儿略显担忧的声音。

“啊？爸爸？怎么啦？”

他从没在这么晚打过日向子的小灵通。

“在哪儿呢？”

“房间里，我屋。”

“在学习？”

“啊，正查哪个国家不用学数学呢。”日向子玩笑道。

“这样，打扰你啦抱歉。那个……”青濑支支吾吾，想到了日向子心中的棱镜，期待起成熟的反射，“爸爸想打听件事。”

“什么事啊？”日向子的嗓音又变得微细。

“不是什么要紧事啦，”他用尽可能快活的声音道，“你不是说，之前有人往家里打电话，后来说停就停了嘛。”

“啊，嗯。”

“你接过电话没呀？”

“……”

“是个姓吉野的叔叔吧？”

“咦？咦？爸爸怎么知道？”

青濑闭上双眼。“他是爸爸的熟人。所以你不用担心。他不是坏人，也不可疑。知道了吗？”

“爸爸的熟人？”

“嗯，挺熟的。”

“哎，原来是这样！我好像想歪啦。”

日向子似乎大松了一口气。

“爸爸猜猜看，第一个电话是去年2月？”

“唔……”

“不是下了场大雪吗？”

“啊，没错！就是那阵子，打了好几个呢。不过妈妈老表情奇怪地拿着电话躲进屋里，所以……后来就成了偶尔打一次了。”

“最后一次是什么时候？”

“11月，我在日历上打了叉的，之后就再没有了。”

虚线的每一段都变成了实线。

始发站的站台上其实有三个人。除了吉野与青濑，还站着由佳里。

“可爸爸的熟人为什么要打给妈妈啊？”

“因为他也认识妈妈呀。”

“哦，这样啊。”

“抱歉吓到你啦。”

“啊，爸爸一点都不吓人。”

“那就好。”

这句是发自肺腑。这件事就到这儿吧。

“日向子，下次怎么安排呀？”

“唔……还去角笛？”

“你想去Y邸吗？”

并没有事先想好，只是想哄日向子开心所以脱口而出了。

“真能去？”

怎么可能，事务所都乱成那样了。

“下次可能够呛，但再下次、再再下次还是有可能。”

“我去我去！说好了啊！一定要带我去！”

“不过房主一直在出门，所以得带上打扫工具哦。”

“收到！让我带啥都——”

女儿的声音戛然而止。

“日向子？喂？”

他很快就明白了。因为日向子大声嚷嚷，由佳里来敲门了。果不其然，她好像进屋了，在跟女儿说话。

接着日向子的声音重回耳边。

“妈妈也在，让她听吗？”声音里透着期待与兴奋。也许对日向子来说，这是求之不得的机会。

“呃……不用啦。”

“为什么？爸爸不是想打听那个吉野先生的电话吗？妈妈不也认识他吗？”

还没做好心理准备呢。想必由佳里也一样。听到日向子报出吉野的名字，她心里肯定很慌。

“我回头再打给妈妈，帮我转告她吧。”

日向子好像还有话要说，但青濑开朗地说了句“努力啃数学吧”，就把电话挂了。

疲劳汹涌而来。那是天天熬夜的泡沫时代都不曾有过的疲劳，仿佛全身的细胞都被沉重的滚轮碾了一遍。

只有脑细胞是清醒的，正从起点开始梳理已解开的谜。

吉野找征信所调查青濑。过程中得知青濑离婚有个前妻。侦探也接触了由佳里。

听说青濑再婚，由佳里大吃一惊，致电冈嶋询问。就是这阻碍了真相纸门的开启。直到那时，遭到侦探突袭的由佳里都只是一系列骚动的被害者。但还有“下文”。接着吉野卸下征信所这层伪装，主动接触由佳里，打了好几次电话。由佳里得知调查原因不是青濑再婚，而是别的，所以她再没联系过冈嶋。

因为没必要了。

吉野也从由佳里口中获得了信息。她十有八九描述了青濑的现状，说他失去了对建筑的激情，成了对客户言听计从、消极画图的建筑师。然后吉野参观了上尾的住宅，与香里江一同来到事务所，委托青濑设计房子。

“请您建一栋自己想住的房子吧！”

那句话其实是由佳里说的。

那是由佳里给青濑的讯息。

一旦反应过来，他便意识到，那是只有由佳里才能说出来的话。不是爱，是善。是由佳里自己也无法控制、纯粹而不生分别的“善”，催生出那句咒语，对青濑施了魔法。

他不知道该高兴还是难过。陌生国度的陌生人写的童话故事，竟然降临在自己眼前。只能默默注视，深深呼吸，然后把自己交托给那个故事。

原本各有指向的大量信息，都被由佳里那话的磁力吸到了一起。吉野不时打电话给由佳里，汇报Y邸的进度。最后一通电话是Y邸竣工的去年11月。所谓的“高个女人”，其实是由佳里。她去了Y邸。也许是吉野邀请，也可能是她主动要去。

莫非由佳里是神，吉野是神的使者？

不。

找征信所调查青濑的是吉野，准备三千万巨款的也是吉野。吉野是主体，由佳里是入伙的。这事首先是吉野的意思。他告诉了由佳里想给一个陌生人三千万的“原因”，并希望瞒着青濑把这事悄悄办妥。

由佳里答应了。所以才有了那句话。希望青濑振作起来——她将心底的愿望托给了吉野的计划。

可吉野想瞒着青濑的那个“原因”是什么？

青濑静候电话响起。由佳里今晚一定会打过来。

所以手机一响他就接了。

“好久不见啦。”

竟是能势琢己。十年没听过这个声音了。他不由得感叹，这个男人果然是跟由佳里成套出现的。

“你怎么有我电话？”

“跟西川先生问的，不行吗？”

“行啊。有事？”

“我听说了，不容易啊。”

“还没结束呢。”

“要退出了？”

“嗯。”

“真遗憾。好不容易碰上。”

“下次吧，我们会再来的。”

“还能再来吗？”

感觉被手指戳中了额头。

“贿赂是红线，你们所要垮了。”

“不用你多管闲事，我们有自己的——”

“来我这吧？”

真空般的沉默。

“不急，等你善后做好，情况稳定了再说。考虑下。”

青濑闭上眼。

“弃船逃生啊。”

“除了船长，没人有义务留下来。”

“赤坂也是沉船啊。”

“那时候整个行业都是沉船，但现在还有船漂着。别想了，赶紧跳。”

“谢谢你，但我走不了，所长对我有恩。”

“你要陪葬吗？”

“想多了。我会跟所长从头开始重建一切，你就管好自家的船吧。”

座机响了，一定是由佳里。

“先挂了。建个好纪念馆吧。”

青濑放下手机，抓起子机按在耳朵上。然而——

风声？吉野？不对，是女人的啜泣。不，不是由佳里。打来的是八荣子。

“我老公他……从病房……窗户……”

跳下去了。

青濑盯着空空的手心。几小时前还和冈嶋的手轻轻碰过的指尖，不住地颤抖。

46

青濑赶到医院时已近午夜零点。

大门旁停着一辆警车，但除此之外并无异样。关了灯的一层寂静无声。青濑心中重燃起希望之火。毕竟八荣子只说“跳下去了”，可没说“死了”。这番称不上狡辩也算不上诡辩的说辞，被他一遍遍在心里重复。

不知道该不该去病房，于是他找到夜间访客台。耳中反弹的只有自己尖锐的脚步声。转过走廊转角的时候，八荣子靠着公用电话的身影闯入了视野。

她似乎刚打完电话。听筒从耳边挪开，放回挂钩，然后静止。她就这么靠着墙，再没动弹。

火苗被吹灭了。昏暗的走廊变得更暗了。

他缓缓走去，通红的眼睛看了过来。眼睛和眉毛高吊成锐角，看起来更似怒容而非哭脸。

“太太。”接着却说不出第二句了。

“这边。”她的声音轻若无闻，接着从墙上撑起身子。她说冈嶋不在病房，在地下的太平间。

在楼梯转角平台，两人与正要上楼的制服警察擦肩而过。警察轻声说，稍后我们再找您了解情况。八荣子深鞠一躬。

太平间的门开了一条缝，线香的气味微微溢出到走廊。青濑盯着八荣子的后颈走进房间。盖着被单、躺在床上的人形隆起……八荣子揭开了脸上的白布。

脑海中隐隐地想象着陶特的死亡面具，希望是陶特那样的遗容。但他想错了。从头顶到额头、耳边、嘴边和下巴都缠满了绷带，露出来的皮肤少得可怜。

脸颊和鼻子没有伤痕，比较干净。眼皮看起来轻轻合着。这是一张不会让人想到痛苦与苦闷的脸。

他忘了双手合十。身体失去了热量，情绪也麻木了。眼前所见明明无法撼动，却丝毫没有实感。

“我赶到的时候，他还有微弱的呼吸。”八荣子突然出声，眼睛眨也不眨，好像正在凝视当时的光景。

“他说什么了吗？”

“什么都没。”

“遗书呢？”

“没有。”八荣子双手掩面。

据说医院晚餐发的粥他几乎都吃了。八荣子回去的时候他还一切正常，九点熄灯时也没有护士察觉到他有异样。

发现出事是晚上十点。巡房护士发现五号房的窗户开着。四楼窗户正下方紧挨墙种着杜鹃花，冈嶋腰部以下就摔在那里，但头和胸砸在了柏油路上。医生说，要是头脚对调说不定还有救。据说来了很多警察，但一看就是自杀，所以很快就调查完了。

八荣子将白布盖了回去。这一刻，没戴戒指的白皙手指仿佛为冈嶋的人生拉下了帷幕。

“一创呢？”青濑忽然想起开了口。

八荣子抬起头，歪着脑袋试探青濑的眼神。“还不知道。他已经睡了，所以我让母亲来家里了。”

八荣子接着便不再言语，走出太平间，爬上楼梯，回到一楼，忽然在昏暗中停下脚步，回头望向青濑：

“他跟你说了吧？”

啊？

“没错，是我害死他的。”

啊……

因为在楼下问起了一创吧。其实青濑没这么想，可八荣子却边爬楼梯边想了一路。

她直视着青濑：“他真可怜，连您都没为他掉一滴眼泪。”

八荣子的眼中又有泪水夺眶而出。

“他总说您是他唯一的朋友。一直走得近，最合得来。”

双唇间一声冷笑。

胡扯。你跟我哪有——

胸口忽然一热。体温瞬间恢复。尘封的情绪一齐呼啸而起。

他死了。冈嶋自杀了。

明明几小时前还在笑。脸明明凑得那么近，说了那么多话。

这样啊，原来是这样。原来他当时就有了这个念头。不需要遗书，是因为已经给自己说了长长的遗言。冈嶋说的每句话，每个字，都是他的遗书和遗言。可我没注意到，没注意到啊。

泪腺濒临崩溃，却又忽地被他收紧。

慢着……

真是这样吗？

冈嶋……病房中的冈嶋……真的想自寻短见？

青濑对八荣子鞠了一躬就漫无目的地走了。接着步伐渐渐坚定，终于加快步速，大步沿地上的蓝线条走去，左弯右拐，穿过走廊，进入内科病区。他等不了电梯，干脆从楼梯冲上去，到四楼已是气喘吁吁。穿过护士站，打开病房门。电动床不见了。奔向窗口，打开锁扣，拉开窗户，探出上身望向下方外墙。很暗，但能看见。五……六……七。不对，是八个。是掐灭烟头的痕迹。听冈嶋口气，他在病房抽烟不止那一次。那之前就有，之后青濑告辞后，他可能也抽了。

会不会是意外？

青濑记得很清楚。冈嶋把屁股搁上齐腰的窗框时，套着拖鞋的脚尖是稍稍离地的，所以他才觉得危险。而且……对了，为了不让护士发现，冈嶋还把脸伸出窗外，噘嘴吐烟。虽然一手抓着窗框，可万一失去平衡，还是有可能坠——

“你干什么！”

厉声传来。青濑回头望去，只见门口站着一位小护士。他赶忙关好窗，谎称走错了房间，从护士旁边穿过，用正常的步速通过走廊。好在没人追上来。

无论意外还是自杀，都无法改变冈嶋已死的事实。然而对留下来的人，尤其是六年级的一创来说，却有着天壤之别。无论周围人如何隐瞒，风声迟早会传进他的耳朵。父亲撇下自己逃到了轻松的地方。父亲承受的痛苦大于对自己的爱。他会时不时凝视这架永远倾斜的天平。不，他可能会面对更痛苦的煎熬。如果有朝一日他知道自己并非冈嶋之子，他会为父亲的死感到内疚，苛责自己的存在，甚至憎恨母亲。

青濑忽然想到自己的父亲。他是寻找逃跑的鹩哥“小黑”时，不慎跌落悬崖死的。他是怕青濑难过，所以才去找的。明明是父亲自作多情瞎起劲，但青濑还是总想：“他是为我死的。”“都是我的错。”当年的内疚时至今日仍挥之不去。可即便如此，对于父亲的回忆却没有丝毫损伤，仍然愉快、豪爽地活在青濑心中。因为是意外。因为他的死与他的人生态度没有任何关系。如果有人告诉他那天父亲是主动寻死，那么青濑所知的父亲的一切都会被撼动。无论是笑容还是怒容，温情还是严厉，他都会从自杀这一终点回溯，不断地探寻弦外之音。

冈嶋不可能自杀。他不是那么宠爱地谈着一创吗？况且，竞标的反省也好，围绕陶特和藤宫春子的美的探讨也罢，都是为了“今后”的助跑。那绝不是遗言，而是冈嶋打算从头来过，继续走建筑之路的决意。

下楼时他坐了电梯。

但电梯刚到一楼，他就立刻冲了出去，以最快的速度穿过大厅。脑中灵光一闪，他想到了证实意外的办法。

青濑从医院的夜间出口冲到停车场，从雪铁龙里拿出手电筒，杀回医院大楼。他定睛看了看户外地图，掌握了大致位置，便绕到了内科病区后方。那里有个类似院子的地方，中央是铺着草皮的广场和小山，散步路与大楼间种了杜鹃花。他边走边抬头看。齐腰的窗户如果挨得紧，那就是病房区。不过他找的线索不在上方。只是脚下的柏油路上有大摊水渍，显然是事发后冲洗血迹留下的痕迹。

但畏怯只有几秒。青濑弯下腰，将手电筒对准水渍前的杜鹃花丛，在树叶上、枝丫中与树根处仔细查看。找到了。很快就发现了烟蒂。因为一直抽到底，又按在墙上擦火弄得变形，所以几乎只剩滤嘴了。他把光凑近，看到了横印的“边境之光”。正是冈嶋抽的牌子。不过青濑要找的是“完整的烟”。如果冈嶋是抽烟的时候摔下来的，那么那根烟肯定没擦火就掉了下来。长短且不论，至少是保持原样，没有变形。

两根……三根……四根……烟蒂接连出现，可每根都不成原样。他开始调动想象：它可能掉下来后没灭，而是继续燃烧；说不定烧焦了杜鹃花叶子；也可能在地上烧到底，自然熄灭，留下“完整的滤嘴”。

五根……六根……都是变形的烟蒂。病房外墙有八个痕迹，还差两根。青濑的手插进杜鹃花枝丫与根部，拨开枝叶。他还扩大了范围。散步路也仔细找了一遍。可还是没有。剩下两根就是找不到。

可恶！

他顺着水渍的线条一路寻去，将手电筒照进排水沟入口。这时，脚步声传来。抬头望去，只见不远处的路灯下站着一个男人。

《东洋新闻》的繁田。

“你来干什么？”青濑低声问道。

他的声音随时可能变成怒吼。

繁田一动不动，一手背在身后。他把相机藏起来了。他是来现场拍照的。

混蛋！

青濑气势汹汹地奔向繁田，边走边用手电筒直射他的脸。除了眯眼躲闪，青濑读不出其他表情。

他丢下手电筒，双手揪住繁田的胸口。

“你来干什么！”

“警方告诉我——”

“滚！”

青濑猛推他的胸口，有什么“啪”的一声掉在了地上。

是一束花。一束透明塑料膜包裹的百合花，被一个踉跄的繁田踩在脚下。

青濑再次望向繁田，看到的竟是一双噙着泪水的眼。他挣扎着说了一句话，听起来像是“对不起”。

那一刻，青濑的愤怒才真正被引爆。

“少自以为是！”

他狠狠揪住繁田的衣襟，连自己一起撞倒在杜鹃花丛里。

“他不是被你的文章逼死的！冈嶋怎么可能被那种东西逼死！这是意外！你给我查清楚把真相写出来！”

47

次日一早就下起了时断时续的雨。

冈嶋的死讯没出现在任何一份报纸上。青濑都做好准备迎接“涉嫌行贿的奸商自杀”的标题了。也许是因为事发在深夜，报道没赶上早报的截稿时间吧。

上午七点不到，事务所就全员到齐了。是青濑打电话叫他们来的。沉默已持续了好几分钟。“为什么不立刻通知我们啊！”沉默前的最后一句话是真由美的呼号，然后她便扑倒在桌上哭成了泪人。要是她当着八荣子的面扑向冈嶋的遗体，场面怕是会非常难看。青濑认为自己昨晚的判断是明智的。

“怎么会这样……”石卷的声音好似呻吟，双眼通红，“考察的时候明明那么开心……还说要建一座让所有人大惊失色的纪念馆……”

竹内消沉地蜷着后背，看着都心疼。可石卷的话让他直起身来，望向青濑，浸在泪中的双眸暗藏怒火。

“是那个报纸对吧。要是他们不乱写，所长也不会死。”

“还有那帮官员和议员！”石卷也喷出愤怒的热气，“所长死了，他们肯定松了口气。逼所长住院，让所长一个人背锅……就算是意外，他们也得负责！”

青濑抱着胳膊，沉默不语。

所有人到齐后，他就讲了“不慎坠楼”的观点。但没有一张脸上写着信服，都觉得那是青濑的自我安慰。也难怪。报纸控诉不当竞标，冈嶋愁坏身子，于是住院——自杀动机足够充分了。

警方也是一样。昨晚青濑把繁田撂倒在杜鹃花丛后，跟八荣子谈了三十来分钟，接着去了趟警察局。值班人员中刚好有一位去医院现场勘察过，顺势就把青濑带到小房间做了笔录。对方没完没了地打听竞标的事，要点就三个：他有没有心灰意冷？有什么言谈举止？有没有透露过自杀念头？

青濑“见缝插烟”，还把手帕包着的六根烟蒂给他看，请他们查查排水沟。刑警听得津津有味，还装腔作势地发表了一番即兴推理：如果是跳窗自杀，窗框上应该会有鞋底的污渍，要是窗框干干净净，就能证明你的猜想；可这次是在病房，穿的是拖鞋，所以窗框上没污渍也没法证明什么。不，刑警其实边说边在观察青濑，试图搞清他为什么坚称是意外。刑警问：是担心保险金吗？青濑说：只要不是刚买的，自杀也赔的吧？刑警立刻装傻地笑道：对对对，无论哪种，保险都赔的。接着又一边观察青濑的反应，一边别有意味地说：死者太太是老保险员了，肯定早就清楚。尽管确信是自杀，但刑警脑海里大概还是漂着“妻子伙同情人将碍事丈夫推下窗口”这种老套路。无论如何，八荣子做笔录的时间恐怕比普通人更长，只希望警方不知道一创的身世。

“事务所怎么办啊？”石卷声音紧张地问道。看他的脸，已经想到了最坏的答案。

"太太的意思是关了。"

青濑说完，石卷便点了点头，顺势低下头来。竹内长叹一声，一脸死心地环视办公室。真由美回头看着青濑，因泪水模糊的双眼，突然锁定了焦点。

"可所长不是想继续开吗？"

"他是这么想的。可能的话，我也想开下去。但毕竟不是我说了算的。"

"就因为太太一句话——"

"行了！"青濑一声大喝，转向石卷和竹内，"手头的项目继续推进，解散的事之后再说。"

屋里鸦雀无声。青濑把真由美排除在视野之外。

"守灵会和葬礼还办吗？"石卷问道。

就算大家都觉得是自杀，也要办吗？

"办。"

昨晚去警察局前，青濑问过八荣子意见。她摇头道，怎么办啊。但青濑强烈建议她办，还说了烟蒂的事，也说了他认为是意外，所以正常办葬礼就是了。可八荣子不接受。青濑动之以理，她却只是哭。就算为了一创——可话到嘴边却没能出口。回到公寓已过了凌晨三点，但他睡意全无。人人都可以有的葬礼，他却不能为冈嶋做，这让他懊恼不已。六点不到，八荣子来了电话。她说开了家族会议，决定守灵会仅限家人，葬礼则在殡仪馆进行。据说一锤定音的是冈嶋的伯祖父——要是偷偷摸摸的，就等于冈嶋家认了行贿的事。

"我说我们会出人接待工作上的宾客。两个就行了，谁和我一起？”

石卷跟竹内同时举手。

“好。”

青濑没有选人，就绕到了屏风后面。喉咙太干了。他接了满满一杯自来水，一口饮尽。

“老师。”

回头一望，是没了主心骨的真由美。她哭得太厉害，脸都不像样了。

“嗯？”

“我也可以去帮忙吗？”

没法说“你别来”。但既然要来，有些话就得问清楚。

“津村，冈嶋住院那天，你跟他太太发生了什么吗？”

真由美的泪眼多了几分锐色。

“没有啊。”

“你去过病房吧？我看到明信片了。”

“去过，但被所长赶走了。”

眼看着真由美又要哭了。

“冈嶋为什么赶你走？”

“他说，你跑到这儿来，也会被盯上的。”冈嶋说的是出租车票的事，“我说我不在乎，可所长说：‘求你了，快走吧。’表情真的很难过……”

“然后你就回去了，没见到他太太？”

“见到了。”

“见到了？”

“走廊上碰到的，但好像没认出我……也可能是她故意无视吧，怕我说她。”

“哦。”

青濑心想，还是告诉她吧。他凑近真由美的脸，低声说道：“冈嶋很后悔，说他不该分一半憎恨给你。”

“为什么？”真由美瞪着青濑，“为什么要跟我说这些？”

青濑在唇前竖起食指，听了听屏风后的动静，然后说道：“因为你放不下。”

“那个女的从没跟所长道过歉。”

“有些事，道了歉也没用。”

“所长都死了啊！怎么能这样！什么都不知道就死了……”哭腔愈发有力起来，“竞标只是个导火线，所长是被她逼死的！”

“那是个意外。”

“她一直在折磨所长，到头来都没说一创是谁——”

手猛地伸出，捂住了真由美的嘴。力气注入五指，封住未出口的话。

“这事不许再提了。你已经告诉我了，我肯定会告诉别人，别人又会告诉别人。总有一天会传到一创耳朵里。明白了吗？”

真由美全身打战，青濑却没松手。

“你要替冈嶋恨她吗？冈嶋可说他能跟太太过下去。他跟我说要为一创活下去。你没法跟他一起走的。你还有勇马，你只能走别的路。”

“……”

“人死的时候都是一个人。冈嶋也一样。”

“……”

“他不是当场死的，起初还有气。”

“……”

“但他没叫你的名字，因为他不需要你帮助。”

真由美闭上眼睛，豆大的泪珠夺眶而出，砸向青濑的手背。

青濑回过神来，赶紧松了手。真由美顿时呛得拼命咳嗽。她抬起头，用手摸着喉咙，过度呼吸似的断断续续地喘气。青濑赶紧拍她后背。这时，竹内现身问道：“没事吧？”竹内去倒水的时候，真由美“呼——”的长舒一口气，接着呼吸渐渐平稳了。

“对不起。”青濑声音嘶哑地说道。真由美双手掩面，纤弱的身子无力地转了半圈，靠在墙边，一如昨晚的八荣子。

“真的对不起。”青濑再次道歉，转过身来。只见竹内满脸忧色，不知所措，呆呆地望着真由美的后背。

青濑从竹内身旁走过。他真想相信这个靠不住、不精明、没魄力，却无比老实的年轻人，能创造奇迹，打动真由美的心啊。

48

葬礼当天，阳光淡淡。

本市郊外的殡仪馆共有四间礼堂，冈嶋的遗体告别仪式用了最小的一间。但这并不意味着吊唁者少。“公司相关”的接待桌前排起了丧服长队，很多人在抹眼泪，每个人都一言不发。前天，各大报社同时发出报道，绝大多数是：“涉嫌行贿的供应商自杀。”但《东洋新闻》写的是："警方正从意外与自杀两方面展开调查。"

青濑与竹内站在桌后接待宾客，石卷坐着清点奠仪。真由美没有现身。她前天、昨天都没来上班。不过没有旷工，两天都请了病假。昨天是青濑接的电话。他问真由美情况如何，回答说头还有点晕，但是想去葬礼会场搭把手。声音听起来挺平静的。虽然她说了不用担心，但青濑一边给宾客递回礼的兑换券，一边还是时不时抬眼在丧服中寻找真由美的身影。

他也在找另一个女人的身影。

他做好了由佳里会来的思想准备。

银行、信用社的人登记完后，西川的妻子一脸惶恐地走上前来：我老公受了很大打击，一口饭都吃不下。他这人向来胆小，还请大家原谅……

建筑公司、装潢公司的熟面孔也来了不少。金子建筑公司的小老板陪着拄拐的老社长来了，双眼与鼻子都是通红。眼看就到跟前，又哭得一塌糊涂，哀悼的话都说不出来，只是紧紧握住青濑的手。石卷与竹内也遇到了类似的场面。冈嶋设计事务所的日日夜夜，都不是白费的。

"青濑哥。"

身旁的石卷轻声提醒，青濑赶忙把兑换券递给眼前的宾客。之所以走神，是因为看见了由佳里。她在队伍的后方，那一袭洋装、身材纤长的站姿，他绝不会看漏。

很快他就发现由佳里还有个伴儿，不由得又一声感叹。能势琢已一身黑西装，黑归黑，却一眼就知是名牌货。刚到眼前，他便携着由佳里似的上前一步，从怀里掏出裸着的奠仪袋。石卷对

“能势”这个姓有了反应，抬眼看了看他的脸。

“请节哀。”

能势麻利地完了礼，把头凑近青濑：“是停车场碰到的。”

斜后方的由佳里微微点头。

“没想到会这样。电话里说的事，你再考虑考虑。”

轻声说完，能势就闪去了一边。

由佳里的轮廓清晰了起来。她微微弯腰，揭开紫色绸巾，取出奠仪袋。纤细的手指上没有戒指。

“待会儿能聊聊吗？”青濑递上兑换券问道。

由佳里抬起脸，直视着青濑凝视的双眼。她的眼睛湿湿的，但双眸深处分明有一种决意或是豁然。看起来仿佛在说：即使你不问，我也准备跟你谈的。

“嗯，就一会儿的话。”

她瞥了眼身后的宾客，走出了青濑的视野。

她的余像在视网膜上停留了许久。七年了。上次还是日向子上小学前，校方要求父母一起去学校面谈。阔别七年的重逢，只有寥寥数秒。

“我进去看看。”

等吊唁者进得差不多了，竹内便一脸心神不定地走开了。目送他走远后，石卷转向青濑道：“刚才那位能势先生……”

“就是能势事务所的所长。”

石卷点点头，没吭声，肯定在想象青濑跳槽的画面。

诵经刚开始，真由美就现身了。没走侧面，也没走后面，而是迎面走来，把写有“津村”的奠仪放在桌上，然后立刻绕到桌后，整理起盒子里的奠仪袋。被动下岗的石卷瞠目结舌。

她表现得很坚强。虽然脸都哭肿了，此刻却没哭。

“辛苦了。”

青濑打了声招呼，真由美却没停手，也没看他，只说：“对不起，骗了两天休。”

“啊？这样吗？”

“一直陪勇马呢。因为老回家太晚，孩子都不亲我了。”

“哦。”

“还跟我嚷嚷‘妈妈就知道标竞’呢。”

真由美没笑出来，咬住嘴唇，眼看又要哭，随即却模特似的潇洒地撩起头发，望向青濑。

“抱歉让您担心了。”

“啊！”的一声传来。原来竹内回来看到了真由美，露出了不合时宜的笑。

“里面怎么样？”青濑问道。

竹内脸上顿时晴转阴霾，说他把花和花环都查了一遍。

“没有，市长跟建设部长都没送。”

石卷的眼神顿时凶了，竹内和真由美则低下了头。

“没关系，有我们几个送他够了。轮流进去烧香吧。”

青濑抬脚往里走，石卷默默跟上。

礼堂里意外的亮。

刚才还排到门外的吊唁者已经所剩不多，青濑越过前方宾客的肩膀看到了八荣子。她用手帕挡住半张脸，不停对烧完香的宾客鞠躬。一创在她身旁，双唇紧抿，纹丝不动，怒目注视着眼前走过的宾客。他站得比八荣子靠前半步，那景象就像在拼命保护母亲，不被一身黑的大人们伤害似的。

明年他就是初中生了，正是一张稚气刚开始消退的脸。因为冈嶋常显摆带孩子去了哪儿，还给青濑看照片，所以他清楚记得一创的成长过程，以至于近在咫尺的一创，看起来就像是最新的照片。

“不是血缘，是一起度过的时光，那才是只属于我跟一创的东西。”

青濑走到烧香台前。小号相框里，遗像的笑容灿烂得刺眼。什么时候的？谁拍的？这么宠溺的、毫无防备的笑容，从没见过啊。

“我那时候很讨厌吧？”

“呜……”手晚了一步，转瞬间泪如泉涌。

眼泪止不住。也不想止住了。

49

殡仪馆门前，出租车算准了宾客离开的时间，大排长龙。

由佳里等在楼门外不远处，目不转睛地盯着步步接近的青濑。恐怕他还没让由佳里看到过自己刚哭完的模样。

本想找个环境好点的地方，奈何过会儿还要收拾场地，只得走向草坪，让她坐在木质长椅上。青濑挪了挪屁股，转向由佳里。由佳里则浅浅地坐着，伸长小腿盯着脚尖。看着她的侧颜，便觉得时光不曾流逝。

“……还那么年轻……你们一样大吧？”

“嗯。”

“太太真可怜……还有孩子……还在念小学吗？”

“刚上六年级。”

“神明果然不存在呀。”

“也许存在才会这样吧。”

“什么意思？”

“都是命啊。”

“我刚才听到了窃窃私语，是真的吗？”

“不，是意外，不小心从病房窗户摔下去的。”

“这样啊。”由佳里叹了口气，表情仿佛在说：都一样。

为冈嶋哀悼的时间，让隔开两人的滔滔河水变缓了。别的场合恐怕会很难，好在眼下的环境有利于坦诚道出心境。应该能说清楚。关于吉野的事，就算跳过许多，由佳里应该也能听懂。而且这样，也能尽量避免对她的逼问。

“我在找吉野先生。”

青濑开口后，由佳里转头望向他：“找？”

没有反问“吉野是谁”，可见她也同意跳过。

“他失踪了。早该全家搬进Y邸的，却一直没搬。不知道田端的房子退租后，他们去了哪里。”

由佳里显得相当吃惊。她不知道吉野已然销声匿迹。

“真的吗？”

“真的。”

“那‘房主出门’又是？”

“毕竟跟日向子不能说全家失踪啊。”

由佳里点点头。“什么时候失踪的？”

“去年11月。Y邸是11月初交房的，但他们没搬进去，直接消失了。”

由佳里露出追忆的表情。

“想到什么了吗？”

“……没有。”

“你见过他吧，11月下旬？”

气氛一度紧张，但由佳里很快答道：“对。”

“当时他没说什么吗？暗示要躲起来什么的。”

“什么都没说，也感觉不出什么。”

“比如闷闷不乐？或是觉得不对劲的地方？”

“感觉挺正常的。他带我看了Y邸，请我吃了荞麦面，从头到尾都很开心，还说近期就搬进去呢。”

Y邸……荞麦面……由佳里帮他打好了草稿，这样青濑便能挥毫画下主题了。

“你可能知道，吉野夫妇去年3月来到事务所，点名要我设计房子。我觉得那件事的理由和这次的失踪有关。”青濑停了几秒，由佳里默不作声，“也可能无关，但我想知道。”

由佳里面露难色。

“告诉我吧，吉野先生为什么找我设计房子？”

“我不能说。”她的声音透着坚定，“吉野先生求我，让我不要告诉你。”

“好吧。”

青濑爽快地让步了。他本就料到对方会要求保秘，不能说也就不强求了。来之前他就下了决心，再也不对由佳里说狠话。

直接问吉野吧，本来就是该问他的事。

青濑换了个问题："去了Y邸后，吉野先生还来过电话吗？"

"没有。"

"一次都没？"

"一次都没打来过，我也没给他打过。要不现在打打看？"

青濑略感为难，旋即回答："好。"由佳里的电话，吉野说不定会接。

由佳里从包里掏出手机："你有他的号码吗？他之前打的是家里座机，所以我手机没存。"

由佳里按下青濑报的号码，把手机举到耳边。听筒里传出嘟嘟声。接着，转到了语音信箱。两人互相看了一眼。"之前都是关机。"青濑快速说完，马上"哔"的一响。由佳里略一点头，吞了口唾沫，开口道："我是青濑，听到请回电。青濑稔先生很担心您。"

两人同时长舒了一口气。

"他会回电吗？"

"语音信箱还是头一回，兴许是个好兆头。"

"但愿吧。"

"我实在想找他当面谈谈。不光是想知道找我设计的理由，也是真想找到他。我很担心他太太和孩子们，不知道怎么样了。"

由佳里深深点头。

"还有个可疑的男人，也在找吉野先生。"

"是坏人吗？"

"不知道，但我感觉吉野先生是在躲他。"

由佳里抬手掩住嘴。“报警了吗？”

“没，毕竟只是我的想象。”

“吉野先生的行踪完全查不到吗？”

“至少去过一次仙台，附近的村子里有他家长辈的墓。”

“仙台有墓？”由佳里歪着脑袋，“他的故乡不是桐生吗？”

“扑通”一声，思绪坠在了别处。桐生——

也许因为青濑变了脸色，由佳里的神情也紧张起来。

“吉野先生告诉你的？”

“嗯……对啊。”

“是群马县的桐生？”

“应该是的。”

“……”

“桐生怎么了？”

“我爸就死在那儿。”

“啊！”

“当时他是住桐生川大坝的工棚——”

话没说完，进一步的联想已直冲脑门。

桐生织物。对啊，桐生自古以来就盛产织品。如果吉野伊佐久的姐姐是在那里当女工，线索就串起来了。遭遇家庭变故的伊佐久来到桐生，投靠姐姐。然后在当地定居，结婚成家，之后有了陶太——

一定是这样。

整件事的起点在桐生。在那里肯定发生过什么。

当时青濑为了复习迎考，没跟去桐生。吉野比他小5岁，所以当年还在上初中。大方向明确了。初中生吉野、吉野的父亲伊佐久、青濑的父亲，可以认为因缘就隐藏在这三人的关联中。

“好吧，我说。”

由佳里的声音将青濑的思绪拉回长椅。

说？

“已经不是守不守约的问题了呀。吉野先生说的那些事，说不定能成为找人的线索，所以就说了吧。”由佳里两颊潮红，“不过他也没全都告诉我，是不是真的说实话我也不知道……”

青濑用眼神催促她说下去。

由佳里把手搭在胸口，试图让自己平静下来。

“他说，他欠你‘青濑稔先生一个大恩’，怎么还都还不清。”

青濑呆若木鸡。大恩？欠我？

“你明白吗？”

“不明白，完全不明白。”

“那就从头讲吧。”

由佳里加快了语速。据说这次的事之前，吉野跟她就交换过名片，因为吉野曾为她负责内部装潢的某餐吧提供过自有品牌的北欧家具。因为“青濑”不是个常见姓氏，所以“青濑由佳里”的名片立刻引起了他的注意，毕竟他一直在找“青濑稔”。他请征信所一查，原来由佳里就是青濑稔七年前分手的前妻。

“于是侦探就来找我了。又过了一阵子，吉野先生就打电话到家里来了。起初我都忘了有他这号人，他提起那套北欧家具，我才‘啊’了两声，可还没反应过来，他就说：‘关于青濑稔先生，我想跟您单独聊聊。’毕竟侦探才刚来过，我觉得害怕，所以起初都是立刻挂掉，或者说：‘我们已经离婚了，他的事跟我无关。’啊……”

“没事。然后呢？”

“后来他又打来几次，最后坦承侦探是他请的。我吓了一跳，又很生气，就质问他为什么要这么做。结果他说：‘我欠青濑稔先生一个大恩，想报答他，所以想找您谈谈，请您出出主意。’”

由佳里停顿片刻，青濑没有插嘴提问。撇去“报恩”，整个过程与他的猜测大致相符。

“他说想在青濑先生不知道的情况下报恩。他想找个看不出是报恩的形式来报恩，却想不出办法。”

看不出是报恩的形式来报恩……

“很奇怪吧？但他说不能解释。我问过好几次，他都只说请您多包涵。真的很诡异，但吉野先生像是竭尽了全力，或是被逼到了绝境，总之是动真格的。所以我也陷进去了……然后吉野先生说他有一大笔钱，足足三千万，有没有办法让你收下。我说不可能，也劝他别这样。我还说没人会收这种来路不明的钱，也希望他不要搅乱你的人生。但吉野先生很为难，说既然不能解释，只能用钱表达诚意了。我也很为难，于是……”

由佳里没说下去，青濑也没问。那些话里没有吉野的苦衷，只有青濑和由佳里的故事。

真由美的身影出现在远处，她在找青濑。

“我得走了。”

由佳里许是察觉到了，站起身来，接着凝视青濑，鞠躬道：“对不起，我也是共犯，把你蒙在了鼓里。”

一时间不知该说什么。

青濑追上走向出租车上客点的由佳里，并肩而行。思绪已不在吉野身上，只想着走在身旁的由佳里。他有话要说，却不知道怎么开口。

再走几步，出租车的自动门就要开了。

青濑停下脚步，说：

“是Y邸救了我。”

由佳里也停住了。

“我做那些不是为了你，是为了我自己。”

“为了你？”

“嗯，仅此而已。呃，那个叫什么来着？‘刻画时间的房子’？”

“啊？”

“唉，我可真傻。就该放手让你建你想建的房子呀。容器什么的无所谓嘛。管它木头的、混凝土的、砖头的还是黏土的，什么房子我都能住的呀。”

“由佳里。”时隔八年又叫了她的名字。纤瘦的背影已走到出租车边，车门开启的瞬间，“嗤——唧——”，由佳里看向天空。

“刚才那是……”

“啊，是什么呢？”

“鹭鸶啦，肯定是苍鹭。”

由佳里露出得意的笑容。她的侧脸仿佛慢动作一样，被缓缓吸进出租车后排。

50

当晚，陶特再次入梦。

他又在高崎的洗心亭怒骂了。跟以前不同，可以看到纸门另一侧。那里空无一人。陶特在对着空空如也的空间怒吼。

青濑睁眼，意识到是做梦，便再次闭上了眼。他好困，困得要命。

冈嶋的面容隐隐浮现。

冈嶋的魂魄现在在哪里？顺利回家了吗……啊，没问成他。对他而言，人世间最美的是什么……要是握手就好了。在病房临别时，要是用力握住冈嶋伸出的手就好了……

由佳里的声音隐隐传来。

什么房子我都能住的呀……是自己毁了青濑……神明果然不存在呀……见到Y邸，被木头香味和北光包裹时……由佳里怎么想呢……

吉野隐隐穿插其中。

他留下了父亲打造的陶特椅。在Y邸的特等席，最早，也是唯一……因缘，在伊佐久和青濑的父亲之间……吉野所说的“大恩”，恐怕与父亲的死有关……

51

葬礼后过了十多天，青濑接到了八荣子的电话。

从事务所走到冈嶋家大概十来分钟。青濑猜八荣子是要谈关事务所的事。其实他也有话要说。他一边琢磨怎么开口，一边按下了昭和复古风格的门铃。

他被带到和室。谈话大致如他所料，却并不顺利。

“我会付相应的遣散费，而且会多付一些，毕竟给大家添了麻烦。到此为止，忘了我们吧。”八荣子面色苍白，语气冷淡，毫无波动。

青濑没有点头，却也无力反驳，只能频频眨眼。到此为止。忘了我们。我们是谁？八荣子和一创吗？

“我在病房外听到了，”八荣子抬起低垂的眼，盯着青濑，“一创的身世请您保密。请您现在就发誓绝不告诉任何人。津村女士也……请您答应我去找她，让她发誓。拜托您了。”

“那是当然——”

“我没想一直瞒他。我没喜欢上谁，也没跟谁交往。只是保险的工作要跑企业，有个人每年都让所有新员工买我们保险，又总约我去喝酒，怎么推都推不掉……我该好好跟他说的，可终究还是没说出口……他什么都没问，还跟以前一样疼一创。要是这种情况下说了，要是从我嘴里听说我跟谁怎么样了，他肯定会崩溃的，一切都会像气球爆炸那样灰飞烟灭。我好怕……”

“我明白了，不用——”

“可还是该告诉他的。告诉他然后离婚就好了。如果他身边不是我而是别人，就算工作上遇到这样的问题，他也肯定不会死……”

她哭了好一会儿。

青濑终于下定了决心。不是自杀，而是意外。跑这一趟，就是为了把这句话刻在八荣子心里。

昨天他又去了趟警察局，逮住那晚的刑警聊了三十来分钟。据说警方检查过排水沟了，但一根烟蒂都没找到。刑警还一副恩人的姿态说让鉴证人员检查了窗框。他还滔滔不绝地说，虽然最终没发现拖鞋底部的纤维，但纤维不比鞋底的泥土，本就不容易沾上，何况死者要是先抽了根烟再自杀，套着拖鞋的脚就是在没碰窗框的情况下挪到窗外的。可真的有人穿着拖鞋跳楼自杀吗？刑警没明确回答，只说“没什么不可能”。后来他又改口说，穿鞋的话基本都会脱掉，但穿拖鞋的情况本来就少，所以不太好下定论。最后他又强辩说，遗书都没留的冲动型自杀者，根本不会考虑鞋子、拖鞋。

人没法明白别人的想法，单看这一点，刑警的观点是对的。他没法彻底否认冲动自杀。病房中的冈嶋的确不太稳定，青濑起身要走时那迫切的表情与声音依然挥之不去。青濑也想过，或许为一创活下去的念头越强烈，他就越绝望，越觉得无颜面对一创。自杀的可能性的确存在，但这也不能抹杀意外的可能性。没有遗书。拖鞋也有疑点。青濑还亲眼见过他把烟往外吐时那个危险的姿势。而且——

“抱歉，都没给您泡茶……”八荣子把手从眼周挪开，手指点地，正要起身。

“没关系，您就坐着吧。”

听青濑这么说，八荣子便坐回了原处。她的表情比刚才柔和了几分。无论何时，总有泪水能带走的东西。

青濑端正坐姿。“您的意思我明白了。我会保密，也会负责让她保密，请您放心。”

“谢谢。”

“不过事关一创我要说清楚，冈嶋没有自杀，那是意外。”

“那件事已经……”

“这话很重要，请听我说完。一创会在学校遭到议论。起初大概只是窃窃私语，但总会有人跟他说：‘你爸爸在工作上干了坏事。’自杀的传闻也一样，无论您跟亲戚们如何隐瞒，都会传到一创耳朵里。一创总有一天会来问您。也许用不了太久，搞不好就是今天或明天。”

八荣子用手捂住了嘴。

青濑从怀中掏出笔记本，抽出一张四折的纸，摊开在矮桌上。那是一张剪报。

“到时候请把这个交给一创。”

警方正从意外与自杀两方面展开调查

“只有这一篇提到了‘意外’，其他都是‘疑似自杀’。所以请把这篇文章拿给一创，告诉他警方调查后发现是意外。”

“可……这……”

“不是要骗他。那真的是意外。您要是不信就没意义了。您要是不信，一创也不会信的。”

八荣子脸上现出痛苦的表情。

“那天晚上冈嶋还有气对吧？但他什么都没说，也没喊谁的名字。”

“……嗯。”

“难道不是因为他还想活下去吗？”

“啊？”

“他不是想死才跳下来的。所以根本没想到自己快死了，而是认定五分钟后、一小时后、好几年后自己都当然还活着，动都没动留遗言的念头。‘岂有此理！我要活着！我得活着！’只有这种念头，所以才没把仅剩的力气用在说话上。”

八荣子深深低头。

一颗，两颗……大颗大颗的泪珠滴落剪报。

“请别再哭了，不是您逼死他的，不是任何人的错。那就是意外。”八荣子微微颔首，指尖拂过渗入剪报的泪水，仿佛想拭去水滴。

青濑下定决心，说道：“太太，留下冈嶋设计事务所吧。一创长大前请交给我，我会把事务所做大做强，交到一创手上。这是冈嶋的心愿，也是我的愿望。”

八荣子没点头也没摇头，只是愣愣地盯着青濑。突然她起身说道：“请稍等。”

消失在走廊的八荣子很快回来了，手里拿着一本B4大小的速写簿。

青濑双手接下。好薄。除了封面和底面的厚纸板，里面好像只剩了十来张内页。装订用的铁丝上，还挂着撕纸时留下的碎片。

翻开封面，第一张纸上画着素描。那是远景。一栋形似小山、山冈的建筑，有着平缓的弓形屋顶。屋顶顶端画着线条圆润的凸起物，看不出是什么。造型简单，可以看出是刻意简化。建筑师的双眼立刻判断：这绝非速写，亦非临摹，而是原创的设计。是“藤宫春子纪念馆”的草案。其实翻开速写簿前青濑就有所预感，但发现事实果真如此时心中还是波涛汹涌。

“那是他在病房里画的。”

听到八荣子的声音，青濑抬起头来。

“病房里？”

“嗯。夹在床头柜和墙壁之间，被护士发现的……警方今天刚还给我。”

也许警方贸然断定是遗书了。想到这儿，青濑再次打量素描，发现建筑弯起处的边缘画着一个粗糙的圆。翻到第二页，远景中的建筑靠近了些。黑色圆圈纵向拉长，变成了椭圆。第三页建筑更近了，椭圆形变成了长方形。青濑意识到那是什么了。

是藤宫春子家的窗户。完全依照公寓外拍的那张照片画的。虽然线条粗糙，但窗户周围的砖块，还有灰泥剥落的感觉都画出来了。大致的概念有了。在这个屋顶呈弓形的白色、巨型、绝美的纪念馆下方，嵌入原尺寸的公寓窗户。

接着是第四页，第五页，第六页。瞠目结舌，于是又从头看起。画是有情节的。对着那小窗，有一条笔直的路。来访的客人，都要沿着这条路前往白墙的纪念馆。他们心里一愣，远远看不出是窗户，还以为是墙上的黑色污渍。带着好奇继续向前，终于看清了窗户和周围的砖墙。再凑近些，陈旧、贫穷、悲哀……巴黎不为人知的一面就会展现在眼前。然后便会明白，墙上那黑洞洞的窗户，正是孤高画家寄托严峻灵魂的地方。你会产生窥探窗中的冲动。人与窗户就是如此之近。但当你再往前走，窗户与墙壁便会淡出视野。小路会向左拐去，变成一条平缓的下坡。坡道沿着建筑一路通往半地下，两侧墙壁缓缓升起。那不是寻常的墙壁，而是从上到下贴满了瓷砖。是热闹的瓷砖画廊。街景、行人、招牌、歌舞、美酒，好似展开的画卷，带领访客遍览巴黎十八区的昨日今朝。那正是藤宫春子生活的世界，是她活过的时代。啊！青濑明白了。屋顶的优美曲线，乃是蒙马特山丘。而画在屋顶至高处的圆形凸起物，正是山顶圣心教堂的大圆顶啊。青濑一边点头，一边沿着上坡重归地面。等待他的，是藤宫春子纪念馆朴素庄严的入口。

青濑不由得感叹。

这是何等精细的实录，而且充满故事性。冈嶋并不是想创造“容纳藤宫春子画作的建筑”。他是想把藤宫春子和她的人生化成建筑啊。

内部呢?

只画了两张，之后就都是白纸了。第一张图让青濑歪起了头。五条横线，等距分布，仅此而已。线条之间有几处用侧过来的铅笔芯涂抹的痕迹，看着像云……真是云吗?那就是从下方仰望天花板……脑海中3D视角启动，很快便有了答案。这是锯齿形屋顶。自古以来，这种屋顶窗就被广泛运用于各类作坊，以便优先引入北光，温柔地照亮工匠手边。

青濑无暇惊呼，便翻到下一张素描。这张有点效果图的味道，上面还画着人物，然而打叉、涂黑较多，直接反映出脑海中反复试错的过程。可以看出他构想过许多展示画作的方法。候选之一非常奇特：直接把画放在地面，压在透明玻璃或者亚克力板下。

有个人物正弯腰鉴赏地面的画，还有个幼儿似的人趴在地上伸手够画。北光透过锯齿形屋顶的窗口，落在他们周围。

先有直接在地面展示画作的奇思妙想，然后为了将光的反射控制在最小则想到了北光。理性判断是这样，但青濑的感性不这么想。他吸取了青濑的长处，并认为这是好事。冈嶋冲破了自恋的茧子，作为冈嶋设计事务所所长取舍进退。

“青濑先生。”八荣子喊了一声。青濑这才察觉到，她一直观察一般盯着自己。

“嗯？”

“请您说实话，您也是建筑师肯定明白，这是遗书吗？”

八荣子的肩膀紧绷，但双眼分明在渴望否定。

“不是。”青濑温柔地回答，可八荣子还想要更多。

“竞标都泡汤了，他画的可是不能实现的东西啊。即便这样也不是？”

“是的。您看，这本写生簿很薄吧？恐怕是把考察中看到的、画下来的都撕掉了，然后在病房里从头开始，构思自己的创意。他想出了让人眼前一亮的外观，兴奋得手舞足蹈，又因为总也想不出合适的内部方案，急得直跺脚。我太清楚了。因为是建筑师，所以我懂。冈嶋压根没想过在那间病房结束人生。”

瞬时，全身放松、肩膀下垂、额上光滑的八荣子又回到了眼前。她叹了口气。那是让人想到转机、饱含阳光粒子的叹息。

“一创当得了建筑家吗？”

青濑微微一笑，点头道：“我小学时候也在作文里写过：‘我想当建筑家，我一定要当上。’”

52

青濑径直回了事务所。

推门进屋，三个人齐齐望向他。屋里空气沉闷。事务所要关门了，新项目肯定接不了，况且本来也没什么新委托。每况愈下的无力感让所有人沉默。石卷几天前就开始关注警方动向。虽说所长已不在了，不，正因为所长不在了，他才更担心警方会拿事务所开刀。每次办公室大门打开，他都会一脸紧张。他大概想象着新闻节目中常有的调查员捧着纸箱鱼贯而入的场景。

石卷怕是杞人忧天了。据说S市的百条委已经胎死腹中。对反市长派的市议员而言，直到冈嶋住院为止都非常理想。他们认定行贿嫌疑加重，唾沫横飞地追责市长派，可冈嶋的死让他们失去了作秀空间，再加上除了代付出租车费外并没有确凿的违法证据，于是顿时气焰全无。反市长派的保守市议员都没了干劲，据说就算现在成立百条委，也只有极少数革新派议员会发声。

青濑望向墙上的海报。藤宫春子。这个名字是一切的开始。他又望向竞标专用桌。桌子还是原样，谁都不忍心收拾。台历倒下了。倒计时的红色数字依然是“75”，好似败下阵来的相扑纸人，仰面朝天。

“老师，给。”真由美给他泡了咖啡。

“谢谢。”

“对了，之前就想跟您说的，您太太真漂亮。”

“是前妻。”

“好可惜呀。”

不知道独处时如何，但她在大伙面前不再愁眉苦脸。和真由美相反，竹内却是陷入了危险状态。跟供应商电话打到一半突然眼泪汪汪，约了客户见面却忘得一干二净，叫他也没反应，呆呆地望着窗外……他固然是忧心未来、舍不得与真由美分开，但冈嶋之死带来的丧失感也的确正一天天侵蚀着竹内的心。无论从所长和新人的关系看，还是从年龄差看，他失去的都是一个不是兄长更似父亲的人。再加上认定是自杀，也许他还背上了内疚的包袱。在这方面，石卷跟真由美也一样。

事务所会继续开下去。

此话一出，气氛定会一变。真由美会激动不已，石卷将抖擞精神，阳光也会照进竹内心中。事务所全员定会齐心协力，让生活恢复到一个月前的样子。然而——

在那之前还有一件事要做。单单作为设计事务所维持机能还不够。继续开的若不是"冈嶋设计事务所"，就无法实现对八荣子的承诺。青濑心头有一团热气。离开冈嶋家后，热度也丝毫未减。

他拿起倒下的台历，一边在脑子里做减法一边撕纸。数字减到"53"，往竞标专用桌正中一放。

"老师，您在干什么呀？"真由美赶忙过来。

"继续。"

"继续？啊？竞标吗？"

她的怪叫惹得石卷和竹内双双回头。

"都过来！"青濑一声大喊，掏出包里的纸袋，把里面的东西摊在竞标专用桌上。有速写簿和公寓照片，还有柳谷孝司给冈嶋的各种藤宫春子的资料。

两人的身子缓缓靠在桌边，脸上写满问号。

青濑轮流注视每个人的脸，然后说道："竞标继续，要把我们的方案做完。"

"这……"竹内软绵绵地蹲下，"不是已经……"

"青濑哥，您怎么了，事到如今还说这些……"石卷哀伤地说，"住手吧，这样也只是徒增痛苦。"

"看了这个你还会这么说吗？"青濑翻开速写簿，"竹内，站起来，看看。这是以蒙马特山丘为灵感的纪念馆。看，顶上还有圣心教堂的大圆顶呢。这里有窗户，照片上是原型。藤宫春子潜心作画四十年的巴黎公寓的外墙和窗户，会在山丘脚下，会在这座纪念馆的墙上获得永生。还有这张，半地下走廊上的瓷砖画，完美再现了藤宫春子生活的街巷和她的时代。这才叫纪念馆。这才是应该珍藏的回忆，应该流传后世的记忆。"

"这、这是……"真由美盯着青濑。

"是冈嶋——所长在病房里画的。"

石卷与竹内也望向青濑，接着视线转回速写簿。石卷伸手翻了一页，竹内也伸出手，用手指勾勒建筑的线条。他们的眼神严肃了。不需要解释。这不是遗书，也不是遗作，而是此刻仍在全速运转的建筑家的脑内世界。

片刻后，石卷发出赞叹，竹内亦然，真由美已在抹眼泪了。

"石卷。"

"啊、啊。"

"画图纸。"

"啊？"

“用冈嶋的方案拼一把。”

“拼？不是，我明白。我也想画，想建。可竞标已经——”

“立刻开工。记得注意，蒙马特山丘的轮廓后还藏着锯齿形屋顶。”

“什么！不可能的，光靠这草案……”

“你来，就可以。调动所有知识和想象，补足没画出来的部分。知道吗，只要你认真起来，我跟冈嶋都敌不过你。”他抓住石卷的双肩，“泡沫的焦土忘了吧。残兵败将没有罪，也不羞耻。相信自己的实力，画吧。”

“青濑哥……”

“展厅归我，柱子、楼梯之类你说了算，我配合你。如果我先有灵感，就一起讨论一下。还有竹内。”

“在、在！”

“你负责严选建材，每坪单价控制在一百五十万以内。”

“啊！”

“没时间嚷嚷，把低成本住宅的经验都给我用上。”

“可，本来不是每坪两百吗？”

“那样赢不了。”

“赢不了？赢谁啊？”

“能势事务所的鸠山。”

比起竹内，石卷的反应更大。

“您想干什么啊？”

“把方案拿到能势事务所，跟鸠山先打一场预赛。”

“预赛？赢预赛？”

“对，无论内容还是成本，冈嶋方案都要碾压鸠山方案。然后就看他们所长怎么定夺了。”

“哦哦！”

“所以要超快速搞定。要是卡时间拿过去，肯定会吃闭门羹。”

青濑拿起台历，继续撕纸。一把抓住好几张，撕了又撕。

就是这张。“21”。

“三星期搞定拿过去，可以吧。”

再也没人哭天喊地。石卷把手指关节掰得嘎嗒直响，竹内大睁的眼里迸出希望的光。

“这是祭奠之战！”

“不是要报仇。但要是输给小瞧我们的鸠山，冈嶋会哀叹的。而且，”青濑双手握拳，用力攥紧，“我们要在S市那里留下冈嶋的作品。就算市长、建设部长跟那群政治家都死光了，冈嶋的作品也会永远立在那里。”

片刻的静寂后，喊声一齐爆发。“哦哦！”“拼了！”“干吧！”

真由美的眼泪也变成了热泪。

“没时间哭了，津村去一趟巴黎。”

“啊？啥？”

“护照不是还能用吗？带上绘图师西川先生一起。不管用什么方法，给我坐最早的航班过去。”

“可、可是……”

“别担心，你妈那边我去打招呼。”

“不是这个，为什么我要去？”

“有些东西光看照片是不够的。我想让你亲自去看看藤宫春子的公寓，还有街巷。瓷砖画廊是整套方案的重头戏，我想要鲜活的素材。”

“可是可是，绘图的不是西川先生——”

青濑把脸凑到真由美眼前：“我想冈嶋也想亲眼看看，所以你要代替他去。用心看，用心感受，把你的感觉说出来，为西川的效果图注入生命。”

真由美一个转身，缓缓走向屏风后。接着又快步走回，道：“开两间房，没问题吧？”

青濑笑道：“嗯，你可要小心哦，西川当年可是人称‘赤坂野兽’呢。”

“哎！”竹内一声惊呼，似乎突然担心起来，不住偷瞄兴高采烈的真由美。石卷看看速写簿就抬起头，用手指在空中画线。不过青濑一说叫外卖，他便立刻举了手。

“对了，忘了说。”他是真的忘了，“冈嶋设计事务所会继续开下去。等竞标结束了，就尽情去接新项目吧！”

之后的喧闹他就不知道了。

他已背对大家，坐回自己的座位，切断视觉与听觉，推开思索的大门。

53

接下来的三天三夜，冈嶋设计事务所的灯光不曾熄灭一刻。

石卷在地上来回踱步，仿佛出现刻板行为的熊。放着速写簿和资料的竞标专用桌，开着CAD的电脑桌，以及制图桌——大家就生活在这三点连成的三角形中。区域正中放着吃饭用的小桌，拉面馆、荞麦面馆的空碗叠在一处。竹内把每家瓷砖厂商的电话都打了一遍，给出若干种采购数量，缠着对面打听相应的折扣。真由美和西川昨晚从成田出发，这会儿应该已经到巴黎了。

青濑的右脑全力集中在主展厅上。他已构思了三套方案，正准备锁定其中之一。他把三张素描摆在桌上，闭上眼睛，准备抉择。重要的是，画面不能闭上眼睛就消失，而要带着新鲜的惊喜浮现在眼底。这就意味着，青濑的客观要肯定他的主观。只有这样，才算是闯过了获得普遍性的第一关。

留下的果然是这张。这是以日向邸“客厅上段”为灵感的方案。一字摆开的画架与画作延绵数排，仿佛涌向岸边的层层波浪。每上一级台阶，后排的画作便进入视野。第三排，第四排，第五排……最后是一幅大型作品，让访客直面藤宫春子其人。

不过接下来才是难点。现在他还站在布鲁诺·陶特这位巨人的肩膀上。他要起飞，飞向无限拓展的想象世界。

青濑闭上眼。眼睑内侧，是宝冢演员们分散在舞台大台阶上齐步往下走的华丽场景。视角又转到靠近严肃兵马俑队列的相机，反复研究时而重叠时而探头的士兵形象。他俯瞰沙漠风纹一边变形一边移动的景象。又落在渴望鲜血的群众全体起立、举起拳头、把地面跺得直响的角斗场中心。他化为身披铠甲的角斗士，环视全面展开的台阶结构……

青濑抓过纸笔，将脑海中的图像迅速画成素描。将客厅上段的阶梯弯曲，形成近似角斗场的圆形。试着在四个位置插入通道，在中央开辟宽敞的空间。如此一来，层层叠叠的画作便会呈金字塔形。有意思。而且如果有过道，客流量大的时候也能保障访客动线。

“哇！青濑哥，主展厅是圆形的吗？”

还在考虑。

“这可糟了，会跟锯齿形屋顶撞车的。”

不会的啦。

“三道锯齿肯定不行，光线没法照到整间展厅了。”

四道五道也行，要保证光照。

“石卷哥，快点算瓷砖画廊的距离呀！”

“等会儿，我这儿还——”

“片数定不下来，我就没法跟厂商谈价钱了！”

“跟我嚷也没用啊，建筑方案还没定呢。我说青濑哥，五道结构可就复杂了，又要加固又要防漏，经费跟工时都不得了。”

“啊？那可不行，绝对不行！”

又不是降雪量大的地方，别那么神经质。

“其实我想说，锯齿形屋顶跟圆形展厅本来就不搭。只有北侧能采光，不可能照到圆形展厅的每个部分。”

反射就是了。用船帆形的巨型反光板跟特殊涂料。

“不行！没钱搞那种麻烦的小机关！不用自然光也行啊，用照明补充嘛。”

“只要展厅是方的就什么问题都没了，您再考虑下吧！”

就要圆形。展厅里摆满放射状的画架，从上方俯瞰一定很壮观。对哦，这样也很有意思。手已动起来。正中央的空间里，添了一部圆筒形透明玻璃电梯。

“这、这、这是什么啊，青濑哥！根本没考虑结构计算啊！”

“啊啊！您知道这么时髦的电梯要多少钱吗？”

“多谢惠顾来来轩！我来收空碗啦！”

“辛苦了。啊，我能顺便把晚饭点了吗？”

“没问题！”

“那我要浇汁炒饭，大份。”

“我也要，我是中份。青濑哥呢？”

蟹肉蛋盖饭。

“啊！我也要换这个！”

“换成蟹肉蛋盖饭？”

“我也要换！大份蟹肉蛋盖饭！”

算了，没意思。就算靠电梯赚出了高度，也无益于鉴赏画作。橡皮一通乱擦，不小心碰掉了桌子边缘的描图纸。纸张徐徐飘落，贴在地上。透过描图纸，可以隐约看到地面的大理石花纹。忽然想起了冈嶋的奇思妙想。直接把画放在地上。他到底怎么想的呢？藤宫春子画作中，“坐在地上的人”占了很大比例。为了让鉴赏者体会和画家一样的视角……不，不对。这当然也是一方面，但冈嶋真正的意图好像不在于此。

那，是什么？

“啊？什么？”

……

“啊！电梯没了！石卷哥，快看！”

“得救了！真是心惊肉跳。”

嗯？莫非……

“怎么了？”

……

“青濑哥怎么又变回《骷髅13》了？最近明明话很多……”

“啊，不过《骷髅13》一开始台词还挺多的呢。”

“是吗？”

“借你看看吧，我家有全套。”

原来是这样，明白了。不是放在地面，而是连地面都放。你想把地面也用起来，好增加展出的作品，对不对？藤宫春子的作品沉睡了数十年没被任何人看到。即便有了纪念馆，八百多幅作品的大半也会继续沉睡在库房中。你想尽可能减少雪藏的数量，没错吧？你在想办法增加常设展品的基数。好，把你的点子用上。加点仰角怎么样？这样就更容易看到画了。不行，会形成高低差绊倒访客。那换成斜坡？有了，在展厅外侧设一条渐渐升高、通往二楼的斜坡就行了。左右两边装扶手供访客行走，正中央直接放画。稍微嵌进去，用亚克力板盖住。怎么样？这样就等于给每一幅画都加了仰角。入口处的斜坡也这么搞，这样常设展品的数量就相当多了。而且——

库房也可以相应缩减了。

“啊？怎么了？”

……

“青濑哥。”

库房缩减。只要原先的一半，一百个分区就够了。

“啊，哦。石卷哥，听见了没？”

“听是听见了，但甲方的规格是不能动的，否则就失去竞标资格了。”

“啊，也是哦。啊，不过……”

“嗯？”

“这个点子给我用吧。”

“给你？怎么说？”

“一百个分区按高规格做，剩下的一百个搞成规格不那么高的多功能区呀。”

“你想靠这个法子节省成本？”

“对对。”

“真够抠的啊。”

“抠？那您告诉我，要怎么把单价压低五十万？”

“啊啊，行了行了，别嚷了，我的错行吧？”

差点忘了。窗户里要怎么办？对啊，里面啊。那扇窗户只是个道具？那也太扫兴了。你希望它有里面吧？没错，里面是绝对必要的。要在那扇窗户的另一侧，在纪念馆的建筑中，打造“里面”。再现她的公寓内部吧。干脆弄成副展厅好了。用透明的亚克力板围起来，堆成山的画作可以用复制品，但最上面那幅要用真品，供访客欣赏。不光是照片里的房间，只要空间允许，就把其他房间也造出来。没问题的，津村会睁大眼睛看清楚的。先大致画出基本设计，听完她的汇报再充实细节就行了，是吧？

“竹内，这会儿有空吗？”

“怎么啦？啊，这是南侧外立面吧。”

“只有这里，以这为主立面。”

“是哦，胜负就在这儿。”

“你怎么看？”

“这里是不是比所长的草图窄啊？”

“真要建，不可能拉得那么宽、那么优雅。”

“已经够优雅了，也能看出蒙马特山丘的曲线——您不满意？”

“你不觉得建筑整体看着像圣心教堂了吗？山丘就好像被教堂大圆顶占领了似的。”

“您这么一说，好像是有点……那个大圆顶只要看过照片什么的，就再也忘不掉了。”

“是啊。屋顶最高点那个模仿大圆顶的设计，看起来太像大圆顶最高点那个塔楼或者装饰物了，以至于山丘看上去就像大圆顶本身。要是压缩了宽度就更像了……”

不是有没用木框装裱的画吗，数量还不少。

“啊？”

“不用管他，不是跟我们说。呃，是因为大圆顶的设计太大了吗？这样呢……怎么样？”

“唔，这样的话，加不加都没区别了哎。”

“也是啊。”

这可不行，把画做成旗子会被研究员骂的。

“要不别放在正当中？比如往右挪一点？”

“对哦……往这边……这样？”

“哦。”

“哦！”

“不错哎！山丘跟大圆顶能分开了，透视感也很明显！”

“嗯，这样行。谢了，竹内！”

到了第五天，青濑转战制图桌，从平面图画起。画出来一看，放射状的线条犹如万花筒，美极了。下笔如有神助。他确信，这个方案能行。石卷也在第六天进入了用CAD正式绘图的阶段，一鼓作气完成了最关键的立面外观图。但入口所在的东侧让他纠结了好久，他的习惯性动作也从“摸胡子”变成了“揪胡子”。竹内一直在打电话，一放下听筒就对准计算器一通猛敲，仿佛是他的杀父仇人。成本计算表的厚度与日俱增。

十天过去，他们已经昼夜不分了，一如泡沫经济全盛时化作不夜城的那些事务所。累了就挤在沙发和地板上睡，回家也只有青濑两次、石卷跟竹内一次，而且都没过夜，冲个澡、包里塞进换洗衣服就赶回了事务所。展开图费了不少时间。青濑的图纸跟石卷的图纸死活对不上，只能扔了画，画了扔。青濑踹飞了椅子，石卷掀翻了电脑，竹内则砸坏了计算器，发出郊狼远吠般的怪叫。

但青濑并不想早点结束。他置身于一个非常舒服的茧子中。上次这样还是为Y邸绘制图纸。他沉醉了。冈嶋就在他身边。两人一起画线，一起撕掉废图，一起探寻催人落泪的美。

“早啊（法语）！”

第十三天，真由美从巴黎打来电话，说瓷砖画廊的效果图大功告成了。

“早知道就订一间房，反正我每晚都熬夜陪西川先生画图。”

“你可别跟竹内说。赶紧发来！”

青濑守在“1号机”前，蓬头垢面如雄狮的石卷和眼睛都没睁开的竹内也死死扒着桌子。

最先收到的是藤宫春子家窗户的效果图。青濑不禁瞠目结舌。窗户右上方挂着一个半圆形花盆，形似雏菊的白色小花开得几乎要溢出来。不可能是西川的润色。那就是家属拍照时没把花盆收入取景框，要么就是藤宫春子去世后，街坊邻居在那儿挂了花盆。昏暗清冷的窗子仿佛重获新生。青濑只觉得，那是神为潜心作画直到生命最后一刻的藤宫春子送上的祝福。

“就按这个做吧！”睁开一只眼的竹内说。石卷深深点头。

为她奉上花朵。冈嶋泉下有知，定会欣然同意。

光这一张图，他俩去巴黎就绝非无用功。刚想到这儿，第二张效果图就来了，题目是《瓷砖画廊（左面）》。

只要有三人，就能引起轰动。这张效果图就是如此震撼。

巨人的皮鞋与高跟鞋来来往往。大腿对面，映射出电影《天使爱美丽》一般五颜六色的时髦街景。做过变形处理的招牌、信号灯与涂鸦跃然眼前。太阳随着访客前进的脚步徐徐落下，霓虹灯取而代之。旋转木马的灯光照亮了欢声笑语的年轻人，照亮了长椅上并肩而坐的老夫妇和小猫小狗。长了脚的鲜红色口红前方，头顶鲜红色风车的“红磨坊”正抛着媚眼恭候贵宾到来。

竹内的双眼都睁开了，石卷则钦佩地感叹：“西川，真可怕。”青濑有一个小小的发现：旋转木马的马车上，坐着一位手拿画笔的女士。八成是真由美的主意，这一定是藤宫春子。

兴奋尚未降温，电脑便收到了《瓷砖画廊（右面）》。论震撼力，这张图更胜一筹。

这一张几乎没用色彩。破旧的公寓楼，石板路，瓦斯灯，教人产生从灯红酒绿的大马路误入后街的错觉。但并不是没有人。孩子们在小巷中奔跑。一看就很淘气的七八个孩子，带着灿烂的笑容排成一队，像是在玩开火车，又像在玩蜈蚣赛跑。这条巷子，那条巷子，到处都是他们撒欢的身影。从公寓和作坊的窗口伸出大人们的头。每个人都在笑。抱着脏衣篓的大妈喊着："加油！加油！"牙豁里叼着香烟的老人不住拍手。看来这是小镇上的运动会。走着走着，右面也迎来了黄昏。亮起灯光的窗口中，尽是阖家团圆的喜乐。有的孩子被父亲摸着小脑袋，直夸干得漂亮。也有的孩子跑得太累，在餐桌上打起了瞌睡。

竹内静静地看着。石卷则跟图中的孩子们一样，带着笑容僵住了。青濑还看着图。只有一个不见团圆的窗口。一位半身只有轮廓的青年背对灯光，望向窗外，举起了一只手。根本不需要调出左面的图，青年的对面一定是马车上的藤宫春子。那是游乐场常见的场景。他在向从眼前经过的她挥手。

对了。柳谷来事务所讲藤宫春子的故事时，真由美也在场。死于战争的表哥……淡淡的恋慕……对如今的真由美来说，追慕是多么痛苦的主题啊。是藤宫春子给了她继续思念某人的勇气吧。可以这么理解吗？

电话响了。青濑拦住竹内，拿起听筒。

"哦，阿青呀。怎么样？"虚弱的声音传来。

"眼珠子都掉了。"

"这么糟？"

"正相反。这边的三位，震撼得快晕倒了。"

"是吧！哎呀，我觉得这是我的最高杰作了。因为……"

声音戛然而止。青濑本以为是国际电话的问题，但并不是。

“阿青，对不起。葬礼，真对不起啊。老板那么照顾我……我是想去的，真想去的……”

“您别在意。您都难过得下不了床了，冈嶋知道了一定会很开心的。”

“谢谢你。我这么对不起他，你还送我来巴黎，真的谢谢你。真由美也特别照顾我，工作上也帮了我很多忙。谢谢，真的谢谢。”

“我才该说谢谢。能让津村听一下电话吗？”

“啊，好像不行，她睡着了。”

“啊？刚才不还……”

“一挂电话就一头栽倒在床上睡着了。估计她也是累坏了，每天都在街上到处跑，晚上又要陪着我画图——要叫她吗？”

“不，不用了。让她睡吧。”

“好嘞。得给她找个东西盖盖，不然要感冒啊。”

“可别动手动脚哦。”

“别、别、别瞎说！我可是gentleman[1]!”

“那也该是monsieur[2]嘛。呃……那就麻烦您带句话给她吧：‘Good Job.’[3]”

“啊，你这不也是英语嘛！”

“哈哈哈，抱歉抱歉。您也赶紧休息吧。多谢您画出这么棒的效果图，看得我们更有斗志了。”

挂了电话，青濑回头望向想必很担心的竹内，谁知他早已背

1.英语，意思是“绅士”。

2.法语，意思是“先生”。

3.英语，意思是：“干得好。”

过身去，专心地敲着从真由美桌上借来的计算器。

六天后的深夜，青濑终于完成了主展厅与两间副展厅的图纸。他对成品非常满意，成就感也相当强烈，但同时心中也有一丝落寞。随着方案逐渐成形，依依不舍也与日俱增。终于要分别了，不得不把冈嶋送走了。

而且青濑也不能大肆庆祝图纸完工。石卷还在与CAD进行最后决战。竹内也一样，正拿着计算器跟成堆的计算表近身肉搏。真由美前天回国了，但发了高烧的她没来上班。竞标桌上，资料小山顶上的台历已经翻到了“3”。

青濑注视着完工的图纸，点点头，撕下胶带，从制图板上卸下，卷起来装进画筒。

心口的热气已经消失，而且消失得干干净净。失去热源的身体疲软无比。他说要回家睡一觉，石卷与竹内立刻放下手头的活，站起身来。

“辛苦了！剩下的就交给我们吧！”石卷说道。

青濑只觉得跟自己说话的是《星球大战》里的楚巴卡。他变得更可靠了。青濑心想，将来把事务所交到一创手里的人兴许是他。

“您尽管好好休息，感谢您让我参加这场预赛！”竹内说道。

今晚的他也只睁了一只眼睛。真由美见了一定会笑他胖了，毕竟这阵子总在吃外卖。

“坚持到底啊。”青濑带着哭腔说道。他低下头，逃也似的出了事务所。双膝发抖，下楼都很吃力，开车回家也有些提心吊胆。他都六天没回公寓了。

信箱满满当当，好几张广告耷拉在投递口。他打开包，把信一股脑塞进去，坐电梯上楼，回家开了罐啤酒。他拿出两个杯子与冈嶋干杯，结果半杯不到就睡着了。

所以又过了半天，他才看到——

一个白色信封被各种广告压在包底。那是“吉野陶太”与“北川香里江”寄出的联名信。

54

天气阴沉。

青濑驾车沿关越道北上，在高崎立交桥驶入北关东高速公路，到终点伊势崎出口下高速，继续开往桐生市。

约在“桐生川大坝”见面是青濑的主意。因为那是父亲去世的地方，也是吉野陶太出生长大的地方。

> 想必您觉得莫名其妙吧？毕竟好不容易给我们建了信浓追分的新房，我们却丢下房子失踪了。最关键的是，我们委托您建房时隐瞒了许多实情，实在是非常抱歉。

那是一封很长的信。冈嶋葬礼那天，由佳里给吉野的手机留了言。据说吉野听到留言，意识到瞒不住了，才放弃挣扎，提笔写信。信的内容可以总结成两个词：坦白与赔罪。

首先，并不存在什么“吉野夫妇”。吉野陶太是吉野伊佐久的长子，香里江则是长女。青濑之前只觉得“夫妻相伴日久会有夫妻相”，原来他们竟是亲兄妹。“三个孩子”都是香里江和丈夫北川所生。吉野与妻子也有两个孩子，但妻子带着孩子们回了长野市内的娘家，据说兄妹俩造访事务所时，他们正在协议离婚。

这封信让青濑的心被“果然”与“竟然”填满。

因母亲过世，16 岁的吉野伊佐久千里迢迢来到桐生，投靠在纺织厂工作的姐姐。工厂老板很同情他，允许他跟姐姐一起住三张榻榻米大的宿舍。小木匠伊佐久一边在纺织厂打杂，一边自学木工技术，不到 20 岁就在家具厂找到了工作。他在三十五六岁时自立门户，40 多岁才迟迟成家。他与妻子育有一子二女，在桐生北部的梅田地区开了作坊。那正是后来建桐生川大坝的地方。

那时生活很贫苦，我跟香里江从小就要天天打水拾柴。父亲作为纯粹的手艺人，对工作决不妥协，每件作品都要精心打磨到极致。可默默无闻的父亲打造的桌椅，又有谁愿意出大价钱购买呢？

雪铁龙驶过了架在渡良濑川上的桥，再往前开就是桐生市中心了。

母亲因胰腺癌去世后，父亲酒量大增。他很懊恼没能给母亲更好的治疗。当时还是初中生的我，对父亲“子承父业，理所当然”的想法很是抗拒。我想读高中。现在写出来还挺不好意思的，但我当年想当的是医生。跟我差很多岁的小妹体弱多病，每次感冒都会发展成肺炎，我好怕她跟母亲一样说走就走，却毫无办法。那天也是一样。小妹发了高烧，卧床不起。傍晚，父亲从院子里回来，竟抱着一只黑色的鸟。那是只鹩哥。它特别亲人，不停地说话。小妹高兴坏了，当然我跟香里江也是。第二天早上，小妹奇迹般地退烧了。父亲说要给鹩哥打个鸟笼，小妹开心得手舞足蹈，家中洋溢着欢声笑语。母亲走后，家里从没这么欢乐过。谁知——

三天后的晚上，青濑的父亲现身了。他念叨着："小稔要难过死的。"到处寻找"小黑"。

一个穿工装的男人，透过我家窗口看到了屋里的鹩哥，立刻大喊："找到了！找到了！太好了！终于找到了！"说完便冲了进来。他真的很兴奋，从鼓鼓囊囊的钱包里掏出一张五千块的钞票，递给父亲说："谢谢你帮我抓住它，这是一点心意。"对当时的我们来说，五千块简直是天文数字。父亲没收，只说了句："行了把鸟带走吧。"他喝了很多酒，他是那种喝得越多越沉默的人。男人刚捧着鹩哥出去，小妹就号啕大哭起来，简直跟惨叫一样。"小九！小九！"名字都起好了。香里江也哭了。父亲大概也很揪心吧，他晃晃悠悠站起来，对小妹说："别哭了，别哭了。"我看着特别难受，什么都做不了的父亲虚弱得仿佛要消失一样。小妹还是哭个不停。父亲看了一圈屋里的东西，长叹一声，撂下一句："我拿椅子跟他换。"就出门去了。因为男人对泥地间的椅子赞不绝口，所以父亲才想到用椅子换鸟吧。那是父亲的得意之作，一得闲就要擦擦弄弄。据说他住仙台的时候，布鲁诺·陶特给过他一张设计图，椅子就是根据那打造的。照理说那也不是什么能换钱的东西，奈何家里当时再也找不出值五千块的东西了。

绿灯亮了，青濑发动车。已经进了桐生市的闹市区，视野一角掠过锯齿形屋顶的建筑，让他一惊。这片土地上，温柔的北光也照亮着工匠们的双手，默默支持着细腻的桐生织物。冈嶋留下的锯齿形屋顶草图浮现在眼前，让他不由得感叹，缘真是妙不可言。

一个多小时后，父亲回来了，没带着鹩哥，只是气喘吁吁。他背对着我们，又一言不发地喝起了酒。我问："鸟呢？"平时我是不会问的，因为我的习惯是什么都轻易放弃。但那天我问了。因为父亲说要用椅子换鸟的时候，我吃了一惊，甚至欣喜若狂。父亲视椅子为珍宝，却肯为了小妹送人，这份心让我由衷高兴。奈何天不遂人愿，我大失所望，极其懊恼。我问："鸟呢？"父亲闭口不答。我问了一遍又一遍，可父亲就是不吭声。最后我大喊："鸟呢！"扑向父亲，使劲摇他的身子，边哭边摇。可父亲终究还是一句话都没说。他紧闭双眼，任我随便折腾。小妹一直在哭，香里江一边抱着她一边轻抚她的头。家里没订报纸，电视也常收不到信号，所以我跟香里江长大成人前，都不知道那个男人死在了那天晚上。

车穿过市区，路一直通向桐生川大坝。路边的民宅变得稀疏。新绿刺眼的山出现在正前方。车缓缓爬坡。

小妹没上初中就走了。鹩哥就此化作悲伤的回忆，我跟香里江从来不提，甚至有些希望抹去这段记忆。直到三年前，我们才知道了真相。父亲脑中风进了医院，几乎瘫痪了，身子也非常虚弱。于是他把我跟香里江叫去，说有件事一定要交代清楚。

据说吉野伊佐久在山路上追上了青濑的父亲，求他收下椅子，把鹩哥让给自己。青濑父亲说这是儿子心爱的鸟，不肯答应。见伊佐久苦苦哀求，他再次打开钱包，抽出一张万元大钞说：你用这些钱另外买只鹩哥吧。也许是酒精作祟，伊佐久热血上涌，反驳道：我不是要饭的！心里则骂：修大坝的混账。他大声怒骂：我是正经手艺人，还没落魄到要求修大坝的施舍！既然你那么有钱，你另外买只鹩哥打发你儿子不行吗？青濑父亲一脸为难，提议用一万块买下那把椅子。不料火上浇油。“你这种人不配坐那把椅子！”青濑父亲在伊佐久的回答中嗅到了侮辱的味道。对工作深感自豪的模具工勃然大怒。两人大声争吵，扭打起来。论体格，本该是伊佐久跌落悬崖。但是扭打中，小黑钻出父亲双臂飞了起来。父亲下意识伸手去抓，转身去追飞往脑后的鸟。之后，他便从伊佐久的视野中消失了。

父亲是这么说的：“我没有推他下去。但我的手的确抓住他的胸口，用力按了一下又一下。”

伊佐久立刻离开现场，一路跑回家。他害怕变成罪犯。因父亲偷大米家庭分崩离析的噩梦浮现在眼前。要是自己进了监狱，孩子们可怎么办啊。

> 父亲噙着泪水说："所以我逃了，没去救那个人，也不敢喊人帮忙。我造了多大的孽啊。他也有个儿子啊。要是我立刻找人帮忙，也许他就不会死了……"

然后伊佐久握住吉野和香里江的手，求他们找到那个人的儿子，替自己赎罪。他们知道那儿子叫什么名字，因为鹩哥在吉野家的时候喊过好几次。

"喂，青濑稔。"

吉野与香里江一筹莫展。要找四分之一个世纪前在大坝工地上工作过的人已是很难，要找那个人的儿子更是难于登天。而且就算找到了，他们也不知道该如何赎罪。更重要的是畏缩。虽然已过去多年，可自家父亲毕竟与对方父亲的死直接相关，光是想象坦白的场面就要打退堂鼓了。香里江的婆家因为怕闲话，连祖姑母去精神病院的事都要拼命隐瞒。所以切身感觉到北川家忌讳的香里江，很怕父亲的坦白传进丈夫与公婆的耳朵。而吉野当时也很艰难，夫妻关系急剧恶化，每天都惴惴不安。相较于过去，现在总归更要紧，每个人都是如此。

每次去探病，伊佐久都再三恳求："求你们了，求你们了。"吉野和香里江实在于心不忍，便开始撒谎逃避。"正在找呢。""已经请侦探了。""马上就找到了。"拖着拖着，伊佐久的身体越来越衰弱。转去养老机构后，神志不清的时间越来越长。又过了半年，话都说不出了。兄妹俩对自己说，就这样吧，这样就能平静地送父亲走了。

那之后，伊佐久撑了一年多。当两兄妹接到病危通知赶到养老机构时，伊佐久已在弥留之际。最终，他在子女的守护下咽了气。然而——

父亲在弥留之际急喘了一阵，然后用吐出的气说了一句："对不起啊。"我吃了一惊，还以为自己听错了。但香里江也听见了。主治医生告诉我们，"那是病人的残语"。因为脑栓塞等无法开口的患者，在死前常会说出简短的话。一般是生病前挂在嘴边的话，或是一直在心里念叨的话。听到这儿，我就没法只哀悼完父亲的死就算了。在那瘫痪的病床上，在长达一年多的日子里，他每天每天，直到离世前最后一刻，都在心里默念："对不起啊。"父亲竟如此痛苦，如此懊悔。香里江哭得像小妹去世时一样。我什么都没为他做。要是认真点就好了。当天晚上，我痛下决心，一定要找到您，"青濑稔"。那是去年的1月30日。

信里讲述了吉野委托征信所调查青濑，反复接触由佳里的经过。吉野将伊佐久渴望的"赎罪"替换成"报恩"，而且想在青濑没察觉的情况下把事情办妥。吉野说，这是他们当时唯一的选择。

但我们错了。我们应该先把父亲讲的一切都告诉您，向您道歉，然后再开始。可我们虽下了决心，却还是害怕。不知道您是什么样的人，不知道您知道了真相会怎么反应，就这么一直害怕着。到头来，还是选了极不负责任的法子——在不影响自己的生活和父亲名誉的前提下，做一件有益于您的事。为了圆一个不可能说通的故事，我们一次次撒谎，一直欺骗您。

吉野尤其后悔假扮妻儿蒙骗青濑这事，在信里反复道歉。他说当时满脑子只想着怎么不露马脚。他对香里江的两个女儿强调这是在帮别人，逼她们陪自己演戏。至于“小儿子”，他什么都没说，无论是破土仪式那天，还是交房那天，他都只吩咐孩子紧跟着母亲，别走远。

虽然当时不顾一切，但我真的犯了不可原谅的错。我不光对不起您，更对不起香里江的孩子们。

“全家失踪”不过是青濑眼中的假象。香里江和三个孩子都在北川家住着，一切如常。销声匿迹的唯有吉野。至于失踪的理由，是他跟“真正”的家人突然爆发了矛盾。

您给我打了很多电话，可我没法回电。您要问为什么不搬去Y邸，全家五口去了哪里，我也答不上来。因为要认真回答，就得把一切交代清楚，包括虚假家人和真正家人的事。打电话去Y邸试探情况的时候，您居然接了电话，还说很担心我们，我听了心都碎了，可就是不敢开口。我越想越觉得对不起您，这辈子都没脸见您。

吉野也对青濑的姐姐们表示了歉意。他通过征信所得知青濑还有两个姐姐，却实在没有心力了。他一心只想完成父亲的遗愿，找到“青濑稔”赎罪。

车穿过绿树。正面左面右面，到处都是村庄后山一样的小巧青山。青濑记挂着雪铁龙脆弱的悬挂，拐过平缓的弯角，大坝堰堤便映入眼帘。马上就到了。就要和吉野重逢了。

青濑梳理起自己的心绪。

父亲没有被推下山崖。

那是意外。父亲是死于意外。

最后那一刻，父亲只是想抓小黑。为了儿子，他不想让小黑逃走。

幸好知道了真相。幸好知道了可敬的父亲的最后时刻。

车停在了大坝管理事务所的停车场。约定的时间还早。他下了车，走向通往大坝顶端的路。

风很大。左手边是巨大的水坝湖，远远可以看到桥。桥跟前的湖面上，许多橙色浮标连成一线，串起两侧的湖岸。“那叫拦河网，可以挡住漂进大坝湖的枯木，不让它们流进水闸。”父亲真的什么都教给他。

他感到了大坝的引力。要是不反抗，心就会被吸走。

——青濑稔。

好像有人叫他。青濑回过头去。

是吉野陶太。

他像根棍子似的直立不动。身旁是北川香里江。她深深鞠躬，几乎能看到后颈。

55

香里江面色惨白。看来她在见面之前就已经崩溃了。

一看到青濑的脸，她便双膝跪地，泪水滂沱。道歉的话也是一到嘴边就会被呜咽吞没，然后全身发颤，号啕大哭。吉野和青濑一人搀着一边，扶她到吉野的车上，把副驾放倒让她躺下。青濑在她耳边说："什么都别担心，我一点都不生气，还很感激你们。"

吉野也听到了。青濑是故意的。可即便如此，吉野的紧张也没有丝毫放松。

他恢复直立不动的姿势说道："青濑先生，这次的事，从头到尾都……太对不起您了。都怪我们兄妹太浅薄，又胆小，还不真诚……给您添了那么多麻烦……糟蹋了您一片心意，我知道如今道歉也于事无补。可我还是想道歉，是真的很抱歉，真心给您赔罪。对不起！"

吉野深鞠一躬。

青濑无声地呼出一口气，略顿一拍后道："您快起身吧。我接受您的道歉。赔罪就到此为止吧。"

"好、好……"

青濑探头瞧了瞧车里的香里江，虽然还在打嗝，不过好像已经比刚才平静多了。于是他将视线转回到吉野身上。

“我们走走吧。”

他与吉野并肩走上大坝顶端的步道。

风更猛烈了。无论是风还是雨，自然带来的一切，总能为人注入将心绪转化成言语的勇气。

“Y邸建成后，您本打算怎么处理呢？”

先要把这个问清楚。Y邸只是为了向青濑赎罪而建的吗？

吉野貌似捕捉到了这个问题的意图。

“委托您设计房子不单是为了赎罪，我也有我的动机。说是梦也好，打赌也罢，我是为了和家人从头来过才建新房的。”

“从头来过？”

“嗯。委托您设计的时候，我跟妻子正在协议离婚。是她提出来的，我惊慌失措。我天天忙工作，一会儿忘了去托儿所接孩子，一会儿忘了纪念日，小事日积月累，就成了一座要仰望的高山。再加上我又提前解约了家里的定期存款——当然我是有原因的。总之妻子勃然大怒，带着两个孩子回了长野市内的娘家。我上门接了好几次，但娘家还住着我妻子的大哥，他一直看我不顺眼，死活不让我们见面，开口闭口就是让我在离婚申请书上盖章……啊，对不起，不该跟您说这些的……”

“您接着说吧。”

“好……现在回想起来，当初真不该那么拼命工作。我是把宝押在了后泡沫时代。”

青濑望向吉野的侧脸。后泡沫时代？

“当时什么都卖不出去了，最先倒的就是进口杂货店这类。我扫了一大批货。提前解约了存款，还借了钱，买了一堆几乎不要钱的杂货。家具、餐具、体育用品，只要是便宜的进口货，什么都买。毕竟我打算自立门户。当然，我是瞒着当时的单位的，相当于同时做两份工，家里自然完全顾不上……可是……”

吉野停下脚步，遥望远方。

“信浓追分的土地是我很久以前买下的，妻子也很支持。她现在是住长野市内，但她父母曾在那片土地附近的企业疗养地当过管理员，所以初中毕业前她都生活在信浓追分。因此我们畅想未来时，说过想将来在那边建栋房子，让孩子们无拘无束地成长。”

吉野将脸转向青濑。

“所以才委托您设计了Y邸。我想真的把房子建起来，然后去见她，对她说，我们在那里从头来过好不好？再给我最后一次机会好吗？——是的，我把自己舍不得的梦寄托在了向您赎罪的房子上。真的很抱歉……”

“说好了不道歉的。”

“啊，对不……啊……”

青濑扑哧一笑。见状，吉野的表情也柔和了几分。

“可到头来还是白忙一场。到了12月，我总算趁大哥不在跟妻子见了一面，可她对我不理不睬，Y邸的事也没法好好说。她说，她就是不能原谅我一声招呼都不打就把定期存款解约了。家里的钱一直是我管，所以解约后快十年她都没发现。在她看来，等于是被骗了足足十年……我也是为了一家的未来。当年扫的杂货和家具都一点点卖出去了，多赚的钱足有那笔存款的三倍。但对她来说，结果根本不重要。她说：‘你是拿全家的未来去赌一场不知输赢的赌局。我知道，你骨子里就是这种人。’我当时……的确是忘乎所以了。说什么为了家人，其实是想试试自己的经商才能，想干一番大事业。”

真是苦涩的故事。没想到，泡沫时代的赢家和输家竟会殊途同归。

“跟她谈过后，我才意识到那笔定期不过是导火索而已。她已经不想跟我过了，没有回旋的余地了。她把离婚申请书推到我跟前，我想恐怕只能盖章了。但最后时刻，我还是想求她去看看信浓追分的房子，可这时大哥回来了。他气势汹汹地下了逐客令，照着胸口一掌就把我掀飞了。他大学时候是相扑队的，我哪里招架得住。”

吉野一屁股瘫坐在玄关水泥地上，眼看着大哥拿起了竖在鞋柜旁的金属球杆。他慌得鞋都顾不上穿，拉开房门就滚了出去，又怕被追上，用力把门一关。瞬时骇人的惨叫响彻四周。大哥的三根手指被门夹住了，那是扇很牢固的不锈钢拉门。吉野穿着袜子仓皇逃跑，好久都不敢停下，生怕丢了小命。

大哥报了警。因为跟妻子讲过位置，Y邸不能去，所以吉野就逃到了青梅市内。为了存放采购的杂货和家具，他以前就跟朋友的父亲租了个仓库。田端的家什也早就搬过去了。毕竟不知道青濑什么时候会来，所以出租屋不能待。他就一直住在仓库里，工作之余往妻子的娘家跑。等这次事后，他就干脆递了辞呈，专心做网店。大哥又追到了田端，怀里恐怕还揣着只差一个章的离婚申请书。

“一个月前我把章盖了。因为不想再跟大哥起冲突，我委托律师办了手续，然后就去警察局投案了。录了半天口供，说是卷宗应该会送交检察厅。不过大哥——其实已经不是大哥了，但他好像在警方那边风评不太好。”

他应该是离婚问题解决后才开的手机。而他与青濑间的莫大误会，也因此迎来了曙光。

青濑手肘撑在栏杆上，吉野也一样。

风在湖面吹起层层波纹。

“Y邸怎么办呢？”

这是第一个问题的后续。Y邸的“由来”与“未来”。

见吉野面露难色，青濑继续说道：“事已至此，只能卖了吧？”

“嗯……可是……”吉野在揣摩青濑的眼神，“虽然现在才说，但我是想把它让给您的。”

青濑摇摇头，道：“卖给我吧，我可以去银行贷款。”

“您要买？”

“嗯，我是决定了才来见您的。”

“可我爸……我爸会生气的。”

总算可以说了。他一直在等合适的机会。

“这么多年，真是难为令尊了。”

“青濑先生……”

无言的沉默持续着。吉野忽然眨了眨眼。

“那边。”擦过眼角的手指指向拦河网后面，“我爸放木材的小屋原来就在那儿，以前他也在那儿干活。后来要被淹掉，所以给了补偿款。当时家里特别穷，真应该拿来改善生活的，可他一分都没花，全都留给我跟香里江了。”吉野呼出一口气，“建Y邸的资金里也有这个钱。香里江放弃遗产，托给了我。她说，爸生前那么想赎罪，把钱都用上，他一定会开心的。所以我不能卖给您。我不能收您的钱。”

“您忘了吗？”青濑将力气注入每一个字，“我建的是我自己想住的房子。这就够了。令尊的遗愿我收到了。也请您如此转告香里江女士。”

吉野久久盯着青濑的眼睛，然后用力一躬。

“回去吧。”青濑说道。他有些担心香里江。

走起来后，吉野来到他旁边。

“那天，我想起了交房时的一幕幕。”

这话来得非常突兀。那天？

“总算圆了父亲的心愿，我跟香里江感慨万千。但我们也的确被Y邸折服了。当时的心情，那天我也想起来了。”

“那天是指？”

“由佳里女士待了整整三个小时呢。”

青濑停住了。吉野没有看他，继续说道：“就是我跟她一起去Y邸那天。她先在外面打量了一会儿，然后不停后退，退到人都变小了，又看了好一会儿。进屋后她又一直往上看。柔和的光线包裹着她的脸，怎么说呢，真的很美。她还把手放在您定做的圆桌上。因为看了好久好久，我都觉得自己碍事了，就出去了。这一等就是两个小时。我不知道她在屋里做了什么。我在车里等得都睡着了，她才敲了敲车窗，说：‘谢谢您，回去吧。’可说完后，她又回头看了Y邸好久。”

这场景历历在目，就好像当天青濑也在场一样。

“还好没建房子。”

隔着这句话，青濑与由佳里在同一个地方站住。没有走开，直到今天。

青濑再次迈开步子。

吉野抖擞精神道："我是没戏了，但您——"

"陶特椅要怎么办？"

"啊？"

"搬去青梅的仓库吗？放在Y邸怕会有小偷。"

"啊……搬过去吧。一直撂在那儿，会被我爸和陶特骂的。"

"说到这，我想起来了。"青濑双手一拍，"我在信封上看到你俩并排写的名字，就一下子明白了。[1]"

吉野破颜一笑："您瞧出来了？真难为情。"

"听说令尊小时候，就被人倒着念名字取笑。"

"对，'好臭好臭'。可就因为这……"

"肯定不只如此。令尊对于在仙台遇见陶特这事，一定印象深刻。"

"因为收到了椅子设计图吧？他常说：'我可是陶特的徒弟！'每次打出满意的桌椅，他都会搬出这句口头禅。看到他那么开心地说着，我们也跟着开心起来。他还常提起艾丽卡夫人，说她在他手心上放了三颗金平糖，用大手裹住他的小手，还说金平糖可甜了。"

吉野的表情变得无比晴朗。

"我爸是个好木匠。因为邂逅了陶特，其实都算不上邂逅，只是擦到了一点边，结果就打了一辈子家具。'想造出更好的作

1. "陶太"谐音"陶特"，"香里江"(ka-ri-e)是"艾丽卡"(e-ri-ka)的变音。

品，被陶特老师夸奖和认可。’我想他就是怀着这样的念头不断钻研的。”

“是啊，一定是这样。”

这是七十年前“建筑家的假期”带来的奇迹。陶特当年定是在洗心亭化作厉鬼，自我训斥。为的是将内心的怒火燃尽，不让区区怒火毁了假期。他坚信着，吉野伊佐久这样的年轻人会继承他的意志。

香里江的身影出现在远处。她下了车，又朝青濑一躬。不过应该没事了。青濑在她耳边轻吐的话语，定会像点滴一样流遍她的全身上下。

“吉野先生，现在说可能早了点，您也别笑我心急，但我一定要招待您。到时候，请您和香里江女士一起来Y邸做客吧。”

青濑伸出手来，吉野用双手紧紧握住。

“谢谢……可以这么说吧？我明明给您添了那么多麻烦。”

青濑点点头，仰望风吹向的天空。

他想起来，得给J新闻的池园记者打个电话。

就说“托您的福找到吉野了”，但他没提椅子的来历，就像童话里的风之又三郎一样，又销声匿迹了。

56

希望今天一天都是晴天。上次这么祈求是什么时候呢？

一大早青濑便开着雪铁龙在赤坂周边兜圈子，费了好大功夫才找到车位。下车后，他又太过相信直觉走错了一条路，结果折腾好久才找到事务所。

“哟，休息日一大早把人叫出来，自己却姗姗来迟，派头不小啊。”

能势琢己是真的动了怒。

办公室大得让人忍不住环视四周。因为制图桌特别占地方，所以对事务所来说，宽敞几乎可以跟成功画等号。不过这年头都是电脑制图了，所以乍一看都不知道是干什么的办公室。

“然后呢？你电话里开的是哪门子玩笑？”

“有牢骚跟讽刺等看完了再说。”

“这么自信？”

“没自信干得出这种事吗？”

青濑掏出画筒中的图纸和效果图。首先是纪念馆的外观图，接着是瓷砖画廊的——

“拿来。”

“我会摆好的，你等下。”

第三张、第四张、第五张……青濑找准角度，把图纸逐一靠在电脑屏幕上。

“喂，别乱动。”

青濑不理他，继续摆。第八张、第九张、第十张是主展厅的平面图……

身后安静了。因为他看出青濑不是闹着玩的。片刻后，他也探出身子。他的肩膀比青濑的更靠前，头也是，眼睛也是。

能势的身体缓缓平移。一张一张，都花足时间细细品味。他陷进去了。至于谁拿来的，什么来历，都忘了。能势的脑中，只有图纸与效果图的造型。他看了十五分钟，只“唔”了一声，青濑却没漏掉这唯一的感想。

能势坐回沙发，也示意青濑坐下。桌子上，他的手指神经质地交叉着。

“每坪单价多少？”

“149.7万。”

“什么？”

青濑猛地把手伸进包里。

“你自己看。”

一叠厚度堪比《200例》的计算表落在桌上。

两人互相盯着，射进办公室的阳光渐渐变亮。

漫长的沉默被能势打破了。

“抱歉，你请回吧。”

“能势……”

“怎么样都不可能，我没法跟鸠山开口。”

“那就雇我吧。”

“啊？”

“你不是想挖我吗？那就临时雇我一下，这样我就跟鸠山平起平坐了。”

“青濑，你……”

“我不是一个人走到这里的。你再看看。你忍心让那些图纸跟效果图不战而败？”

这次的沉默，比刚才的更长。能势从丹田深处呼出一口气。

“如果鸠山说要辞职，你要怎么负责？”

他是认真的，所以青濑也认真回答：“让他走。为了建筑之外的私情辞职，也不是什么好货色。你当年不也见过这种人吗？”

能势鼻子里轻轻一笑。

“有意思，我就试试鸠山的度量。那，转让条件呢？”

“没条件，免费送，也不要原作之类的名分，就一个请求。”

“请求？好可怕。是什么？”

“前提是这套方案通过了预赛，正式中标，这个纪念馆真在那片原野上建起来。”

“别卖关子，快说。”

“我希望你能允许我告诉冈嶋的儿子：‘那是你爸爸建的。’”

能势没有点头。

看表情，他在玩味某种情绪。也许他的眼前浮现了葬礼那天的一创。

他的眼睛转向青濑，缓缓一眨。同意了。

怀里手机突然振了起来。

青濑站起身，一边走向窗边，一边按下通话键。

“啊，爸爸！我只带抹布就行了吧？”

“嗯，扫帚和拖把爸爸都准备好了。”

“好期待！Y邸！”

“就等你去擦地板啦。”

昨晚他独自去了一趟，把小偷的脚印擦掉了。

“妈妈说今天去不了了，约了人谈工作。”

青濑慌了。她叫了由佳里？

“啊，不过本来今天就……”

“因为工作去不了呀，今天的话。”

今天的话……

“我先挂了，早点来接我！”

啪的一声，电话挂了。

日向子开始行动了。小小的计谋瞄准时机，开始在心里发芽。

微笑爬上青濑的嘴角。他摇了摇头。算了，这样也好。毕竟日向子正巴不得自己拿她当幌子呢。

他收起手机，回头望去。能势又站到了图纸前。对着那张稍稍老成的侧脸，青濑在心里鞠了一躬。

青濑没打招呼，就离开了事务所。

周日的赤坂好像还没睡醒似的。青濑快步走向停车场。在见日向子之前，他要先打一通电话。他要对大阪的客户夫妇说：建一栋只属于你们的房子吧，跟我讲讲你们的故事吧。

“哔——哔哔。”

青濑望向天空。

燕子掠过清澈无比的晴空，嘴里似乎衔着筑巢的材料。

（全书完）

空屋

产品经理 | 周　语　　装帧设计 | 肖　雯
后期制作 | 白咏明　　执行印制 | 陈　金
产品监制 | 吴　涛　　出 品 人 | 吴　畏

图书在版编目（CIP）数据

空屋 / (日) 横山秀夫著；曹逸冰译. -- 上海：上海文艺出版社, 2021
ISBN 978-7-5321-7870-4

Ⅰ. ①空… Ⅱ. ①横… ②曹… Ⅲ. ①推理小说－日本－现代 Ⅳ. ①I313.45

中国版本图书馆CIP数据核字（2020）第271354号

图字 09-2020-1093

出 版 人：毕　胜
责任编辑：崔　莉
特约编辑：周　语
装帧设计：肖　雯

书　名：空屋
作　者：[日] 横山秀夫著　曹逸冰译
出　版：上海世纪出版集团 上海文艺出版社
地　址：上海市绍兴路 7 号 200020
发　行：果麦文化传媒股份有限公司
印　刷：北京盛通印刷股份有限公司
开　本：880mm × 1230mm 1/32
印　张：11.5
插　页：4
字　数：247 千字
印　次：2021 年 3 月第 1 版 2021 年 3 月第 1 次印刷
印　数：1-8,000
ISBN：978-7-5321-7870-4 / I · 6258
定　价：59.80 元

如发现印装质量问题，影响阅读，请联系 021—64386496 调换。